回家

四代人的老照片

章　珺——著

作家出版社

图书在版编目（CIP）数据

回家·四代人的老照片 / 章珺著 . -- 北京：作家出版社，
2020. 1

ISBN 978-7-5212-0793-4

Ⅰ. ①回… Ⅱ. ①章… Ⅲ. ①散文集 – 中国 – 当代 Ⅳ. ①I267

中国版本图书馆CIP数据核字（2019）第271912号

回家·四代人的老照片

作　　者：	章　珺
选题策划：	启　天
责任编辑：	宋辰辰
装帧设计：	意匠文化·丁奔亮
出版发行：	作家出版社有限公司

社　　址：北京农展馆南里10号　　　　邮　　编：100125

电话传真：86-10-65067186（发行中心及邮购部）
　　　　　86-10-65004079（总编室）

E-mail:zuojia@zuojia.net.cn

http://www.zuojiachubanshe.com

印　　刷：北京尚唐印刷包装有限公司

成品尺寸：170×230

字　　数：258千

印　　张：20

版　　次：2020年1月第1版

印　　次：2020年1月第1次印刷

ISBN　978-7-5212-0793-4

定　　价：58.00元

目录

I

故乡，远方

II

亲情，友情，爱情

IV 四代人的老照片

「回家。回荡在灵域深处的生命的欢声与泣声……」

一

九月？十月？天边一声雷。心动如走马……

更有暮归的飞鸟从天边隐隐飞过……

哦，回家，已是我们此刻思想的全部。

回家。眼前的树枝和草叶都缀满了阳光。

回家。所有心灵的言说都被照亮打进行囊。

回家。作为人人口中个个心里常常念叨的一声呼喊一番相思一个决定一句表白一次行动，那是再普通不过也再动情不过的了。一个短语，就是一声浩叹，一句喷薄而出的热辣辣的喧哗，响动着人的内心最甜蜜最质朴的欲望。回家，既是人的外在形体的来归，更是人的内在精神的依附。回家所延纳的蕴藏是如此丰厚多姿亲切纯粹，但也如此简约深刻，无不环绕着人类那个自古就有的常解常新的老命题：你是谁？来自何处？去向何往？你可是天地间永远的流浪？

回家。心，因之而沉醉而驿动。

回家之念，宛如追逐丰美草原的骏马。

二

旅美女作家章珺，此刻，正以她的新作《回家·四代人的老照片》践行了她的心愿。她的文字就是她归家的足印，浩浩荡荡，风生水起，处处乡愁，铺展成饱含诗意的长卷，解读着这个古老命题的旨义。那一帘理性的思考就回荡在激情燃烧的蓝天下……

何谓家？家意味着什么？又何以归家？

章珺的文字就是对这一切的全方位巡礼。

家是人的根，人生的根，人情的根，是人最原初的存在之根。家不仅意味着那是接纳你第一声啼哭的老屋、母亲怀里的襁褓、父亲温暖的牵手，也不仅是门前的小树、黄昏时茉莉花香里的暖阳、春节回家的车票、稚柳鹅黄三月的灶火这样一些物质性的元素，更有精神性的入血入骨的灵韵。这就是所谓的乡愁吧。诉诸精神，诉诸高迈而神圣的信念和信仰，灵域里最幽深的乡愁，是人对家的物质性的必然补充和主宰，精神超越，情感操守，唯人类所独有。乡愁，在时间的流徙中沉淀，熟稔，发酵，穿越空间的辽阔和岁月的悠远，散发着永恒不衰的魅力。这是人之为人的生命的芬芳，思想鲜活的汁液，更是最俊美的精神图腾。如此，海上航船的远行就有了风帆，踏浪回港就有了锚锭，人也因之而有灵魂归宿之幸，宁静与丰实之美。

这就是故乡，生命与梦开始的地方。

这就是乡愁，灵魂安歇栖息的歌谣……

三

为什么我的眼里常含泪水？

因为我对这土地爱得深沉……

艾青的诗句，道尽了人何以回家何以乡愁何以不舍不弃家国乡土乡情乡音的根由。全在爱。试想，普天之下，谁能不对生于斯长于斯的自己的土地和故乡充满炽热的爱呢？是的，爱是密码，是基因，是根柢，是摹就生命万紫千红之美的三原色。爱在人心，直达灵魂，雄踞堂奥，蔚为神圣。人可以看破一切，质疑或不屑一切，唯独对先人先祖先辈连同世代相依赖以生存生息的那片土地山河原野风貌不可须臾不敬不爱。这也是人之为人，人之有灵，人能立地行远而不靡的天性与天则。作家章珺的《回家·四代人的老照片》就是这样的明证，就是这样的最生动的图说。慎终追远。四代人生命延续着的空间，那可是一百年的爱的回望，一百年家国与家族历史的记忆，追索，倾诉与感念啊！浩浩荡荡无处不在的爱，带着生活的坎坷艰辛和执着，有时是失落，有时是昂扬的超越，有时隐忍着忧伤，有时又有幸运的光顾。苦难、争斗、坚毅、欢声与泣声，都在显示时光老人不可剥蚀的历史的选择与塑造，在抚慰着一个家族依存在国家民族命运之中的生存与生发，颠簸与坚守，光荣与梦想，描摹着一段段人间至情至美至难至艰的家族家人的旅程。一座建筑一棵树可以见证一个时代，一个家族的脚印更应可以见证历史的前行。《回家·四代人的老照片》里的记忆，不只属于家族，也属于家国，风雨与共的家国。在历史的深处，追想当今家国精神的锻造。笔墨或淡或浓，或远或近，有时是远山云烟，有时是溪间流水，有时如蜻蜓点水仍见微澜波光，有时挥毫泼墨也能点点滴滴须眉毕现再加点睛之妙。这一切的过程，一切的物事、伦理和情结，都被世间最可宝贵的人性之爱的情愫浸润过，彰显着血浓于水、家寓于国的人间至理，投射着家族与家国息息相通命运与共的光影。当我掂量过《回家·四代人的老照片》这些文字涵养着的气息气质气节气度，完全可以这样认定，这是一部中国人的一个家族百年来关于家族之爱、家人之爱、乡土之爱的历史长卷，堪称爱在人间的真情告白与人性的自我宣言。

四

人是不可无根无蒂如飘蓬的游荡。人，依存着人情之锚，依存着亲情友情爱情这些人性美的元素所建构的灵魂而立足于世的。而乡愁，一旦踏入诗人的心中，便有了别样的风采。除了故乡老屋儿时家人那些衣食住行日常生活与生存状态上的回忆、追念和描摹，更有生命本己意义上带着诗意彩羽的理性开掘。那是诗人在时间的境域里思索体悟循环往复从而获得更高更美更醇厚的领悟，那是达至灵魂之韵的诗意的形而上的精神栖居。诗人的这种把握，就是要让乡愁裹挟的人间情与爱的种子，在时间的境域里不断地给予，不断地发酵，生发出诗意与思想交织的光芒。既有感性的形体抚慰，又有理性的君临光照。不只诉诸情感的晕染和华美的词语，更要诉诸对人的心灵的把握、理解，诉诸诗人的真诚和对语言的敬畏。这样，乡愁的诗篇才会百读不厌，常读常新。所幸人间总多情。从自身的体验和感悟出发，章珺在书中对于"亲情友情爱情"还有"故乡和远方"，这些乡愁里的核心命题更是做了深刻的描绘，点拨得鲜活生动，出神入化，入情入理，充满诗意抒情的思辨之美，读来情动心动，唇齿留香。正如她所说，"流水带走了光阴"，带不走的是乡愁。因为一切的记忆都封存在乡愁里了。而乡愁里的一切都是感动的，都与青春、生命、感恩、爱的纯粹和祝福有关。在她看来，那是人的灵魂里的生命的歌谣。"只有故土和岁月才能孕育出来的歌谣"，"带着故土的味道"，"唤醒心底的草木与溪流"，直抵人的血性沉静之野，低吟浅唱也会舒心得地动山摇。这乡愁的情结或许正是"回家"的全部力量所在吧?! 何时能够打开？谁能释放这故土岁月的天籁？当微风吹过远天的星，乡愁啊，早已唤醒了归途上匆匆"回家"的人……

五

语言是思想和情感的船帆。纵观章珺的语言，自有其独自的魅力。或许是女性特别能感悟能观察使然，章珺的语言里总有一股锐敏而清亮的灵性在荡漾。生动到位，细腻而温婉，带着生活的气息，富有诗的意韵，自然，自立，造就了语言的亲密亲近亲切与亲和。你在读诗读散文，仿佛又像听她说话，娓娓道来。许多蕴含着深刻哲理的思想表达情感倾泻，不矫饰，不高古，不诘屈，都是一些日常生活中常用意象形象和气象的呈示，凡俗中尽显高雅与智慧。

"厨房的味道，就是家的味道。"

"万家灯火有一盏灯是为我亮的，这就是我的家。"

"我们相依为命时，我们就成了一家人。"

"工作是半辈子的事情，生活是一辈子的事情。"

"爱情在哪儿，你就去哪儿。"

"因为他们（父母），我在这个世界上不会无路可退。"

如此等等，俯拾皆是。没有深切的感悟，没有生活的投入，没有爱的熔铸和洗礼，哪有这样的言说？如此清澈明丽。如此质朴而诗意满满。语言之美，全在心灵霞光的照耀……

六

世间多梦多风雨，苍茫而沉实。在散失了故土气息的土地上生活的旅美作家章珺毕竟是有福的。虽然那时"有一颗种子无处安放，找不到播种的土壤"，只好握在手中，随时等听故乡的召唤。但她坚信，"岁月可以老去，那些记忆却依旧年轻"。而今，不负春光的她终于以她的《回家·四代人的老照片》长长的文字，让时光穿越到了从前，回到当年的模样，实现了生命的又一次播种，完成了她那灵魂漂泊的救赎。故乡，家国，伴随乡愁已然落地，深深地扎根在了她的心中。那将是永生。那就是永恒……

刘虔

2019年11月11日，清晨，北京昌平，王府书香园6号

刘虔，诗人，报告文学作家，中国作家协会会员，原《人民日报》文艺部高级编辑。作为资深编辑，他读完章珺的第一部长篇小说后相信她也能写出优秀的散文和诗歌作品，他邀约并编辑了章珺的著名散文《回家》，发表在1999年11月20日的《人民日报》上。这本书开始于一个编辑和一个作家的真诚合作。

写给读者的话

这是匆忙人生中的一次长情的停留，我在这里见到了那些亲人，陪我长大的亲人，和从未谋面的亲人，我们在那些老照片里重逢。封存在心底的记忆慢慢打开，我们一起回到了我们的故乡，曾经以为再也回不去的故乡。

我用文字记录下这次心灵之旅，献给我的家人和朋友，也献给广大的读者。我们来自于不同的家庭，但我们属于同一片土地。我想用一个家庭四代人的故事和老照片，串联起中国的百年历史，我们共同拥有和走过的历史。恰巧我的爸爸是南方人，妈妈是北方人，两个家族的足迹覆盖到长江流域和黄河流域，有城市和乡村，又从大陆延伸到台湾，从中国延伸到海外。百年中国是这本书的背景，我写这本书的愿望是在百年历史的观照下，展现普通中国人的坚韧和人情美。无论世事如何变迁，那些普通百姓的心地始终是善良柔软的。他们又是强大的，可以在战乱和艰难中坚强乐观地生活下去。书中人物的经历几乎是每个中国家庭都有可能经历过的，有欢喜有悲伤有遗憾，是普通中国人的情感故事。

很多人的手上都会有些老照片，每张照片都有可能牵出一个让人感到亲切的故事，我通过回看老照片的形式与家人在作品中相遇。我们是一家人，可家人的很多经历我原来并不知道。写这本书之前我一直以为我是我们家唯一一个跟文学有关的人，其他的家人都是理工科出身或从事其他的职业。做采访时，我才知道家里有不少热爱文学的人。

我的大伯节衣缩食买下了一本本小说，在他二十八岁去世后，我的大姑姑去为他收拾遗物时，在南方那个低矮闷热的小阁楼里发现了这个秘密。大伯的一生短暂而坎坷，我这个跟他从未谋面的晚辈唯一感到安慰的是，我现在知道了他的一生也是充实的，那些书籍陪伴过他，给过他快乐和慰藉。我的爸爸是个数学教授，但他读中学和大学时在报纸上发表过不少的诗歌散文，稿费竟然可以贴补他的生活。生活有时也高于创作，家人经历过的很多事情我以为只会发生在文学创作中。当年爷爷奶奶正准备带着五个孩子从天津去南京，爷爷得到了升迁，奶奶可以回到故乡，一家人高高兴兴地打好了行李，准备第二天启程。可第二天一早，日本人的飞机开始轰炸天津，原来的计划被埋葬在废墟中，一家人只能四处逃难。我的大姑姑及其他家人也是很鲜明的人物形象，他们用亲身的经历和独特的细节衬托出自己的个性，比我在小说中刻意塑造的人物更加生动鲜活。我在写作这本书时也经历了很多情感上的洗礼。我妈妈曾在一个山村小学教过书，那些淳朴山村人的善良，离别时那漫山遍野的人群的依依不舍，一次次地打动了我。世间最美的是人情，我采访的一些家人，他们保留下来的都是最珍贵的经历和记忆，有苦难和不幸，最让他们怀恋的，还是那些美好的情感和美丽的人情。

我描述了四代人的故事，不同年代的人出现在一本书里实现了"四世同堂"。

用四代人的故事可以铺展出历史纵深感，也更能展现出中国在百年中的发展变化。为了更好地做到这一点，我选取了不同的人物不同的生活片段。在截取一段段历史时，每篇文章还有一个跟生命与生活有关的主题，两者相辅相成。像《父母情书》描述了我父母的爱情故事，也展现了新中国第一代知识分子的成长历程。在《大家庭中的小家庭》中可以看到时代的变迁，也能领悟到父母给我们的最好的馈赠是什么，我们能给儿女的最大的祝福是什么。《奶奶的墓地》写到了对死亡的态度，既然所有的人都要离开这个世界，我们这一生最应该学会的，就是放下和告别。我们从小就应该学着更好地面对死亡，我们做不到不让那些我们爱着的人离开我们，我们也做不到永远留在那些爱着我们的人的身边，那我们就多花些时间跟他们在一起吧，在我们跟他们在一起的时候，好好地爱他们，多留下些美好的时光和温暖的回忆。这是我在写作这本书时得到的祝福，也是我送给家人的祝福。我们一起回忆，我们一起感受着在一起的美好。

《四代人的老照片》是这本书的主要章节，我先用《故乡，远方》《亲情，友情，爱情》这两章做了铺垫，也是对这本书的一个补充，让不同的情感都呈现在这本书里。这里的篇章会合的是我在走了几十年的路后才明白的道理，也是在漫长的时间河流中沉淀下来的感悟和感动。我们来到这个世界，几乎不可能绕开跟故乡、远方、亲情、友情、爱情有关的情感。有些人可能从没离开过故乡，可很少有人从没向往过外面的世界，终究没有远行，日复一日地回到近在眼前的家。有些人可能从没回过故乡，或者离开了故乡，去了远方，在他乡的日子里，很少有人从没想起过故乡。每个人的一生总会在故乡或他乡度过，陪伴一生的是亲情、友情和爱情，此起彼伏，延绵不断。因为有了这些情感，他乡可以像故乡一样温暖；也是因为有过这些情感，哪怕离开了的故乡是穷乡僻壤，想起故乡时，也会看到明媚的色彩。

身在故乡或异乡，都会一次次地回家，可能是具体的行为，也可能只是一种感觉。回家是回到心灵深处，回到一个被情感浸染过的地方。这本书的开篇散文《回家》二十年前在报纸上发表过，曾被用作高考作文，也被很多读者珍藏传诵。这是一个写作者最大的幸运，能够用文字表达出很多人内心深处的情感，能够慰藉一个个满怀深情的心灵。这些读者在这二十年里的陪伴也一直感动着我鼓励着我，这也是我决定重归写作的一个很重要的起因。二十年后我可以用这本书来回报读者的厚爱，我盼望着能跟你们在这本书里重逢。

我一直想用文字和真实的故事来抒写中国人丰富的情感，想用中国人的情感来写中国的历史。很感谢作家出版社，鼓励和帮助我实现了这个多年的愿望。我庆幸自己写了这本书，从家人和几代中国人的足迹上又走了一遍，走过中国的百年历史。如果没有这次长情的停留，整天为各种事情忙碌的我很可能会永远地错过，错过就在我们家里就在我身边的最宝贵的记忆。很感谢我的家人帮我完成了这个作品，不仅提供了大量的素材，更是用丰富的情感成就了这本书。他们从那些善良的人们那里领受到的深厚真挚的情感也通过这本书传递给了我，我更加知道"我是从哪里来的"，也更加珍惜我能够拥有的情谊和美好，珍惜和平年代的安宁。

这是这本书对我的改变和祝福，愿这本书能把美好的祝福传递给更多的人。每个家庭会有不同的经历，但内心的渴望和感动是相通的。每一个人的家里都有一笔巨大的情感财富，只要我们愿意做些停留和倾听，我们就可以拥有这笔财富。这是无价之宝，可以让我们活得更踏实，内心也更加强大。愿有更多的人更多的家庭能去做这件事，能感受到在一起的美好。

　　谨以此书献给我的父母，我的家人朋友，和我的中国；也献给未曾谋面但我们将在共同的情感中相会的广大读者。

章珺

2019 年 9 月 26 日

I

故乡，远方

回家 | 2

每个人的心里有条回家的路

无需记住

无需寻找

回家的路

一直在我们的脚下

「回家」

在羁留异乡的日子里，回家是一种感觉。

茫茫人海，鳞次栉比的楼群，无意间听到的一个声音，或是偶然间瞥见的没有别人会注意到的情景，让我们停下匆忙的脚步，在灯火阑珊处，蓦然回首。

我们突然间感到很孤独，又在突然间知道自己不是孤身一人，在这个纷繁的世界上，我们来去匆匆，却不会无影无踪。那一刻，我们是那么的不堪一击，又是那么的坚韧无比。

难以用语言表述的感觉，没有开始，也没有结束，那是一种没有来由的触动，既可以让人喜极而泣，又可以让人欲哭无泪。如果它能发出声音，那声音一定是微弱而固执的；如果它能行走，那步履一定是蹒跚而执着的。可是它无声无息，短暂的刺痛，还没有留下伤口，就被异乡的声音和风景抚平。

虽然，我们早已属于他乡。在异乡人的眼里，我们早已属于这里。我们跟他们一样，操着同样的语音，追逐着同样的时尚。我们甚至比他们更像这里的主人，因为我们更关注这里的变化，小心翼翼地藏匿起外乡人的踪迹。在他乡我们又有了另外一个家，漂亮的房子，富足的生活，想到自己曾背井离乡的时候，庆幸也许远远多于伤感。可是被我们淡化了甚至遗弃了的故乡，又注定会在某一天清晰无比。我们曾经用生命的第一声啼哭和稚拙的童音呼唤过的土地，又注定会在某一时刻穿透时间和空间，呼唤着我们回家。

于是，我们回家。带着沉甸甸的行囊，和已经疲惫的心，一起回家。无论我们早已功成名就，还是我们正在为生计奔波，当我们踏上回家的归途，我们会有着同样的冲动和期望。也许我们需要蜷缩在拥挤不堪的车厢里，也许我们要跋山涉水远渡重洋，只有在回家的那一天才发现，我们离开家已经走得太远。

我们回到了这里，我们和我们的祖先休养生息的地方。纤细的秋雨，细碎地敲打着破旧的古筝，我们听到了久违的乡音。尘封的窗户，却打开了遥远的记忆。我们曾站在这扇窗下，梦想着外面的世界。我们生在这里，却命中注定要离开这里，这是我们的幸运还是不幸?

我们用心触摸这里的一切。在遥远的他乡，我们曾用音符去编织她；我们曾用泪水去打磨她；她的每条小路应该铺满红叶，燃烧着诗情画意；她的空气里应该弥漫着醉人的酒香，浸染着离愁别绪。我们本来可以自然而然地走到她的面前，不知从什么时候开始，我们学会了刻意地寻找她感受她。可是，朴素的土地没有那么多的乡愁，对于那些依旧生活在这里的人们来说，他们甚至已经忘记了这里是他们的故乡。我们与我们的故乡之间，已经有了那么多格格不入的东西。在那么一天，一路风尘之后，倚在故乡的门槛边，也许会伤心地告诉自己：我离开了这里，再也无法回到这里。我们从哪里来？又要到哪里去？轻轻的一声叹息，却沉重得让人无法喘息。

我们在茫然中再次告别故乡。没有太多的依依不舍，我们甚至已经巴望着尽快离去。我们还未实现的梦想，被我们留在了他乡，还有太多的人太多的事，等着我们归去。

可是，当车轮启动的时候，我们便开始筹划起下一次回家的行程。回家的感觉，又不知不觉涌上心头。故乡的景色还近在眼前，我们不知道，我们是舍不得离开这里，还是在盼望着再次回到这里？我们回家，毕竟不仅仅是为了成全那种感觉。

什么时候，对故乡的回忆里，夹杂了苦涩和痛楚。可是想起故乡时，我们还会有割舍不断的感动。也许在某一天，我们在故乡埋葬了最后一个亲人，我们不再有理由回到那里。可是在不经意间，我们还会拾起那种感觉。回家的感觉，细碎的、温暖的、潮湿的感觉，穿透了我们已经麻木而冷漠的心。回家不再是一种行动，它越来越虚化成一种感觉。细腻而绵长的感觉，连缀着我们的一生一世。

　　我们回家，独自一人，或者带上我们浩浩荡荡的子孙。也许是在梦里，风雨飘零，我们又踏上了没有尽头的归途。

人民日报

RENMIN RIBAO

今日8版

网址:http://www.peopledaily.com.cn

国内统一刊号:CN11—0065

第18760期　（代号1—1）

人民日报社出版

1999年11月

20

星期六

己卯年十月十三

北京地区天气预报

白天　晴

降水概率0%

风向　北转南

风力　二、三级

夜间　晴间多云

降水概率0%

风向　南转北

风力　一、二级

温度　15℃/1℃

回家

章珺

在羁留异乡的日子里，回家是一种感觉。

茫茫人海，摩肩接踵的人群，无意间听到的一个声音，或是偶然间瞥见的没有别人注意到的情景，让我们停下匆忙的脚步，却又火烧火燎地，茫然回首。

我们突然感悟到振孤独，又突然同知道自己不是孤身一人，在这个纷繁的世界上，我们来去匆匆，却不会无影无踪。那一刻，我们是那么的不落一去，又是那么的坚韧无比。

难以用语言表述的感觉，没有开始，也没有结束，那是一种没有来由的触动，既可以让人喜极而泣，又可以让人欲哭无泪。如果它能发出声音，声音一定是眼泪而固执的；如果它能行走，脚步也一定是蹒跚而执著的；又是它无声无息，但短暂的瞬间，却没有伤口，也许能够从身的声音和风雪把守。

虽然，我们早已属于了他乡，在异乡人的眼里，我们早已属于这里。我们跟他们一样，操着同样的语言，适逢着同样的时尚。我们甚至比他们更关注这里的变化，小心翼翼地藏匿起外乡人的疏远。在他乡的我们又有了另一个家，漂泊的房子，富足的生活，掩抑着自己背井离乡的种种，庆幸也许赶快了伤感。可是被我们淡化了甚至遗弃了的故乡，又会在某一个清晨无比清晰，我们定会在某一声呼唤里追声追声追声里，追声着我们回家。

让我们回家，背着沉甸甸的行囊，和已经疲惫的心，一起回家。无论我们早已功成名就，还是我们正在为生计奔波，当我们踏上回家的归途，我们会有着同样的冲动和期望，也许我们需要蜷缩在拥挤不堪的车厢里，也许我们要翻山涉水返途奔洋，只有在回家的那一天才发现，我们离开家已经走得太远。

我们回到了这里，我们和我们的祖先紧紧息息的地方。斜细的秋雨，细碎地敲打着被雨的古筝，我们听到了久远的乡音，尘封的窗户，打开了记忆的记忆，我们曾站在这扇窗下，梦想着外面的世界，我们的生活就是如何中注定要离开这里，这是我们的辛运还是不幸？

我们用心触摸这里的一切，在通达的他乡，我们曾用青葱去编织地，我们曾用泪水去打量地，地的春风小路应该铺满枝叶，燃烧着诗情画意，地的空气应该弥漫着醉人的酒香，渡着离思恋到，我们本来可以自然而然地走到地的面前，不知从什么时候开始，我们学会了刻意地寻找地落受地。可是，朴素的土地没有那么多的乡愁，对于那些依旧生活在这里的人们来说，他们甚至已经忘记了这里是他们的故乡。我们与我们的故乡之间，已经有了那么多格格不入的东西。在那么一天，一路风尘之后，伫立在故乡的门道边，也许会伤心地告诉自己：我离开了这里，再也无法回到这里。我们从哪里来？又要到哪里去？轻轻的一声叹息，却让童得让人无法喘息。

我们在故乡中再次告别故乡，没有太多的依依不舍。我们甚至已经在里暑暑换幕去，我们还去实现的梦想，我们的身在他乡，还有太多外的众多的事，等着我们归去。

可是，当车轮启动的时候，我们便开始羡到起下一次回家的行程。回家的路，不知不觉涌上心头。故乡的景色还在眼前，我们却不知道，我们甚至不得离开这里，还是真是轮着再次回到这里？离家，单纯无不仅仅是为了成全种种回家。

什么时候，我们踏上回家的回忆罢，夹杂了普温和痛楚，可是想起生乡时，我们却又有割舍不断的感动。也许在某一天，我们在故乡了最后一个亲人，我们不再有理由回到那里，可是在不经意间，在故乡的那种暗号，潮湿的月夜，便撞起那落着在那里。可惜了我们已经根本再无再的心。回家是一种行动，它慢慢地进化成为一种感觉，细腻而持久的感觉，连绵着一生一世。

我们回家，每日一人，或者带着我们浩浩荡荡的子孙。也许在某些，风雨飘摇，我们又踏上了没有尽头的归途。

《回家》发表在1999年11月20日的《人民日报》上

　　我和《回家》这篇散文的原编辑刘虔老师的合影。在写作的道路上一路走来，幸运地遇到许多优秀的编辑，他们的鼓励让我萌生了更多美好的愿望，又是在他们的支持和帮助下，那些愿望得以在一部部作品中开花结果。每一篇文章和每一本书里都凝聚着作者和编辑共同的心血，我们在共同努力，为读者呈现更多更好的作品。

「母语」

　　世界上只有一种语言，不仅仅是语言，她不是那种外在的形式和存在，她就在我们的身体中，在我们的血脉中流淌，陪伴着我们，从小到大，从年轻到年老，我们的生命有多长，这深情的陪伴就有多长。她不仅可以用来表达情感，她本身就是情感，一种无可取代的情感，这就是我们的母语。

　　对于自己的母语，我们无须特别地学习，就可以基本掌握；我们也无须特别地记住，很长时间不去听说，也不会轻易忘掉。这种信手拈来开口即出的语言，却可以倾诉我们最复杂的情感。我们可以游刃有余地驾驭那些微妙的流转，我们也熟悉这种语言所承载的文化，还有黏附藏匿在语言中的深层的含义。我们能听懂非母语的人听不懂的话中之话，我们也最懂这种语言里的幽默和风趣。我们最容易被这种语言逗笑，也最容易被这种语言感动。

　　有些人是双母语，更多的人只有一种母语。我们来到这个世界，不可能没有母语，如同我们不可能没有母亲。

　　我们拥有不同的母语，我们也就来自不同的大陆，属于不同的土地，说着同一种母语的人，就是遇上芥蒂和纷争，也更容易消除隔阂。

中文是我的母语，生活在中国时，大家都说中文，我也就忽略了语言之外的东西。后来离开中国来了美国，我才慢慢明白，有些东西看似在语言之外，其实都浸透在语言之中，语言并不只是一个表达的工具。

在异国他乡，听到另外一个人或一群人说着我们的母语时，我们跟他们会有一种天然的亲近。我在美国读书时，班上有三个中国人，詹妮从香港来，逸芬从台湾来，我们三个很快就熟悉起来。课堂之外我们都是用中文交流，带着不同的口音，但都是中文。

来美国之前我常听到"海峡两岸、香港澳门"，但这跟我的生活没什么关系，当我跟詹妮和逸芬这两个说着同样母语的女孩混在一起时，海峡两岸、香港澳门就不再是个抽象的概念了，有了很具体的内容和情感。在那些美国同学眼里，我们都会说中文，我们都是中国人。

有一学期我们要做一个课堂项目，三四个同学组成一个小组，都是自由组队，肯定会找最合拍的人做搭档。詹妮、逸芬和我决定组成一队，我们坐在一起商量选题时，教授走了过来，很委婉地建议我们仨分开，分到其他的小组去。我们这一组里是清一色的中国人，这多少让教授有些担心，英语不是我们的母语，在语言上明显处于劣势。

教授也是好心，我们要做的是这个学期最重要的一个项目，本来难度就不小，我们做不好，自然会影响到我们的表现和成绩。

我们仨对望了一眼，不知哪来的底气和自信，我们马上跟教授说：我们决定了，就我们三个组队，没有问题。

我们仨很快找准了方向，各负其责，又常在一起讨论，层层推进。我们讨论时，中英文双语齐下，当然落到论文上的全是英文。我们配合得很好，把精心打造出来的论文交到教授手上时，我们的底气就更足了。

在做课堂报告时，我们才紧张起来。我们三个先各自出来做一段报告，这一环节我们事先已做好准备，PPT做得也很好，台下的教授和同学频频点头，我们顺利过关。可到了现场提问这个环节，我们三个的心里都有些七上八下。台下的人们不会因为英语不是我们的母语就手下留情，这是美国的课堂文化，提问的人要问出有水平的问题，做报告的人要给出让大家满意的回答，是不是货真价实，要在交手后才能见分晓。一个个问题向我们仨抛了过来，涉及的内容五花八门，这大概就是教授开始时担心我们的地方，怕我们接不了招，人家问的问题没听明白，就会答非所问。我们确实遇上了很大的挑战，我们每个人都遇上了回答不了的问题，很多时候是因为提问的人语速太快，又有很强的跳跃性，非母语的人很难在极短的时间里完全搞清楚问题所指，更何况还要迅速地解答。好在我们是三个人，每一个问题出来后，只要有一个人出来回答就可以了，而我们三个人中总是有一个人完全明白了人家想问什么，并且给出了漂亮的答案。三个人都回答了其中的几个问题，整个团队的实力也彰显出来。那次我们获得了满堂喝彩，课后不少同学都专门跑来向我们祝贺。教授最后给了我们最高成绩A，之前我们认为实力最强的那个团队获得的是B+，看来我们的表现确实是上乘的。

报告会后我们仨都很兴奋，争先恐后地表达着我们的激动，欢笑着抖搂出我们在提问那个环节时的忐忑不安，我们不用再去掩饰，当时心里越没底，现在的兴奋就越高涨。我们叽里呱啦地说着中文，最能让我们放松下来的，最能让我们手舞足蹈的，还是我们的母语。

詹妮、逸芬和我在上课时总喜欢坐在一起，后来我当老师，发现从中国来的学生也是喜欢扎堆，本来互相不认识，修了同一门课，很快就熟了，有的还成了很要好的朋友。想起我以前在北京时接待过的几个美国留学生，外国留学生中，常腻在一起的，如果不是美国人，很可能就是从英国、加拿大、澳大利亚等地来的，他们都说英语，自然更容易凑到一起。在美国这样的移民国家，常会遇到长着跟我相似的面孔但并不是从中国来的人，多半是从东南亚来的，其中不少人跟我提到他们的爸爸或妈妈有中国血统，还会说些中文。这个时候，他们用的都是"中国人"和"中文"，没有人去细分哪里的中国人，即使在准确的定位上他们的父辈已经不能算是中国人了，照他们的理解，既然会说中文，肎管他们的父母能有多少中国血统，他们还是中国人。我也遇到过不少只会说一两句中文的美国人，跟他们的工作无关，他们并不需要跟我说中文，他们想表达他们对中国人的友好时，就会努力蹦点中文出来。很有限的中文，却多出了不少的善意和亲切。我对那些会点中文的外国人，也会多出些亲近。

在美国生活了十多年后，我决定专心写作，而且是用母语写作。这个改变对我来说一点都不难，在另外一种语言的环境中，我跟中文反倒多了一份默契和亲密。我们就像两个关系极密切的朋友，可以随心所欲地说着我们的悄悄话。我们总是心有灵犀，心领神会。我懂她的心思意念，我每一个想表达出来的愿望，她也一定懂得，可以为我做最贴切的表述。朋友相聚，总会有说不完的话，而那些积攒了许多年的生活体验，还是用母语才能做到最充分的展现。不断有人问我，我的中文怎么还能这么好，我觉得中文不好反倒有些奇怪。这是我的母语，她不是储存在我的大脑中，她流淌在我的血液中，不会被遗忘，不需要刻意地记住她，她就在我的思维中情感中。当我跟这种语言接触时，我们是亲密无间的，因为我们本来就是混合在一起的，浑然天成。唯一让我露怯的时候，是学习中文的美国人问我一些跟中文语法有关的问题时，我有时会被问住，不知道为什么该这样表达。其他的语言需要学习，自然跳不开语法。可母语对我来说是天造地设与生俱来的，不是我学会的。我一直不习惯用庖丁解牛的方式去肢解自己的母语，然后再头头是道地讲解给别人听。我更愿意这种语言自然完整地存在着，我不在乎她长什么样子，每一个句子为什么会长成那样。

我喜欢她的样子，冰雕玉琢后出来的样子，生动传神，赏心悦目。我不需要去打扮她，她已经很美了，是那种天然雕琢出的秀美。她还无比地富饶，但在使用母语时，我更喜欢用朴素真挚的用语，越是亲近，越不需要装腔作势，就像她的美丽，不再需要浓妆艳抹。

语言是有温度的，可以冰冷如刀，也可以温润如玉。语言也是有张力的，无论往善的一面还是恶的一面，都可以有无限的伸展。可是母语不仅仅是语言，用我最懂最亲最能拿捏好分寸的母语，应该送出去更多的温暖和祝福。我不舍得辜负了她的美好和丰盛，更愿用温润如玉的母语，传递善意，记录和呈现世间的美好，为人生的聚散，多留下一些快乐的记忆。

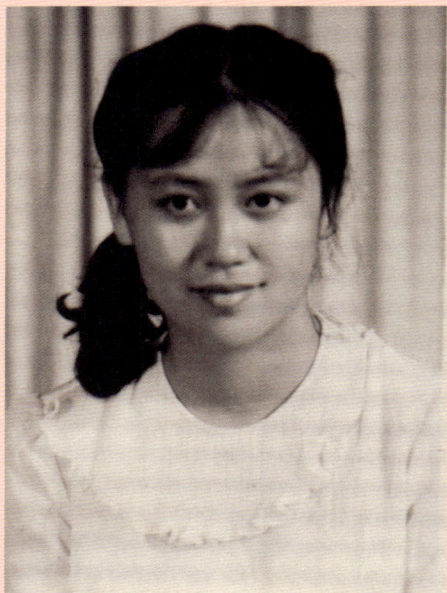

20 岁的我。在故乡

40 岁的我。在远方

走过千山万水，一直陪伴我的，是我的母语。她不是那种外在的形式和存在，她就在我的身体中。她不是储存在我的大脑里，她就在我的思维中情感中。不需要刻意地记住和想起，也不用担心失去和遗忘，她流淌在我的血脉里，陪伴在我的生命中。

　　她陪我远渡重洋，又带我回到故乡。

故乡的车站

我在这里归来，
又在这里离开，
车站，机场，码头，
这里人头攒动，
又空空荡荡。

我站在这里，
看着熟悉的街景。
离开家后，
这里成了
绕不开的地方。
我喜欢来到这里，
也害怕来到这里，
欢喜和忧伤，
在同一个地方出现。
两列火车开过，
逆向而行，
没有交汇。

我知道我是什么时候长大的，

就在那一天，

我一个人，

站在这车站，

即将远行。

以后我还会回到这里，

只是不再有

长久的停留，

在这里的流转，

不会长过在他乡的日子。

我在一次次的离开和归来之间，

长大成人，又渐渐老去。

从未改变的，

是故乡的模样，

日新月异，

那些最熟悉的景色，

从未改变。

一张张笑脸，

在熟悉的景色中，

迎面而来。

我急着迈出车厢，

不能错过每一张笑脸，

每一个微笑。

那些微笑让我感到亲切，

这里总是给我最丰盛的馈赠，

所有的人把他们的欢喜都给了我。

这里是一个人的车站，

我在这里可以随心所欲，

尽情放飞我的喜悦。

我听到有人在叫我的乳名，

只有在这里，

才可以听到的名字。

我在这声呼唤中疾步前行，

道路笔直宽阔，

我可以走得更快一些。

远方来的游客跟我走在一起，

他们跟我一样，

只在这里短暂停留；

他们跟我不一样，

他们只是匆匆的过客。

我朝他们微笑，

我跟他们寒暄，

我要对他们尽地主之谊。

离开这里时，

还是在这个车站，

我又遇到了他们。

远方来的客人，

终究不会在这里长留。

他们在说着什么？

是不是对这里的赞美和留恋？

可我什么也听不到，

只能看见一列火车从远方驶来。

大地在战栗，

万物屏住了呼吸，

心脏也停止了跳动，

只为等待那一声轰鸣呼啸而来。

欢喜被这一声呼啸碾成碎末，

故乡被悲伤遮住了容颜。

我不再去追寻那些游客的话语，

喜悦和赞美，

在这一刻也成了难过的理由。

这里还是一个人的车站，

没有人强加于我，

可我承受着所有人的悲伤。

我在欢喜中顺流而下，

又要在悲伤中逆流而上。

我急着踏进车厢，

逆流而上时，

我只想快一点离开。

故乡的车站太小，

我一个人都无法在这里驻足，

刹那间，

这个不能更小的车站，

消失得无影无踪。

这里太小，

在最大的那张世界地图上，

用倍数最大的放大镜，

也找不到这个车站。

可我知道，

那个小小的车站

就在那儿。

走得再远，

离开得再久，

我还能回到这儿。

无须被世人记住，

无须被世界向往，

这里依旧是我的故乡。

我在这里出生，

我在这里长大，

最单纯的记忆，

都留在了这里，

与世无争。

我积攒下一张张返乡车票，

每张车票上，

写着同一个车站的名字，

我揣着这些车票，

一次次回到故乡。

这里是世界的起点，

也是世界的终点，

今生和来生，也在这里交汇，

这里会是我离开这个世界的，

最后一个驿站。

这一次，我只买单程车票，

这一次，我只带上欢喜，

我将回到这里，

站在故乡的车站上，

再也不用离开。

蓝玻璃

　　我们这一代人出生的时候，正是动荡的"文革"初期。我们童年时期的精神世界几乎是一片荒芜，最快活的事情应该是"过娃娃家"了。我们幼小的头脑已被武装起来，很老到地演绎着"好人抓坏蛋"的游戏。

　　可是，蓬勃生长的生命朝气和对美的渴望并没遗忘我们。四五岁的小女孩已学会用钩针钩一些漂亮的饰物，用牙膏盖和碎电线制作一些小摆设。最难忘的一幕发生在我的好朋友欣欣家里。她那远在东北的伯父去上海出差，回来时顺路在我们那个小城停落几天。在一个暮霭沉沉的黄昏，欣欣把一个令人激动不安的消息传递给了几乎所有的小伙伴——在她伯父那里，她看见了四只精巧的小杯子。"是蓝色的，比蓝色还要蓝，透明，又模糊。"我们茫然又惊喜地扭动着小小的身子，然后一窝蜂地涌进了欣欣家。

　　欣欣的伯父怜爱地拍拍我们的小脑袋，轻手拿出了给别人捎带的四只小杯子。那沉甸甸的蓝色静静地落在我们还未被岁月污染的眼睛上，让我们屏住了呼吸。杯子的质地也极奇巧，既有瓷器的温暖，又有玻璃的润滑。那是我们狭窄的思维无法构造出的完美，我们在刹那间感受到了难以抗拒的魅力。

　　在那个风号雪舞的寒冬，一帮孩子陡然兴起了一股寻找碎片的热潮。小城的商店里没有这样的杯子，就是能有，我们也买不起，但我们有可能找到被人不小心打碎后扔掉的类似的蓝玻璃。我们常常猫着腰，钻进垃圾箱里，找寻那些残缺的但依旧美丽的器皿。没想到这垃圾堆里还藏了不少的宝物，一些碎碗片上有漂亮的纹络和花草，幸运的话还能找到飞鸟和金鱼的踪影。有个小朋友甚至捡获了一块印有正在读书的女孩形象的碗片，这只碗大概只是碎成了几个大块，碗片是有弧度的，女孩的头和她手里的书几乎被完整地保留了下来，大家自然羡慕不已。我们常会串下门，互相展示各自的战利品，那些碎碗片就成了我们这帮小孩子收藏的艺术品，照亮了我们的童年时光。存在家里的宝贝越来越多，大部分孩子并没歇手。我们都有些遗憾，我们最渴望找到的是一块跟那四个小杯子同样颜色同样质地的蓝玻璃。

　　我跟欣欣向来要好，经常结伴而行。有一次我们走得好远，发现了一个纷然杂陈的大垃圾场，两个已经疲惫不堪的小女孩顿时来了精神，欢快地飞了进去。几乎在同时，我和欣欣发现了一小片炫目的蓝色。一向笨拙的我鬼使神差地抢先了一步，在欣欣也伸出小手的时候，我已把那块蓝玻璃紧紧地攥在了手里。我看见欣欣冻得发紫的脸上划过一道失望的泪水，可我实在舍不得把这块蓝玻璃让给她。

因为这块蓝玻璃，欣欣和我有了芥蒂，我们不再互相串门，更不可能一起出去寻宝了。有时一大帮小孩子一起玩，欣欣和我都在，我们也不会跟对方说话。我想过把那块蓝玻璃摔成两块，却最终没下得了手，总是有些心虚的我也从没向其他孩子展示过这件珍宝。我终于找到了梦寐以求的蓝玻璃，可我感觉到的却是难言的失去。

将近一年后，我听说欣欣要随她的父母去南方了。在交通不发达的年代，连小孩子都知道，走了可能就是永远地走了，这辈子很难再相见。在欣欣家启程的前一天，我一遍遍地抚摸着那块蓝玻璃，小心翼翼地给它洗了个澡，那晚上我还让它睡在了我的被窝里。第二天我也去给欣欣一家送行，我什么话也没说，把用手绢精心包好的蓝玻璃塞给欣欣后，就流着眼泪跑开了。

我后来又见到了那块蓝玻璃，不是我给了欣欣的那块蓝玻璃，也不是从碎裂的玻璃杯上落下的蓝玻璃，确切地说，这是一个小小的蓝玻璃球，有着跟那块蓝玻璃相似的颜色和质地。我看到了炫目的光彩，还有我女儿眼里闪烁着的惊喜。

我早已离开故乡，已在美国生活了十多年，女儿已长到我当年出去寻找蓝玻璃的年纪。被女儿捧在手心里的那个蓝玻璃球，一下子点亮了我的记忆，把我带回从前。从前生活过的小城早就变了模样，现在的小孩子不再可能出去寻找蓝玻璃了，好像也没了这个必要。那样的蓝玻璃并不贵重，买一套蓝玻璃杯子花不了多少钱，何况还是打碎了的杯子。他们可以轻易得到他们想要的东西。

女儿也是这个年代的孩子，在物质上没有缺过什么。我们没少给她买东西，有的东西也能让她欢喜几天，但很难长久。东西太多了，对哪样东西都没了长心。得到新的东西时，很难感受到那种让人喘不过气来的兴奋，也就很难懂得珍惜。不知从什么时候开始，女儿也有了出去寻宝的喜好。我们当年是不得已，女儿是有意为之，寻到宝物时的兴奋倒是一样的。当然她不会钻进垃圾箱，这里的垃圾多半会被各家各户收在大垃圾袋里，垃圾日那天扔在门口或放在统一的大垃圾桶里，会有专门的人开着大垃圾车来收走。去垃圾箱里找到块蓝玻璃几乎是不可能的事情，但在路边的草丛中或是树林中，她能找到些被人遗落的玻璃球、乐高的一个小零件、橡皮筋等，还有飞鸟落下的羽毛、形状各异的小石子。她也会收集各种花草植物的标本，还会在邻居家摆放在院子里的各种摆设前长久地驻足。人家的东西是不能拿走的，但可以一次次地跑去欣赏，有时还会带着小狗去看那些新奇的玩意。所有让她流连忘返的东西我都可以买给她，商店里找不到，网上肯定能买到，这些东西跟蓝玻璃杯一样，并不贵重。可女儿很少附和我的提议，她在外面捡回来的那些东西反倒更让她上心。她会把它们当宝物那样存起来，或者摆放在家里最显眼的地方，用她自己的眼睛和心灵寻找回来的东西才是她愿意珍惜的。那是小孩子的精神世界，通透明媚，我也曾在里面生活过。

我不再自作多情地给女儿乱买东西，而是多花些时间陪她去外面的那个自然的世界里徜徉。我会由着她走走停停，留给她更多的寻宝时间，让她有更多的收获。洗衣服前若是在她的口袋里发现了"宝物"，我不会偷偷扔掉，会把它们放进女儿的百宝箱里。去海边时，女儿特别喜欢去捡贝壳。海边的商店里，可以买到各种贝壳，女儿也是没多少兴趣，她最喜欢的贝壳都是她自己在海边捡来的。每一次捡到宝贝后她会兴高采烈地跑向我，激动万分地向我展示她的战利品，就像当年的我们，捡到那些被人扔掉的碎碗碎杯子，也是这样的激动万分。这些贝壳不如店里卖的贝壳漂亮，我还是会帮她收起来，等她长大成人后交给她，这是她自己的童年印记。

我又看到了那块蓝玻璃，捧在女儿的手心里。年少的女儿和年少的我生活在不同的时代，有着天壤之别的物质条件，捡到蓝玻璃时的欢喜却是一样的，对美的向往和敬虔也是一样的。我看着女儿欢天喜地地摆弄着那个蓝玻璃球，眼睛里闪烁着璀璨的光芒，那是久违了的亲切，当年我的小伙伴的眼睛里，也闪烁着这样的光芒。

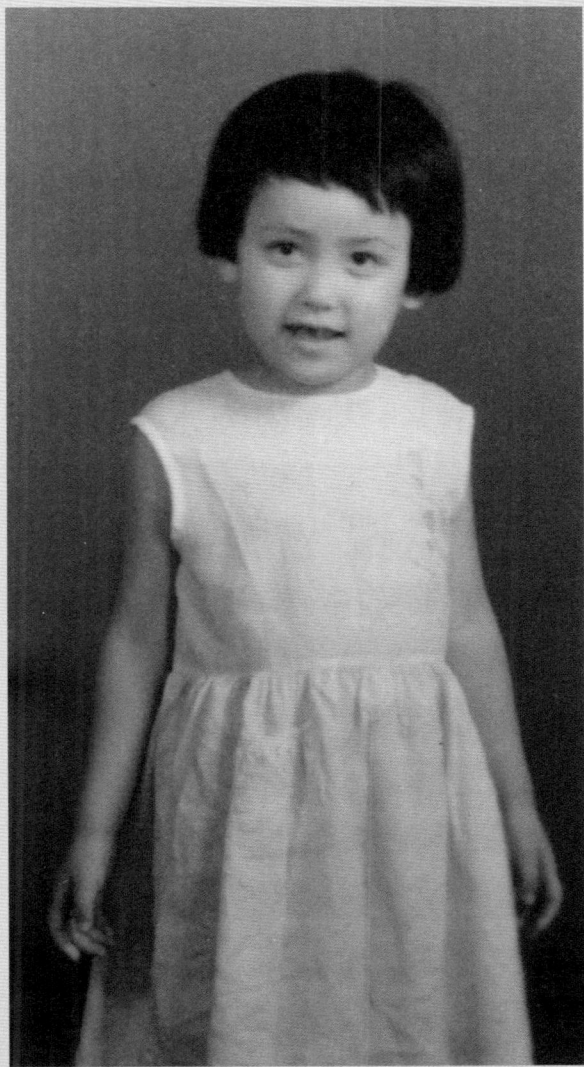

小时候的我和小时候的女儿。从
女儿那里，我知道了我是如何长大的，
我又从女儿那里经历了人生中的第二
次成长，她的成长里也有我的成长。

「贺卡缤纷」

寄贺卡在中国兴起时，我还在读高中。每年元旦前，五光十色的贺年卡柜台前、小摊前总是沸沸扬扬，从年逾古稀的老人到活泼俏皮的孩子，一色的欢喜认真。这是些幸福的人们，每个人都有亲朋好友，都在祝福别人，也在被别人祝福。贺卡虽小，情意深长，小小天地展示的是一个蔚为大观的世界。藕断丝连的回忆，魂牵梦萦的思念，馨香祷祝的期盼……都汇聚到那儿，在寒冷单调的冬季，这纸做的普通的卡片给了我们一道道风景，给了我们姹紫嫣红的幻想。

我喜欢上了给别人寄贺卡。我会在贺卡摊前花很多时间，一张张精心挑选。我也很在意贺卡上的那几行小字，每次写贺卡，总要苦思冥想，斟字酌句，有时还要捧本字典，找些美丽的词汇，尽情渲染我的美丽心情。

这样的兴致持续了几年，我渐渐没了这份兴致，有时候千篇一律的一句话从第一张贺卡写到最后一张。后来有位叔叔从加拿大做访问学者回来，一见面就很神秘地跟我说："你猜我在温哥华时，我的书桌上摆了哪两样东西？一个是我们家的全家福，另一个就是你寄的贺年卡，你还记得你在上面写了什么吗？"我支支吾吾地说不出来，他多少有些扫兴。那一次我是既感动又心虚，真怕那么令他难忘的几行字是从别人的诗集里抄下来的。不过从此以后我又开始认真对待那些卡片了，短短的几句话，有可能给对方带去长久的慰藉。一年有三百六十五天，写几句话才需要多少时间呢？何况写贺卡本身也是福至心灵之事。

我们寄贺卡，常常是寄给老师、同学、朋友，再就是父母家人，很少有人想到那些乳臭未干的小孩子。有一年的元旦前，住在我们楼上的一个六七岁的小女孩，跑来送给我一张自制的贺年卡。那上面有她自己画的太阳、房屋和树木花草，还一笔一画地写了几句祝福的话。这也许是我收到的最让我意外的贺年卡了。能得到孩子的祝福是幸福的，可我为什么就没想到给那些可爱的孩子寄张贺卡呢？原以为他们只喜欢糖果玩具，没想到稚嫩的心灵里也会有成年人的情感。虽然那只是些懵懂模糊的心思，可他们也许比成年人更向往这种表达爱意的方式，他们一定是怀着很纯真的情感来做这件事的。

这是一种很好的方式，也不难做到，我们可以借着这一张张贺年卡传递出关爱和祝福。记得有一年我多买了一张贺卡，寄给一位跟我的生活几乎没什么关联的老阿姨。她是我们那栋楼的送报人。年年岁末时，每年的来信量都要大大增多，大部分是贺年卡。有次听到那老阿姨用羡慕的语气说：还是当老师好，有那么多的学生和同行，哪次我能收到张就好了。我总是忘不掉她说的这句话。那年夏天她要回老家了，临走前我问她要她老家的地址，她给我地址时怯怯而莫名地望着我，又分明带了些期盼。辛辛苦苦的送信人，她曾千百次地为别人传递着祝福的讯息，祝福别人的人也应该得到别人的祝福。我揣测过那位阿姨收到贺卡时的心情，她不一定能猜出这贺卡是谁寄来的，但我相信她会在心底最柔软的那个地方永远珍藏这份祝福。

后来我来了美国，有了更多的机会写贺卡收贺卡。几乎所有的超市里都有摆放各种贺卡的货架，顾客可以随意挑选。贺卡的种类繁多，好像任何一种情感都可以用一张贺卡传递出去。有些贺卡会随着不同节日的交替而更换，还有一些种类的贺卡，像生日卡、感谢卡等，会长年累月留守在那儿。我最喜欢一家叫Hallmark的礼品店，常去那儿买贺卡。有时去买别的东西，我也喜欢在贺卡区流连一会儿，去感受下美好的情感。我发现贺卡展现的最重要的四个主题是：生命、爱情、感恩和庆祝，我们也多半会因为这些缘由去买贺卡或收到贺卡。生命包括了孩子的出生、每年的生日、生命中的一些重要的事件，像毕业时和退休时都有专门的贺卡，遇到生病或失去亲人这些生命中必经的坎坷时，朋友家人也可买张卡片去安慰那些正在承受苦痛的人。生日卡最有生命力，从出生到年迈，都能得到丰盛的祝福。能与生日卡媲美的大概是表达爱情的贺卡了，从坠入情网，到热恋、订婚、结婚，还有每年的结婚纪念日和情人节，恋人或夫妻间都喜欢互送贺卡表达浓情蜜意，他们的朋友家人也会用贺卡向他们表达祝贺或祝福。表达感谢和感恩的贺卡也从来不会退场，常能看到盒装的感谢卡，一般会有十张，看样子很多人喜欢用贺卡说声谢谢。在每年5月的感谢周之前，还会为小孩子提供更多的选择，他们可以选出送给老师的感谢卡，价格也相对便宜，照顾小孩子的购买能力。用于庆祝的贺卡会随着节日的更替一拨拨地出现在货架上，在母亲节时是看不到父亲节的贺卡的，只有等到那个节日前才能买到相应的贺卡，这个节日一过马上换上下个节日的祝福，当然这是商店里的规律，亚马逊之类的购物网站上没有这样的限制，但也少了些节日的色彩。

贺卡的流动性非常大，过段时间去看，上次见到的差不多卖完了，又有了些新的贺卡补充进来。这样的更新是件让人欣慰的事情，说明总有人在收到贺卡和祝福，也总有人在传递出美好的情谊。大部分贺卡都做得很精美，从设计、配图到上面的文字，都能带给人美的冲击力和温暖的感受。那些文字也在传递着真挚的情感，多是一行行深情的话语，但也可以用幽默的话语去表达。收卡人和送卡人总能找到最恰当的贺卡，譬如生日卡，细分到长辈送给孩子的，孩子送给爸爸或妈妈或祖父母的，孩子送给孩子的，男孩和女孩的可以是不同的；兄弟姐妹间的，情人间的，夫妻间的，朋友送的或同事送的，都会有所不同；还能找到送给叔舅姑姨的，连给配偶的父母或兄弟姐妹的生日卡也有专门的供应，贺卡上的话语自然也会符合不同的身份。单单一张生日卡，原来可以有这么丰富的情感表达。能照顾到细微的差别，多少代表着对情感的重视。置身于此，犹如在满天的星辰下漫天的祝福中徜徉，所有的情感都有了安放之处，也都有了释放之处，可以像鲜花一样盛开。

Hallmark 这类的店里还有各种小礼品，买贺卡时可以同时选个相应的礼物。很多礼物只要几块钱，做工却很精美，最重要的是，这些礼物是花了心思注入了感情的，可以表达不同的情感。很多小礼品上也有祝福的文字，有的只有一个单词，一定是那些最美丽最温馨的词汇。

我刚来美国的那些年里，每年过圣诞节时，我跟我的好朋友融儿都会交换礼物。记得有一年，坐在融儿的车里，我们换过礼物后，融儿说：还有最重要的东西没给你。说着她给了我一张圣诞卡，她强调说，这是最重要的东西。回到家后，我先拆了那些礼物，最后才去拆圣诞卡。融儿送给我的礼物总能让我爱不释手，这让我多少忽略了那些贺卡。融儿每年在贺卡上也一定费了不少心思，除了贺卡上原来就有的文字，她还会认真地写上一大段话，感恩于我们的友情，祝福我来年的生活。融儿把写贺卡当成比买礼物更重要的事情，可那些年里，我的心思都在她送给我的礼物上。很多年后，融儿和我生活在不同的城市不同的国家，我们分开后，每次想起融儿，我最先想到的是她送给我的那些贺卡。那些可爱的礼物大多散失了，或者早就用完了，那些贺卡还在，那上面的话语还在温暖着我。我庆幸我留下了那些贺卡，也早已习惯于留存贺卡。很容易买到保留贺卡的盒子，纸质的或木制的，可以存放很多贺卡。我的婆婆曾转给我一盒贺卡，是我先生出生前的 Baby Shower（准妈妈派对）上，她的朋友家人写给她的贺卡。过去了几十年，那些贺卡都已泛黄，那些美好的祝愿却更加珍贵。薄薄的贺卡不会占用多少空间，却可以储存很多的记忆。等我老了，有一件事我一定会去做，我会把珍藏的贺卡拿出来，一张张看过去，好像是在回望那些最美好的瞬间。其实不需要等到老了再去做这件事。

　　每年新年的时候，远隔万里的父母和我还是会像从前那样跑去邮局互寄贺卡。大家现在时兴寄电子贺卡，微信上一转发，省时省力。有的电子贺卡做得美轮美奂，再配上音乐，这是纸质的贺卡无法达到的效果。我也没少发电子贺卡，但我还是更喜欢纸质的贺卡，可以传递出一份独一无二的感情。情感可以分享，却很难复制。贺卡虽轻，捧在手上，还是有分量的，是个实实在在的存在。挑选、手写和邮寄，就有了庄重的仪式感，可以表达出我们对这份感情的在乎。

　　情感是需要我们自己去表达的，也值得记住。

「岁月歌声」

　　小时候，很多次听到爸爸在哼唱一首歌，一首我所陌生的歌。每一次，我只能听清一句"……大学生成群走在列宁山上……"，或许这是他印象最深的一句歌词吧。很多年后，我在买港台流行歌曲的磁带时，发现了一盒录有《列宁山》的五十年代流行歌曲集。我不能确定《列宁山》跟爸爸唱的那首歌是不是同一首歌，但还是买了下来。到家时，爸爸正在厅里吃晚饭。我把磁带交给他，他放下碗筷，迅速看了遍曲目，边说着"是《列宁山》，就是这首歌"，边奔到放了收录机的那个房间。他的动作太急促，把外面的包装盒都撕破了。

　　房间里很快响起了《列宁山》的旋律，歌曲中焕发出的蓬勃朝气很快感染了我，爸爸那全身心的投入也打动了我。我问他为什么这么喜欢这首歌，他告诉我，他上大学时，为了能在阅览室里占上一个位置，总要早一点去，在等开门时，常常听见喇叭里在放这首歌。我明白了，这首歌让爸爸想起了他的青春岁月。我悄悄退出屋去，就这样，爸爸在屋里一遍遍地听，我在屋外一遍遍地听。听到那句"当我们想起年轻的时光，当年的歌声又在荡漾"，我的眼角湿润了，我没有想到这支不属于我们这一代人的歌，竟能给我带来这样的感动。无从追踪的思绪，飘散着清幽的芬芳。那是被岁月漂洗过的音符，像是冥冥之中的许多美妙的组合，每个音符都有着神奇的魔力，它们峥嵘于爸爸已不再年轻的生命中，又唤醒了我心底的草木和溪流。

此后，爸爸还是常常哼唱《列宁山》，但他最钟情的一句歌词变成了"当我们想起年轻的时光，当年的歌声又在荡漾"。我也喜欢上了那些苏联歌曲，买回来所有我能找到的磁带，还自录了不少歌曲集。电视或收音机里播放苏联歌曲时，我就用录音机录下来，再把它们串到一盒盒卡带上。我甚至学起了俄文，可以原汁原味地欣赏。我生活在大学校园里，总能找到学俄文的地方。外语系的一位老师，大学学的是俄文，后来改到英文上，听说我想学俄文，很是兴奋，在一片英语热中，竟然有个年轻人想学俄文，他马上收下我这个徒弟，每周去他家上两次课。他死活不收钱，每次却教得极认真，也很投入，讲到兴头上，常常红光满面。我还拜了另外一个师傅，去学手风琴，手风琴可以演奏很多好听的苏联歌曲。

当时大学校园里的很多教师是五六十年代毕业的大学生，他们上大学时没少听苏联歌曲。那些叔叔阿姨是我父母的同事朋友，在共同的歌声中，在情感的共鸣中，我们结下了忘年交，没有了年龄和辈分的隔阂。我陪他们回到了他们的青春岁月，他们的青春又在我这儿有了延续。其中的一位阿姨要去莫斯科访学，她和我都有不少的期待，希望买到那些五十年代曾在中国大地流行的苏联歌曲的原版唱片，但是很多歌在那里似乎消失了踪影。她很失望，她觉得失去的不仅是魂牵梦萦的歌声，还有一去不复返的青春岁月。

我那时正年轻气盛，固执地认为青春是不会一去不复返的，那些魂牵梦萦的歌声，一定会感动一代代的人。后来我结交了几个从苏联来的留学生，我请他们一起欣赏那些苏联的老歌。他们说，他们的爸爸妈妈或祖父母好像听过唱过这些歌，他们喜欢的是另外一些歌。那些苏联留学生也跟我一样忙着搜集歌曲，找到我们想找的歌带时，我们的激动也是一样的。不过我找的是苏联歌曲，他们找的是欧美最流行的歌曲，他们喜欢的是摇滚乐，喜欢 Michael Jackson，他们在苏联时很难找到这些歌曲，在改革开放后的中国，他们听到了他们最想听的歌。看着他们在那些歌声中欢呼雀跃，我感受到的却是那个阿姨的失落和失望。

二十年后，我生活在美国。先生是个美国人，熟知欧美的各种乐队和歌曲，受了他的影响，女儿在音乐中长大，七八岁时开始分辨各种乐队和主唱，十一二岁时对音乐已有了很专业的敏感度。我们开车出门时，车里的收音机总是大开着，一路听歌。先生更喜欢摇滚（Rock and Roll），女儿更喜欢说唱（Rap），各种电台轮番播放着各种流派的歌曲，父女俩常为听哪首歌打架，都想控制了收音机的调频。当然也会碰上他们两个都喜欢的，这时候父女俩就结成了统一战线，跟着电台一起嗨。我也跟着心花怒放，很少是被某首歌撩拨的，我是被他们的欢喜感染了。那些歌也很好听，只是没有特别多地感动到我，但我能理解另外一些人的感动。

有一次，几首似曾相识的歌飘过，我告诉他们：这些歌我以前也听过。

先生问我：你来美国后开始听的吗？

我说：我在中国就听过了，还是在一些苏联留学生那里听到的。

那一刻，我彻底忘掉了当年的失落和失望，也很为那些苏联留学生高兴，他们找到了他们喜爱的歌。我们都被歌声打动了，虽然是不同的歌。

也是在车里听歌，那时我还在北京。有个美国朋友杰瑞米来北京旅游，想去司马台长城，我请朋友老李开车带我们去爬那段古长城。去的路上，老李转动收音机调频时，一下冒出一首我很熟悉的苏联歌曲，《莫斯科郊外的晚上》，还是用俄语唱的。

车里的空气凝固了几秒钟，很快，杰瑞米、老李和我，一起跟着唱了起来，收音机里用的是俄语，杰瑞米用英语，老李和我用中文，这是一首我们都熟悉也都喜爱的歌。

我们仨在北京唱这首歌时，这个世界上已经没有了那个叫苏联的国家。爸爸喜欢的那支歌里唱到的列宁山还在，不过列宁山已经改回原来的名字，成了"麻雀山"。可是在那支歌里，那座山还是叫"列宁山"。

在开往长城的路上，我们三个用不同的语言唱着《莫斯科郊外的晚上》。唱歌时，我们忘记了世间发生过的那些大事。

一阵清风吹来歌声，又把我们的歌声带向远方。在歌声中，世界是和平的，也是纯净的，没有纷争和防范，只有共同的感动。这样的感动可以让我们完全敞开心扉，不论世事和年代，不论肤色和种族。

时间停了下来，只有歌声在流动。

来到美国后，我最先听到的不是先生和那些苏联留学生喜欢的歌，而是一些我既熟悉又陌生的中国歌曲。

刚来没几天，一个朋友带我去了一个大楼的底层，当地华社的合唱团正在那里练唱。不同年龄的中国人，正在很动情地演唱一些中国不同年代的歌曲。这些歌曲我都听过，在中国时总有机会听到这些歌。开始时我有些惊诧，感觉这些人很落伍，中国的年轻人已经不听不唱这些歌了，他们还唱得这么投入这么声情并茂。

出于礼貌，我坐了下来，听他们唱歌。这些我以前并不在意的歌曲，在远离故土的地方听到时，我还是听到了别样的味道。原来歌曲也是有味道的，只是这味道需要用心去品味。

歌声中，我有些恍惚，忘了自己是在哪里。

我很快就跟这些人一样了。回中国时，我会买很多CD，里面是不同年代的中国歌曲，我像当年搜集苏联歌曲那样搜集着各种中国歌曲，然后把它们带回美国。我很少唱歌，没有加入合唱团，我喜欢自己一个人静静地坐在那儿听这些歌。听歌的时候，眼泪常常止不住地流出来。我生活在中国时好像不是这样的，真要有过，可能会觉得矫情。可在异国他乡听这些歌时，我听到的就不仅仅是歌了。

我不去跟那些也喜爱这些歌曲的中国同胞分享，他们也不用跟我分享，我们每一个人的手上都抓了一大把歌曲，抱在怀里，歌曲已经很多，我们已经抱不过来。有些歌却不是什么时候都敢听的，像费翔唱的《故乡的云》，这首把多少远离故乡的人唱哭的歌，我在看演出时从未听人唱起过。太多的情感和思念，只能压在心里。

　　我看过不少演唱，很少有单独的演出，大多把演唱节目放在晚会中。那时候我在纽约州的奥尔巴尼，当地的华社每年会为春节等中国的节日打造一台台精彩而深情的晚会。节目的样式很丰富，我最喜欢的是独唱和合唱。那些歌曲会有一个共同主题：思乡和祝福。歌为心声，形于颜色，无论是台上的演唱者还是台下的观众，都在动心动容。

　　后来我搬到了华盛顿特区，有更多的机会看到这一类的表演。春节前后比较集中，平时也会有这样的机会。有的演出精彩绝伦，有相当高的水准。更多的演出类似于我在奥尔巴尼看过的那些晚会，是非专业的演出。歌手是业余的，舞台布景和音响也很可能是简陋的，可是，当那熟悉的歌声一经响起，就会让人心潮起伏，百感交集，那是用思念唱出的歌。以前我去听音乐会或演唱会，会在乎演唱者的名气和音效灯光之类的效果，听这些歌时，声名和形式已不重要。我还在商场里听过这些歌，热闹的人流中，突然听到了那亲切的歌声。我循声走过去，看到临时搭的台子上，几个中国同胞在深情地演唱。他们的身后、四周和头顶，高挂着一些喜庆的中国吉祥物。过春节时，很多美国的商场会装点上中国元素。到底不能像本土的圣诞节那样有海量的装饰物供商场挑选搭配，数量有限的中国装饰就显得有些零散，颜色是鲜艳的，看着还是有些简朴，演唱的条件和演唱者的装束也是简朴的，可几个朴素的元素搭在一起，还是有了效果，烘托出来了年味。情感也是朴素的，能感动了人的歌声也是朴素的。人声依然喧嚣，我只听到了歌声，大庭广众之下，我不管不顾地让眼泪流了下来。

　　漂泊在路上，这样的停留总是让人怦然心动热泪盈眶。不知身在何处，好像是回到了故乡。

我们这一生应该能听到很多的歌，能真正感动了我们的歌却是有限的。这些歌多半出现在我们年轻的时候，在人生的某个特殊的阶段，我们正好遇上了它们，那份因歌而起的情感就开始陪伴我们，可以串联起我们的日子，陪着我们走完这漫长的一生。我们对那些歌曲的感情是私密的，那是一种我们自己都说不清楚的情感，弥漫在我们的生命中，无法捡拾出来，也就无法向别人诉说。虽然很多人会被同一首歌打动，但每一首歌对每一个人来说都是独一无二的，那样的情感无可复制，也无法替代。我们也可以随心所欲地改动一两句歌词，我后来发现，《列宁山》里并没有那句"大学生成群走在列宁山上"，爸爸让两句歌词组合到了一起，他把这首别人的歌变成了自己的歌。

　　在以后的岁月里我们也会遇上很多的好歌，但我们很难被感动了。我后来也喜欢上了几个摇滚乐队，但他们演唱的歌曲让我感受到的是不同的情感，像皇后乐队（Queen）演唱的《波希米亚狂想曲》，让我感受到的是震撼。难得我们一家三口都喜欢这首歌，车里传出这首歌时，我们都静默下来，静静地听歌，静静地被震撼着。我们也会用手机或电脑听这首歌，配上画面，有了更强烈的效果。我也很喜欢甲壳虫乐队（The Beatles）的很多歌曲，特别是那首《昨天》。可他们的《昨天》无法把我带回我的昨天，只有那些在我年轻时就感动过我的歌曲，才能把我带回我自己的从前。都是好歌，却在时空的交错中失之毫厘，就是那么一丁点细微的在情绪上的差别，我就没有了那种独特和私密的感动。

　　当我不再年轻时，我有时会想，年轻时应该多听些歌，多积累一些可以享用一生的精神财富。可那些能感动了一个人的歌曲是可遇不可求的，我就是努力地找寻，也不一定能遇上它们。有一点我倒可以确定，没有被歌声打动过的生命是不完整的，没有在歌声中浸泡过的青春也是有缺憾的。年轻时没留下几首歌，都不好意思说自己年轻过。

也有一些歌，我在年轻时听过，过了几十年后才被打动。我十多岁时，满大街都是罗大佑的歌，我在那些歌声中走过，并没有特别的感受，我是在过去了二十年后才被罗大佑的歌感动的。流水带走了许多光阴后，我才听懂了《光阴的故事》。还有一首歌，叫《该怎样就怎样》（Que Sera, Sera），也是在我十多岁时听到的，一个女歌手常在电视里抱着吉他唱这首歌，后来再没听到过。三十多年后，在上健身课时，我突然听到了这首歌，是原唱 Doris Day 唱的，很快满屋子的人都跟着唱了起来。教练会选一些歌配合我们的动作，这还是我第一次听到大家跟着唱。这里最年轻的大概也将近三十岁了，年长的有六十多岁，大家一起唱了起来："当我还是个小女孩，我问我妈妈，将来会怎样……"那一刻纷繁浩渺的各种情感一起朝我涌来，当曾经无法知晓的将来，已经成了无法改变的过去时，我被这首年少时听过的歌打动了。这一次眼泪没有从脸颊上流下来，我躺在健身垫上，仰面朝天，泪水夺眶而出，打湿了我的头发。

感动了我们的歌曲，跟青春和生命有关。

那些在岁月中流过的歌，流进了我们的生命中。

我早就不会说俄语了，学会的那点俄语都还给了那位热情的老师。我也好久没摸过手风琴，家里也没有手风琴，曾经可以用手风琴演奏不少苏联歌曲，现在一首也不会了。可是某一天，坐在美国的家里上网时，偶然听到了那首用中文演唱的苏联歌曲《列宁山》，我的眼泪顿时倾泻而下。

这一次的感动跟我当年的感动是一样的，甚至比当年的感动还要多。

以为青春已远去，带走了很多的情感，歌声响起时才知道，那些感动并没有消散，都还留在心里。这样的感动无关世事，只跟纯粹的情感有关。"当我们想起年轻的时光，当年的歌声又在荡漾"。在那些让人动过心动过情的歌声中，我们还可以这么纯粹。

在我以为我再也不会被新的歌声打动的时候，我听到了李健唱的歌。我最先听到的是《贝加尔湖畔》，我总能在各种味道中迅速分辨出俄罗斯的味道，手风琴声出来时，我就听到了那种味道。

我又去听了他唱的其他的歌，有的是他创作和原唱的，有的是翻唱的。那些歌里不再有俄罗斯的味道，可是这一次，我被深深地感动了，一次次地被感动。在浅唱低吟的沉静中，竟然可以迸发出让人难以自持的感动。我心里的那扇门已在岁月里关上，年轻时存在那里的歌都还在那里，后来的歌却很难进来，能敲开那扇门的，一定要有足够的冲击力。李健唱的那些歌似乎是轻柔的，没有高音和花哨的技巧，可我从那些歌里听到了一个歌唱者对人生的态度和感知，正好契合了听歌的人对生活和生命的感受。那些歌里还有着丰富的情感，真挚朴素纯净的情感。那歌声是有情感的，从很多人的心里汇聚出来的情感。

评论区快被泪水淹没了，多少人在边听边哭，原来因歌而生的感动可以是一样的。"不知不觉中已离家千万里"，在这些歌声里，我们听到了只有故土和岁月才能孕育出来的声音。

我这才知道，最能打动我的歌声，是来自故土的味道，还要用漫长的岁月才能酿造出的味道。心里的那扇门不是敲开或推开的，是自己敞开的，我愿意用心去听那些用心写出唱出的歌。

一个"异乡人"，坐在"十点半的地铁里"，一遍遍地听着"父亲写的散文诗"，抬起头时，看见了"故乡山川"，上面洒满了古老清澈的"月光"。

那些从岁月里飘出的歌，最终飘落原处，那是我们的生命开始的地方。

「彼此不知姓名」

那一次是去火车站接父亲。接站的人最怕晚点，偏偏让我碰上了，而且不知要晚多长时间。广播里一播出这个讯息，我心里陡然冒出一些烦躁，还有摆脱不掉的焦灼，火车总不会平白无故地晚点吧。那个年代里我们还没用上手机，只能干着急。我在拥挤混乱的候车室里漫无目的地走着，不知不觉中走到了贵宾室的门口。门虚掩着，里面是诱人的安宁和清爽。"我能不能进去"的念头还未全冒出，我已经随手推开了房门。

"嗨，你好！"一声用英语打的招呼让我后退了半步，我还是可以看到室内的沙发上坐着一位外国女士，大约三十多岁。一头棕黄色的头发不长不短，给人一种轻松随意的感觉。

"请进！"那女士朝我微笑着。我知道扭头跑掉实在不礼貌，只好硬着头皮走了进去。

待我坐下，她开口问道："你也是等火车吗？"这次她换成了汉语，虽然很生硬。

"是的，我来接我爸爸，火车晚点了。"我用英语回答她。那时候我自作主张把要学的外语从英语换成了俄语，原来的那点英语底子快荒废了。我不知道当时哪来的这么大的勇气，开口说起了英语，或许是她那双温和的蓝眼睛造就了说英语的氛围。

她听我会说英语，很是兴奋，还夸我英语说得标准。我知道她是在安慰我，但还是受到了鼓励。

从谈话中得知，她是美国人，曾在广西学过汉语，现在在中国的一所大学里教英语，这次是准备转道上海去香港的，等的正好跟我是同一次列车。

这是我平生第一次单独跟外国人接触，本该有的拘束很快被她的热情融化了，害羞的我也越来越外向。她有意放慢了讲话的速度，碰到我打奔儿的时候，便微笑着用鼓励的眼光看着我，让我那蹩脚的英语好几次起死回生。我们的对话里也夹杂着汉语，她的汉语也派上了用场。还不行的话，我们就用手比画。她那有限的汉语和我那有限的英语，再加上身体语言，正好让我们把我们的对话顺利地进行下去。她跟我谈她在美国的生活，她的兄弟姐妹，她在中国的所见所闻，这些谈话内容给了我一个很好的听英语说英语的机会，还让我对美国多了些认识和了解。我那时还在青春期的尾声，有些莫名其妙的想法和偏见，因为当时正迷恋着苏联，就自作多情地把美国和美国人排斥在外。第一次遇到个美国人，第一次跟一个来自美国的人聊天，陡然发现美国人也挺不错的。到了吃饭的时候，她从旅行包里拿出食品水果饮料，跟我分享，我没推辞。两个人边吃边聊，气氛更加活跃。

很快过去了三个小时，我们等的火车终于进站了。我们一起涌向站台，恰巧在拐口处遇上我爸爸，我让他先在门口等一下，然后陪着那位美国女士继续往前走，我觉得我应该把她送上火车。当她得知我要送她上车时，像个孩子似的快活地挥舞着手臂。

车厢门口，她给了我一个大大的拥抱。她在卧铺车厢，上车后她很快打开车窗，伸出手来，紧紧拉着车窗外面的我的手。她用夹杂了汉语的英语跟我说："本来外办的小姐来送我，因为火车晚点，我让她先回去了。我以为这次要一个人赶火车了，可是你来了，好像上帝把你送来的。谢谢你来送我，我好快活，我会永远记着你。"她的语调轻柔得令人心碎，我完全沉浸在依依惜别的情绪中。三个多小时前，我们还素不相识，此时却难舍难分，所有的情感都溢于言表，旁边的人大概会误以为我们是相识已久的朋友。那一刻我觉得世界那么小，不同种族的人原来这么容易沟通。

火车慢慢启动了，我们大声说着祝福的话，直到火车的轰鸣声淹没了一切。

我们始终不知彼此的姓名。她问过我的名字，中文名字对她来说有些拗口，更是难记住。她告诉过我她的名字，我也没记住。我们在一起待了三个多小时，还是不知彼此的姓名。我们像两朵流云，飘动时偶然相遇，风吹来了，又彼此散开。湛蓝的天上看不到我们相遇时留下的踪迹，晴空万里，但已是被热情、真诚和爱感染过的天空。

后来我又有过一些类似的经历。不同的地方，不同的机缘，多半是在旅途中，我们偶然相遇。很多时候我们都不去问对方的姓名，偌大的世界，我们知道我们今生很难再次相逢。可我们在一起时，我们很开心，也很放松，一起度过了一段美好的时光。我们相聚的时间太短，留不下太多的东西，我们也并未期望给对方留下什么深刻的印象。遇到时我们彼此陌生，道别时我们还是陌生人，却在不经意间，留在了彼此的记忆中。我不知道他们的姓名，可我愿意用余生去怀念，怀念那些熟悉的陌生人，和那一段段短暂而温暖的时光。

「曾经拥有和未曾失去的」

曾经以为，每一天从东方升起的，是一轮新的太阳。繁茂的大地上铺满了鲜花，娇艳的花儿在清新的晨曦中醒来，一起朝着那轮朝阳吐露芬芳。我们伫立大地，遥望远方，看着那轮太阳冉冉升起。年轻的目光与第一缕阳光交会，迸发出让我们怦然心动的希望。

我们相信太阳一定会升起，所以我们也相信我们的梦想一定会实现。我们的梦想可以比山川更高，我们的激情可以与江海一起奔腾。我们相信花谢了还会再开，所有的坚持都能等到雨后的彩虹。我们相信这个世界可以明媚纯净，我们的心灵也可以永远纯粹。

我们相信美好的爱情，有情人可以终成眷属。如果今生不够长，来生我们还可以在一起。我们以为死亡离我们很远，亲情友情可以与我们终生相伴。在家里我们被亲人环绕，离开家后我们会有很多的朋友。我们的朋友只会越来越多，不会有人中途退场。

我们可以轻易地看到美的东西，美的风景，美的心灵。这个世界会因为我们的存在而美丽，还会因为我们的努力而更加美好。

那时候的我们爱哭爱笑，很容易被感动，也可以无所顾忌地表达我们的情感。我们还常常被我们自己感动，有些梦想很傻很幼稚，还是能让我们感动落泪，因为我们倾注的是最真挚最饱满的情感。

我们不明白这个世界怎么会有纷争和战火，我们也不明白人与人之间怎么会有欺骗和背叛。如果这些污浊的丑恶真的存在，它们将在我们的奋争中被彻底改变。我们背负使命而来，多少次我们豪情万丈。我们不能容忍碌碌无为，我们将作为栋梁之材支撑和改变这个世界。情窦初开的时候，我们渴盼的不仅仅是爱情，激情和梦想是我们最初的热恋。它们成就了我们的青春，让那些默默无为的日子成为锦瑟年华。

在最单纯的日子里，我们相信太阳在为我们升起。

澎湃的激情渐渐平息，平淡的生活磨蚀着耀眼的光环。曾经以为我们能改变了世界，可是有一天我们发现，我们连自己都难以改变。我们行走在川流不息的人群中，原来我们是这么的渺小。学到越多的知识，我们越能感觉到我们的匮乏；做过越多的努力，我们越能感受到我们的无能为力。太多的事与愿违，愿望再美好，也不一定能在艰辛的付出后变成现实。相爱的人不一定能走到一起，执子之手，不一定能白头偕老。那些至爱亲朋也开始离去，我们这才知道，我们不可能跟他们永远相守，死亡和离别就在我们的身边。这让我们更加地心灰意冷，我们垂头丧气，我们开始虚度光阴蹉跎岁月。在我们一无所有的时候，我们渴望成就伟业；在我们真的可以做些什么的时候，我们却在漠视着最初的诺言。我们一点点埋葬掉我们的希望、梦想和勇气，这比埋葬掉我们的生命还要让我们痛苦。可我们还是做了，甚至做了我们曾经厌恶和不耻的事情。我们在一天天变成我们曾经讨厌的样子，我们的所作所为让我们沮丧和愤怒，沮丧和愤怒又让我们更加地无所适从，曾经美好的我们去了哪里？不再期待，明天会比今天好；不敢相信，我们曾经满怀激情和柔情。我们不是因为青春渐行渐远而黯然神伤，我们难过的是，青春的热情和朝气正在冷漠的岁月中一点点沧桑和泯灭。

我们不得不面对我们的软弱、无能，我们在无数次的妥协和放弃之后，还在继续妥协和放弃。退到最后那道底线时，我们已两手空空，只是我们的心里还挣扎着一些不舍和不甘。有些梦想不该被世故和艰难吞噬，只有我们自己能为我们留下那份初心，只为我们而生的初心，如果我们放弃了，就再也没有保留的可能。我们每一个人都是独一无二的，有些事情只有我们可以成就，如果我们不去做，就再也没有实现的可能。

我们犹豫着站在那里，没有看到太阳的升起，眼前的树枝上却摇曳着明亮的阳光。远处传来熟悉的歌声，不再让我们热血沸腾，可我们的眼角还是流出了一行热泪。我们怎么还能被感动？也许我们还没有走得太远，也许我们还没有离开得太久，少年人的纯粹和激昂还会在我们的心头徘徊。飞鸟从天空飞过，带回一些已经陌生却依旧让我们感到亲近的记忆。我们不仅仅只是年轻过，我们还有过很多的梦想和激情。不期而至的感动，还可以让我们潸然泪下，还可以让我们想起从前，想起我们最初的诺言，最美好的愿望，最勇敢的决定，最执着的坚持。

我们以为我们忘了，我们却都还记得。

我们默默地往回走。没有祝酒词，没有鲜花和掌声，我们还是走了回去，怀揣着羞涩和忐忑，努力地往回走。身边竟然走着很多的人，我们彼此注视，在心领神会的一笑中，我们轻松了许多，也强大了许多，每一个人的一小步，也可以汇聚成浩瀚的洪流。

浩荡的人群中，我们依旧渺小，可我们不再因为我们的卑微而无所作为。世界不能因为我们变得美好，至少不能因为我们变得丑恶。有的时候，我们对这个世界的改变，不是我们做了什么，而是我们可以坚持不做什么。我们没有随波逐流，我们还能有清醒和坚守，这也是我们对这个世界的改变。我们少一些功利之心，少一些冷漠和熟视无睹，就是在善待别人善待生活。我们还在爱着那些我们终将离别的人们，我们还在追逐着那些梦想，我们已经知道，很多梦想我们终其一生也无法实现。可是我们多实现一个梦想，这一生就少了一份遗憾。没有爱，没有梦想和努力，也就枉为此生。

黑暗的夜里，我们可以因为匆匆赶路而绊倒，我们也可以安静下来，仰望星空，寻找那些明亮的星辰，在星光的照耀下继续前行。当大雪掩埋了道路，如果我们还敢于走出去，我们就可以走进一个晶莹剔透的世界，纯净的冰雪可以洗掉我们心底的污垢和麻木。

我们摘下脸上的面具卸下心里的负担，年少时渴望的轰轰烈烈，不再让我们心旌摇荡，平庸的方式和结局不再令我们羞愧。我们很难成为基石，我们只是一块块最不起眼的砖瓦，俯拾即是，可我们可以与无数的砖瓦一起，支撑起基石之上的宏伟大厦。我们还可以用我们的方式改变世界，这并不是自欺欺人妄自菲薄。我们默默无闻地做好我们应该做好的每一件琐事，我们就担负起了我们对这个世界的责任。我们还可以以梦想之名，在平凡中坚守，我们站立的地方，正散发着光芒。我们用枯燥琐碎日复一日的劳碌，成就了朴素无华的奉献。当凡夫俗子的生活消耗着我们的激情，我们在疲惫不堪中还能往前迈步，这不就是可以延续希望的对生活的热情？当我们百事无成，在最绝望的时候，我们还能再做一次努力，这不就是风雨无阻的勇气和执着？如果再给我们一次机会，我们还愿意相信，相信自己，相信别人，相信明天又是崭新的一天。

黑夜的尽头，太阳又在升起。我们终于明白，每天从东方升起的，是同一个太阳。太阳只有一个，可喷薄而出的每一天都前所未有。万木苏醒，带走了我们的倦意，柔软的晨光和纯洁的朝露融化掉坚硬的疲惫。清晨的世界里没有阴影，我们还可以重新开始。

我们看见草木在生长，扎根在我们最初的愿望中。当我们凝视它们时，我们看不到它们的变化；可是很多年过去后，我们惊讶地看到，它们已经改变了世界的模样。我们以为它们早已死去，或许它们真的死去过，可种子落在了土壤中，它们又开始发芽，破土而出。它们可能长不成参天大树，就是一棵小草，也可以用绿色装点大地。我们曾经拥有和未曾失去的梦想、激情和执着，就生长在那片盎然的绿色中。

　　春风吹过，又吹绿了希望。

　　阳光明媚，这是我们每一个人都可以拥有的光明。

大伯的结婚照，他二十八岁时就去世了。我的大姑姑为他收拾遗物时，看到了大伯留下的不少文学书籍。大姑姑也喜欢文学，可她不知道大伯也有这个喜好。她见到的大伯多半时间是在写毛笔字和打算盘，大伯去世后她才知道，大伯不用忙活那些杂事时，会躲在那个不透气的小阁楼里做他最喜欢做的事情，他要怎样省吃俭用才能买下这些书呀。大伯的一生短暂而坎坷，我这个跟他从未谋面的晚辈唯一感到安慰的是，我现在知道了他的一生也是充实的，那些书籍给过他快乐和慰藉。

故乡，远方

我们在故乡一定眺望过远方，这个远方可能离我们很近，就在几里之外，走都可以走到，我们眺望这个地方时，我们会以为这里离我们很远。我们眺望过的远方，也有可能离我们很远，远到了天边，我们用一生都走不到那里。

我曾在故乡眺望过的远方，就是一个离我很远的地方。

十多岁时，我开始阅读很多世界名著，开始关注外面的世界，就在那个阶段，我迷恋上了俄罗斯的文学和艺术。少年人的热情是最容易被点燃的，而且一经点燃就可以燃烧成熊熊之火。

我狂热地迷恋上了那片黑土地，时常在俄罗斯的土地上放牧我的情思。冬日的夜晚，我静静地坐在窗户边，看蜡烛的微光摇曳闪烁，远处传来克里姆林宫的钟声，打破了我的孤寂落寞。万物复苏的田野上，我踏着淡青鲜嫩的松雪草，听春日的云雀在歌唱。凉风习习的夏日，如歌的行板回荡在微波荡漾的小河上，阵阵清风吹来如水的安宁。果实累累的金秋，高高的裸麦铺天盖地，我与古老的土地一起分享着丰收的喜悦。那是一片神奇又多情的土地，三套马车在茫茫雪原上奔驰，行猎的号角在晨雾缭绕的树林里回荡，即使在荒山僻野，也有普希金的诗陪伴着热爱文学和艺术的人们。

我阅读了所有能找到的俄罗斯文学作品，一本本纷扬广博的作品把我带进一个苍茫而沉实的世界，力透纸背的文字用无言的沉默抚慰着躁动的魂灵。俄罗斯的绘画也令我心驰神往，简洁的色彩背后，是浑厚沧桑的声音。还有那优美的舞姿，并不张扬，却可以把温柔和力量淋漓尽致地展现出来。我最倾心的是俄罗斯气质，弥漫着广博的忧郁，犹如俄罗斯的歌曲，沉郁而真挚，舒缓而凝重，在最欢乐的歌声中也有淡淡的伤感，在最沉重的忧伤中也有热切的祈求，这样的气质最应该造就伟大的艺术，豆蔻年华的我也最容易被这种气质打动。

我的初恋不属于一个人，俄罗斯是我的初恋。

我在故乡一次次地眺望着我的恋人，在流动着呢喃细语的竖琴声中，我和我的初恋恋人走过铺满铃兰花的小路，一起走向郁郁苍苍的森林和一望无际的草原。我的心中涌动着悠长的情思，年轻的欢欣和向往在我面前绽放出美妙的花朵。

回荡在白桦和云杉间的芦笛声渐渐远去，我离开了故乡，并没有来到俄罗斯，我最终落脚在美国，一个我在故乡未曾眺望过的地方。

太阳也在这片土地上升起，鲜花也在这里明媚地绽放。这里的人民也很善良，陌生人的微笑也让我感到亲切。远方原来并不神秘，跟我的想象有很多的不同。远方的人们也过着寻常百姓的生活，有喜怒哀乐，有悲欢离合。这样的平实似曾相识，五味杂陈的烟火气是我熟悉的味道，远方和故乡就在不经意间重叠到了一起。这里的很多人跟我长着不一样的面孔，但我听懂了他们的语言，用另外一种语言表达出来的情感，竟然跟我的情感一模一样。我喜欢上了这里，这里也有灿烂的朝霞和盎然的春光，这里也有播种和收获的轮回，这里也可以安放我的情感，这里也给了我很多的感动和祝福。

我在这里播种，我在这里收获，我在一个未曾眺望过的地方安家立业。

可是有一颗种子，我始终找不到播种的土壤。有一种情感只属于故乡，在散失了故土气息的土地上，乡愁只能握在我的手里存在我的心里，越来越重，无法卸下，又无处安放。

我在故乡眺望远方时，未曾想到有一天我会在远方眺望故乡。

脚下的土地无须我们去眺望。生活在故乡的人们，几乎忘了身在故乡，浑然一体时，也就忽略了她的存在。故乡的泥土，是春天飞扬的黄沙，是鞋子上的尘土，是飞进眼睛的尘埃，是吃饭时不小心吃到的一颗沙粒。故乡就是如此的具体如此的普通，如布袜青鞋粗茶淡饭一般朴素无华。我们不会去眺望我们的安身之处，我们也不好意思为普通人的日子堆砌赞美。

诗总是跟远方连在一起，梦想和激情，只能属于远方。

离开故乡后，才知道那里是我的故乡。童年的歌谣和熟悉的乡音是最美的诗，我最初的梦想和激情也在那里生根发芽。

我开始怀念茉莉的芬芳，浅草中的耳语，熟稔于心的气息，还有溅湿了心扉的露珠。我在远方眺望起我的故乡。我看到了三月里的暖阳，黄昏时的炊烟，夜晚的篝火，我看到了父母脸上的皱纹，还有川流不息的人群，我们有着同样的肤色，长着相似的面孔。身在故乡时，我从不留意故乡的模样。在远方眺望故乡时，我第一次看到了故乡的容颜，完整而清晰。楼台亭阁，花草树影，早就熟悉的景致，还是让我无法移开那长久的注视。我依旧不会用美丽的辞藻形容那里，对于最亲近的人最亲近的地方，我们羞于表达，也无须表达。最美的语言，也只能是语言。饱满的情感柔软无骨，又无边无际，语言无法捡拾，也无法表达。

眺望故乡的时候，月亮总是很圆。如水的月光，是我注视故乡的目光，温柔而羞怯，执着而绵长。

我慢慢明白，年少的我，一定会向往某个远方。我没有迷恋上俄罗斯的话，也会迷恋上另外一个地方。这个地方离我越远，我的想象就越加辽阔。我眺望的远方，会是一个具体的地方，但我对远方的揣摩中，有真实的成分，也有许多虚幻但美好的想象。

故乡要比远方真实得多，因为太真实，也就没有了想象的空间。在心神荡漾最喜欢异想天开的年纪，我们把诗情画意馈赠给了远方。真实和想象中的远方也给了我们丰盛的回馈，远方给了我们向往和勇气，让我们的青春更加绚烂。

有一天，当我回望故乡，我才感受到了故乡的诗情画意，那一天我才真正被故乡打动。故乡最打动我的，不是风景，是真实朴素的情感，那是年少的我不懂不在乎的璞玉浑金。

我们在故乡眺望过不同的地方，我们可以有不同的远方，可故乡只有一个，每一个人只有一个故乡。那片土地，或许富足，或许贫瘠，我们依旧把那里叫作故乡。只有这个地方，可以让我们一次次地离开，又一次次地归来。

不是所有的道路都能通向远方，但远方的我们一定能找到那条回家的路。无须我们寻找，这条路一直跟我们在一起，如影相随，血脉相连。纵然我们已走过千山万水，那条回家的路还在我们的脚下，陪我们远渡重洋，带我们回到故乡。

1988年的北京机场，我爸爸正启程去丹麦访问

　　2009 年的北京机场，我女儿第一次来中国。三十年间，中国发生了天翻地覆的变化，女儿的眼睛里满是好奇和惊喜。在这片跟她血脉相连的土地上，浓郁的亲情总是如影相随，那些偶然相遇的陌生人也给了她很多的关爱和呵护。远道而来，初次相遇，却没有任何的疏离，女儿在不经意间已对这里的风景风情有了依恋。

II

亲情，友情，爱情

　　我的奶奶。奶奶这一生经历了很多的苦难，可她从未抱怨过什么，存在心里的只有爱，对家人的爱，对生活的爱。一个不识字的家庭妇女，也可以活得那么大气，也很懂生活的道理。那些大道理，那样的生活境界，奶奶并不一定明白，但她在自己的生活中都做到了。

　　奶奶和爸爸。对我的父母影响最大的是我奶奶，奶奶没有什么财产留给后代，以为留不下什么的奶奶，却留下了很多，她留给后代的是世间最宝贵的情感，还有积极乐观的生活态度和让几代人受用一生的温良家风。

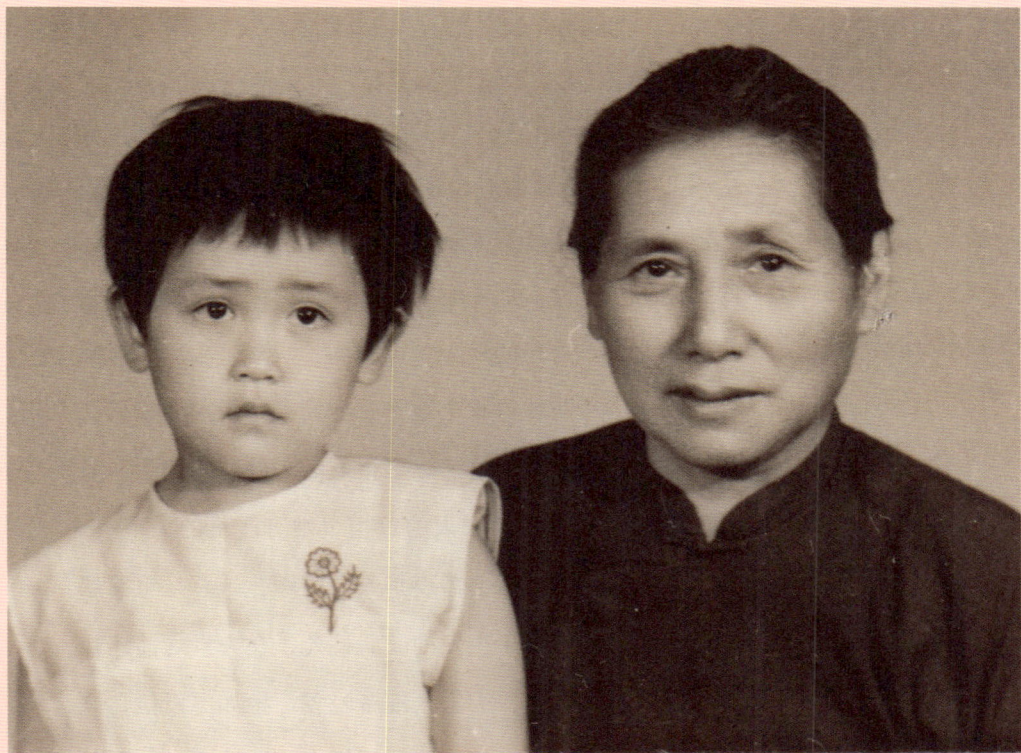

　　奶奶和我。我出生时，祖父母中只有奶奶还健在。我从奶奶那儿得到的爱，抵得上四个祖辈的人的爱，我这一生得到了完整的爱。可我没有好好地去报答过奶奶，我以为日子会很长，等到我想回报奶奶的时候，她已不在那儿。我对她的爱，始终没有告诉过她，而且再也没有表达和补偿的机会。

「奶奶的墓地」

　　奶奶的墓地很大，我们把她的骨灰撒在了长江里。奶奶出生于南京，在芜湖告别人世，这两座城市都在长江边上，按照她的心愿，我们让她安息在长江的水中。

　　奶奶从没想过要个墓地，墓地要花钱，扫墓要花时间，她害怕这些。那个时候很多人会把去世的家人的骨灰存放在一个专门的地方，更多的骨灰盒进来后，前面存了几年的骨灰就得腾出地方，他们会组织家属去长江上撒骨灰，奶奶觉得这是一个很好的去处。奶奶生前最大的担忧就是怕成为家人的负担，她有严重的关节炎，她怕有一天瘫痪在床，需要别人的照顾，她总是更愿意去照顾别人。她死于突发的心肌梗死，在去世之前还在收拾房子晾晒衣服，为家人准备晚餐。她如愿以偿，倾其一生都在为别人奉献。奶奶不想在死后给家人留下负担，消失在长江的水中，可以无影无踪。

　　奶奶这一生经历了很多的苦难。少不更事的时候，她的母亲死于南京城的一场霍乱。从童年开始，她就不得不面对苦难和流离。她长大成人后，嫁给了我的爷爷，跟随他从南方去了北方，过了几年安稳的日子。可是在奶奶三十多岁时，我的爷爷突然病故，给她留下五个未成年的孩子。那时候正是抗日战争最残酷的年代，她生活的地方也已沦陷，奶奶一定深尝过国破家亡的滋味。她拖儿带女回到了南方，靠着她父亲和弟弟的接济，在兵荒马乱中艰难度日。好在儿女们渐渐长大，她大概没想到离别又在眼前。一九四九年，她在上海火车站送走了即将去台湾的女儿，她们当时都以为这只是短暂的分离，未曾想到这就是生离死别。几十年后，当我的二姑从台湾来大陆时，她们早已是阴阳相隔。终于可以生活在和平的年代里，她的长子我的大伯又突发脑出血，年纪轻轻地离开了人世。接着，又是一场场的运动，在台湾的二姑彻底断了音信。奶奶经历了太多的悲苦，却从来没有过上富足的生活，她是二十世纪八十年代中过世的，那时我们的日子刚刚开始好转。奶奶所经历的苦难，对于一个苦难深重的民族来说，只是沧海一粟不足挂齿。可是对每一个生命个体来说，每一场的凄风苦雨，每一次的悲欢离合，都足以让人撕心裂肺悲痛欲绝。

可是在我的记忆里，奶奶总是那么贤良敦厚，慈祥平和，我从未听她抱怨过什么，些许的得着就能让她满怀感激。我曾经以为，她的生活总是这么风平浪静，远离苦难和不幸。她经历的那些磨难，只是在她去世以后，我才慢慢听到。当我开始一遍遍地回想奶奶的故事时，我才一步步地走进她的世界。我走到了离奶奶最近的地方，看到的还是一张慈祥平和的笑脸，依旧满怀感激，没有任何的抱怨。奶奶始终是个热爱生活的人，她会把家里收拾得干干净净，没有贵重的物品和摆设，却是一个温馨的家。家里常飘着饭香，奶奶每天会花很多心思做好每一顿饭，在物质匮乏的年代，她让我们吃到了那么多的美食，她总有办法用很普通的食材烹调出美味佳肴。她喜欢冬日里的太阳，她可以把腌好的咸肉挪到阳光底下，晒出更好的味道。她也有收藏宝物的罐子，里面储存的是雪里蕻之类的腌菜。直到现在，吃过了太多的山珍海味，我还是最喜欢奶奶做的饭。奶奶去世后，我再也没机会吃到那么好吃的咸肉和雪菜了。

经历了很多的苦难后，奶奶的心里依然只有爱，对家人的爱，对生活的爱，她的爱像长江水一样绵长。

我对奶奶的怀念也像长江水一样绵长，没有止息，只是我的怀念里曾流淌着很深的遗憾。

我出生时，我的父母的父母中，只有奶奶还健在。这对我来说还不是太大的缺憾，我从奶奶那儿得到的爱，抵得上四个祖辈的人的爱。因为奶奶的爱，我没有缺了来自祖辈的关爱，我这一生得到了完整的爱。可我没有好好地去报答过奶奶，我以为日子会很长，等到我想回报奶奶的时候，她已不在那儿。

奶奶去世的时候，我还不谙世事，还不太懂回报和留恋，也不曾尝过思念之苦，奶奶在我还没学会如何去爱别人的时候就离开了我。虽然奶奶给予我的爱都是无私的，不图任何回报。我也知道，爱别人也是一种幸福。可我还是应该为她做些什么，让她也感受到被爱的幸福。我可以说我那时候没有经济能力，无法为奶奶买份礼物表达我对她的感情，但那时候的我已经开始用她为我攒下的零花钱给自己买礼物。我们一起吃饭时，我喜欢把好吃的东西夹到父母的碗里，奶奶总是幸福地看着我的举动，夸奖我是一个孝顺懂事的孩子。为什么我就没有把那些奶奶亲手做出的好菜夹到她的碗里？哪怕只有一次，也会在她离去后的漫长的日子里给我很多的安慰。最后一次见到奶奶，我已十五六岁。要离开的前一天，在我们一起睡觉的那个小屋里，只有奶奶和我坐在那里时，奶奶跟我说起了我的大伯和二姑。大伯去世后家里人一直瞒着奶奶，先说他去了新疆，后来工作又调到了东北，离家很远，不能回来看奶奶。家里人利用奶奶不识字，有时会编造一封大伯的来信拿给她看，她总是很认真地听家里人给她读那些信，但她从来没提出过让大伯寄张照片来。那一天，奶奶告诉我，大伯应该已经不在这个世界了。奶奶还说，她可能也见不到二姑了。奶奶的语气很平静，后来的我才能感受到她的悲伤。隐忍的悲伤，无以诉说。我也是后来才明白，几句话就能了却很多遗憾，可我那会儿只是傻坐在那儿，在奶奶把我当成一个长大了的孩子，向我吐露心事时，我却缄默不语，没有说上一句安慰她的话。

那是奶奶唯一一次跟我提及那些让人悲伤的事情。或许她早已习惯了那些苦难，周围有太多的人，也是这样从兵荒马乱，从死亡和离别中走过来的，她可能以为生活本该如此。可是我多么希望，她能够拥有更顺遂的一生。如果我阻止不了那些不幸的事情，至少，我可以更多地爱她，更多地回报于她。我是有机会去回报奶奶的，可我什么也没做，这成了我无法了却的遗憾。我对她的爱，始终没有告诉过她，而且以后再也没有表达和补偿的机会。

奶奶的去世是我第一次面对死亡。我们总是避讳谈及死亡，当死亡来临时，我们就更加不知所措，跟亲人离别后就会有更多的悲伤和遗憾。我们被别人爱着时，常常忽视了我们得到的幸福。就是我们能够意识到，对于那些爱着我们的人，我们总以为我们还有很多回报他们的机会。奶奶去世后，我才知道，生命可以戛然而止，死亡可以不请自来，有些失去，会是永远的失去，人生最终是一场离别。既然所有的人都要离开这个世界，既然谁也逃不出别离，我们这一生最应该学会的，就是放下和告别。我们从小就应该学着更好地面对死亡，我们终究要跟那些我们挚爱的人告别，我们自己终究要跟这个世界告别。我们做不到不让那些我们爱着的人离开我们，我们也做不到永远留在那些爱着我们的人的身边，那我们就多花些时间跟他们在一起吧，在我们跟他们在一起的时候，好好地爱他们，少一些伤害和遗憾，多留下些美好的时光和温暖的回忆。我再也没有机会去回报奶奶，但我开始学着更好地生活，开始感恩和回报那些施恩于我的人。

奶奶的骨灰撒在了长江里，我每次来到长江边，就是来到了奶奶的身边。奶奶并不想留存什么，她也找不出什么财产留给我们，她和她的一生都是微不足道的，好像没有什么值得留下。不想留下什么的奶奶，以为留不下什么的奶奶，却留下了很多，她留给我们的是世间最宝贵的情感，她塑造了我们的品格，也影响了我们对生活的态度，她留给我们的是我们可以享用一生的真正的财富。奶奶以为她离去后，就没有了踪影，她会完全消逝在长江中，可长江水不会带走那些最珍贵的东西，它们是有重量的，不会流逝在水中。我也曾为奶奶没有一个具体的墓地而遗憾，后来我慢慢接受了这样的一条归途。小时候，每次从北方来到南方，来到长江边，我就可以见到亲爱的奶奶，就可以吃上这世界上最好吃的饭菜，我跟长江的骨血里的亲近，是从我的奶奶开始的。现在我来到长江边，还能感觉到奶奶的气息。奶奶在长江边生活了大半辈子，她还在这里，从未离开。长江很深很宽，容得下很多的思念，容得下一生的守候。长江也不会干枯，江水奔腾浩渺生生不息。长江还很长，我看不到长江的尽头，可我思念奶奶的时候，我知道江水流去了哪里。长江水最终流进了我的心里，奶奶的墓地也在我的心里，无论去了哪里，我都可以带走。最好的墓地原来就在那些还活着的人的心里，爱和思念可以常年环绕在那里，年年岁岁陪伴着那些我们怀念着的人。

我又来到了长江边，来到奶奶的墓地。我坐在岸上，跟奶奶面对面地坐着，我们一起安静地晒着太阳。时光匆匆，一生很短，我告诉奶奶，我学会了妥协和放下，学会了慢慢地爱一个人，慢慢地思念一个人。当我怀念一个人的时候，我会好好地去爱还在身边的人。

波光粼粼，我看到了奶奶脸上心满意足的微笑。

我从父母那里讨来的这张老照片，总会把我带到爷爷奶奶年轻时的时光。这是他们的结婚照，长袍马褂，是那个时代的模样。爷爷是苏州人，奶奶是南京人，他们出生在二十世纪初，中国历史上的一个变革的时代正在开始。祖父母的家庭都受了些新思潮的影响，我奶奶没被裹过小脚，爷爷也没有留过辫子。他们的婚姻也算是新式的，虽不是自由恋爱，但感情不错，一夫一妻。结婚后他们从南方去了天津，开始在那里生儿育女。

「我们长大了，父母成了孩子」

我们长大了，父母却成了孩子。

不再是我们等着他们回家，是他们在等着我们回家。同一个路口，同一个地方，我们曾站在这里，现在站在这里的是我们的父母。我们在等待中渐渐长大，父母的身影却在等待中渐渐缩小。他们不再高大不再挺拔，正在一步步地走向衰老。风中秉烛，如同柔弱无助蹒跚学步的孩子。

我们开始学着照顾变成了孩子的他们，如同当年的他们，初为父母，学着照顾还是婴孩的我们。我们曾经以为什么都知道的父母，原来也有那么多不懂的东西。还有那些不断涌入日常生活的新的技术和方式，更是让他们手足无措。面对那些他们从未见识过的新鲜事物，他们有着我们有过的好奇，可他们的动作越来越迟缓，一次次地重复后，还需要更多的重复，花很多时间做不好一件简单的事情。当年的我们还不如今天的他们，我们连吃饭和穿衣都不会。我们的小手也曾这样的笨拙，幸运的是，有一双大手总在握着那双小手，小手在大手的牵引下，学会了各种生存的本领。他们有着更多的耐心，他们曾怎样欣喜地看着我们一点点长大，掌握了更多的本领。我们可以用手装点生活创造世界时，那双在我们眼里无比神奇的大手渐渐失去了往日的光彩。粗糙的皮肤，掩盖不住凸起的骨节和血管，拿东西时还有可能控制不住地颤抖。我们已经长大，我们的小手早已不需要这双大手，这双大手现在很难握到我们的手，握得最多的是手里的那根拐杖。可是当我们回家时，这双手还可以烹调出我们最喜爱的饭菜。我们不在家的日子里，这双手也还可以敲打电脑键盘，用手机发出短信。不再灵巧的手，常会留下错别字，思维也不是那么缜密，可我们一定能读懂，一样的情感，一样的思念，刚刚学会写字的我们，也给出门在外的父母写过这样的信。我们的信里也常常蹦出错别字，语句也不是那么连贯。那时的我们还有很多不会写的字，年迈的父母正在一点点忘掉那些我们不会写的字。他们也不再可能熟练地敲打键盘和手机，习惯于握拐杖的手，也很难握住写字的笔。越来越多的东西从他们的脑子里悄悄溜走，越来越多的本事跟他们不辞而别。也许有一天，他们也需要我们给他们喂饭，把他们抱到床上。他们甚至可能会失去记忆，好奇地看着我们，满怀依赖地黏在我们的身边，却记不清我们是谁。我们也曾这样看着他们，偎在他们的怀里，那时候的我们还不会叫声爸爸妈妈。

我们应该庆幸父母的唠叨，他们还能跟我们说话。他们说起话来有些颠三倒四，同样的内容可以重复很多遍，不断地走回去，最终还是能走到终点。小孩子也喜欢啰唆，我们刚开始说话时，应该比年老了的父母还喜欢重复。很多时候，我们不是想表达什么，我们只是巴望着有人能不厌其烦地听我们说话，能把关爱的目光投向我们，我们用这种方式一次次引来了我们的父母。现在的我们跟当年的父母一样繁忙，父母的絮叨常让我们失去耐心，我们关心的事情又常常南辕北辙，很多时候，我们只是在应付他们。可他们的兴致从未受到过影响，也从未发现电话这头的我们正在开小差。我们甚至可以把电话或手机放在一边，转身去做点别的事情，做完后再重新拿起电话。他们好像从未发现我们溜走过，无论我们有怎样的反应，有没有反应，他们跟我们说话的兴致都不会受到影响。我们不用担心电话那头的热情，可是他们不可能永远守在电话的那一头，他们渐渐老去，终究会有那么一天，电话那头彻底没了声响。当我们意识到这一点，我们可能会多一些倾听的耐心，我们会珍惜每一次的通话。我们不知道，哪一次会是最后一次。也许这是我们最后的通话，也许这一次就是我们最后的告别。

成了孩子的父母喜欢过年过节，过年过节时孩子们更有可能回到他们身边。他们喜欢热闹，喜欢当着孩子的面唠叨，那是他们最开心的时候。如果他们还能收到我们带回家的礼物，那会让他们更加兴奋。我们曾经期盼从父母那里得到的礼物，现在成了父母的心愿。他们总喜欢说，不要给我们买什么，可是每次收到儿女送给他们的礼物，他们一定会像小孩子那样欢天喜地。他们还会像小时候的我们那样去伙伴们那儿显摆，或者偷偷藏起来，过后可以一遍遍地拿出来翻看。他们的愿望越来越少，越来越小，一件并不贵重的礼物，可以让他们欢喜很长时间。他们也喜欢给儿女们买礼物，特别喜欢为孙子辈的买东西。当老小孩为小小孩买东西时，他们总是很有眼光很有同感很舍得花钱。挑东西时，他们喜欢掏出手机，给人家看里面存的儿孙的照片，他们想证明他们的眼光和对尺寸的把握，他们更想听到人家对他们的孙儿孙女的夸奖。我们年少时送给父母的第一份礼物很可能是我们手工做的，稚拙的礼物，父母却当成了宝贝。变成了孩子的父母也喜欢亲手制作礼物，织件毛衣，做个小摆件，商店里的东西琳琅满目，他们还是喜欢亲自动手。儿孙们回家时，他们早就准备好了自己种的果蔬，自己打下的粮食，自己调好的酱料。如果孩子们是开车回来，他们可以塞满整个汽车，边边角角里也不会放过，他们恨不能把这个家塞进去。一辆大号的汽车对他们来说还是太小了，更何况那个随身拎着的小旅行箱。好在现在快递很方便，他们乐此不疲地往全国各地甚至世界各地发送着他们挑选出来的宝贝。他们很少打探儿孙们是否喜欢，他们百分之百地相信，在这个世界上，他们最知道自家孩子的口味和喜好。他们也喜欢在冰柜里囤积一些当季的水果蔬菜，都是我们小时候爱吃的东西，洗好做好再冰冻起来。我们回到家里，我们的父母总有办法让我们吃到不同季节的鲜味。若是别人送给他们从未吃过的东西从未见识过的玩意，他们也喜欢这样囤积起来，他们猜想他们的儿女也还没尝过没用过，他们得给我们留起来。他们还像我们小时候那样，喜欢把最好的东西留给我们。他们也像小时候的我们那样，喜欢喜滋滋地捧出"宝物"。

我们的父母越来越像曾经的我们，好像还没见过什么世面，芝麻大的事儿就可以让他们一惊一乍，很小的事情也可以让他们乐和半天，还可以一遍遍地告诉别人他们的快乐。他们有时候很镇定，不是我们小时候的无知者无畏，是经历了太多事情后的坦然。有时候他们又很无助，害怕孤独，害怕别离。他们喜欢听表扬，对批评有些抵触，出错时不太想承认。他们不太会掩饰情绪，喜怒哀乐常挂在脸上。他们会耍些小孩子脾气，使小性子时盼着有人来哄哄他们。他们并不是那么难安抚，只要有人哄，他们的心情可以很快雨过天晴。只有那些他们认准了的事情和标准，他们会固执己见，已经坚持了几十年，他们会永远坚持下去。更多的时候他们很容易听信别人说的话，对陌生人也没多少提防。他们喜欢跟人说话，碰上也想跟他们搭话的人，他们往往来者不拒。他们也喜欢抢着回答，却常常答非所问。他们的耳朵不太好使，聊天时经常打岔。他们也喜欢吃零食，他们的牙口也不够好，嚼不动硬的东西，吃饭时饭碗边还会落上些饭渣。他们的身体不够强壮，时不时要去医院报到，最好挑选状态比较好的时候去看医生。跟我们蹒跚学步时的境况正好相反，他们站不稳走不稳的时候越来越多，迈出的步子倒是一样的细碎。他们也是不太敢去陌生的地方，走着走着就走丢了。小时候的我们喜欢去没去过的地方，他们也一样，只是需要有人带他们去，需要有人给他们讲解。我们看过的很多的风景，是我们的父母带着我们去看的。我们记住了那些地方，是因为我们的父母曾为我们指点迷津，让我们看到了不一样的美丽和风采。

我们长大了，父母却变成了孩子。不知道从什么时候开始，我们的角色在悄悄地对换。不变的是那种亲密的关系，别人眼里很平常的琐事就能为我们守住的关系。也许这是世界上最纯洁的关系，在这里，心不用设防，也不用伪装微笑，或者堆砌成功和炫耀财富。这是最简单最普通却是最香醇的关系，如同我们小时候吃过的家常便饭。我们吃饭的口味竟然未曾改变过。我们尝试过不同的口味，最终又回到原点。我们最喜欢的味道，还是小时候的味道，只有自己的父母才能做出来的味道，无论走多远都可以带走的味道，生病或孤独时最想念的味道。我们学会做同样的饭菜，可以做出同样的味道，那也是我们的孩子会喜欢和记住的味道，我们把它叫作家的味道。嘴里和心里含着那种味道时，我们忘了辈分，我们和我们的父母，都是回了家的孩子。

亲爱的爸爸妈妈

我只会在写信的时候，在爸爸妈妈的称呼前加上"亲爱的"。生活中我们也是这么亲密，他们也是我的亲爱的爸爸妈妈，可我几乎没告诉过他们我爱他们，我也不说"谢谢"和"对不起"，我怕这些用词疏远了我们的关系。我们那么亲近，我们从不计较对方说了什么，我们懂得感恩，我们也可以原谅一切。可是很多时候，我想说声"我爱你"，说声"谢谢"，说声"对不起"。

跟父母的亲近是与生俱来的，还是小女孩的我，常在树荫下等着爸妈回家，等着跟爸妈的亲近。在他们必经的路口，我蜷缩起幼小的身躯，托着双腮，专注地等待着他们的归来。他们的身影还没有出现，我就可以分辨出他们的声音，自行车的铃声，或者脚步声，一定是他们的声音。我会欢呼雀跃，向他们奔跑而去。他们用灿烂的微笑，辉映着我的奔跑，温暖着我的童年。我开心地把我柔软的小手，放进他们宽厚的大手中，絮絮地向他们诉说我的等待。他们牵着我的手回家，脸上荡漾着慈爱和满足。每一天，我们重复着同样的动作同样的快乐。幼小的我，以为这样的天伦之乐就是生活的全部，后来才知道，在父母身边的日子里，我才可以这么单纯快乐。我从不掩饰我对他们的依恋，却从来没告诉过他们我爱他们。

　　我在他们轻声讲述的故事中渐渐睡去，醒来后，我开始渴望成为那些故事的主角。他们该知道那些故事不会发生在他们的身边，如果我走进那些故事，我必定会在某一天挣脱他们的大手和庇护，可是他们依然耐心地讲述那些故事。梦想在飘飞，他们伸出大手，帮我托住飞翔的翅膀。他们把慈爱倾注在我的成长中，在号称"学好数理化，走遍天下都不怕"的年代，作为数学教授，他们可以容忍他们的女儿数学考不及格。他们知道我爱读小说，他们的枕头下常会出现一本新出版的文学杂志，他们为我创造出无数个机会偷看这些杂志。在我偷看这些杂志的日子里，我以为他们从未发现我的秘密，等我真的长大了，我才知道他们只是从未戳穿我的把戏。当年的他们并未期许我所涂鸦的文字能印成铅字，他们只是想让我做我自己喜欢做的事情，做一个快乐的有梦想的女孩。也许他们最大的心愿，就是给我无数个故事的版本，让我选出自己的格式，写就自己的故事。他们让我成为我自己，我可以做我最喜欢做的事情。我在用语言表述所有的情感，可我从来不知道该如何向他们表达我对他们的感谢。

在我的梦想开始变成现实的时候，我也不再是那个小女孩。我长大了，不再是我等他们回家，而是他们在等我回家。唯一的不同，是当年的我，总能在那个路口等到他们的脚步，而今天的他们，也许等过三百六十五天，还没有等到我的踪影。我走得越来越远，有时候回家成了奢望。我已数不清离家的日子究竟有多少，却可以轻易地数算出与他们相聚的日子。他们渐渐地老去，也许是分离得太久，每一次与他们相聚，我都会轻易地感受到岁月的无情。他们要付出多少等待，才能换回我的一次归途。他们还是毫无怨言地等待，为了让我成为那些故事的主角。在我还是一个懵懵懂懂的小女孩的时候，他们就知道了这样的结局。他们曾无意中说起，现在对他们来说，最幸福的日子就是知道我买好了哪天的机票，他们可以一天天地倒数我的行程。他们盼望着我的归来，却又害怕我的出现，因为相聚的日子就是离别的日子，短暂的相聚后，我终归又要离去。下一次的团圆，不知又在何时。每一次离别时，他们总要嘱咐我忙好自己的事情，不要老想着回家。他们总是平静地为我送别，没有嘱托，没有要求。瞬间而永恒的寂静中，所有的色彩和声音都退成背景，只有他们的目光，清晰而执着。我想对他们说声"对不起"，可我不敢回头，拖着这长长的目光，走出他们的视线。

　　有太多的时刻，我想告诉他们我爱他们，我想对他们说声"对不起"说声"谢谢"，这么简单的几句话，我用了几十年，还是没有说出口。我的父母也不习惯于告诉我他们对我的感情，他们不对我说"我爱你"，也很少当面夸奖我，他们在别人那里夸我的时候，才不会这么羞于表达。我们说着世界上最丰富的语言，我们拥有细腻厚重的情感，可是面对我们最亲近的人，我们却不知道怎样用语言表达，那些我们最想表达的感情和心意，总是被我们留在了心底的最深处。也许这情感太丰盛太深沉，从开始的时候，就让我们拙于开口。

　　在这个很少有人用纸和笔写信的年代，我依旧保留着给父母写信的习惯，依旧用纸和笔来写这些信。父母总是盼着收到我的信，手写的信，一笔一画写出的信，这是他们最喜欢的传递情感的方式，在他们看来这是最珍贵的礼物。有时为了赶上某个特别的日子，我会去邮局寄快件，填表时要标明大概的价值。我总是给不出一个合适的数字。这样的信并不值钱，又是多少钱也买不到的。就是在信里，我也不好意思说声"我爱你们"，不好意思说"谢谢"和"对不起"。我只在开头的地方悄悄加上"亲爱的"，我叫他们"亲爱的爸爸妈妈"，用这种方式表达我跟他们的亲近。

　　写信和寄信时，我在悄悄地祈愿，愿我的爸爸妈妈能够看到，在"亲爱的爸爸妈妈"的后面，有很多的"谢谢"和"对不起"，也有很多的"我爱你们"。

　　可是这些话不在纸上，只在我的心里。

致女儿

在你还未出生时，我们就开始相依为命。

你的到来，让我知道等待会有多急切，爱一个人可以有多深。在我用生命去爱你的时候，我还是觉得爱得不够多。

你给了我爱的能力和愿望，还有无限的包容和耐心。你让我强大起来，我要保护了你，我就必须强大。有一天你长大了，希望我还能成为你的后盾，一个坚强的后盾。

自从有了你，我很少偷懒，自动屏蔽掉很多无聊的事情。我不敢松懈，努力去争取更好的生活。我活得越积极，你的生命中就会有更多向上的力量。我也在让自己的生活丰富起来，我想让你看到一个多彩的世界。

你让我知道我还有那么多的潜力，在我做到了很多我原来以为我做不到的事情时，我收获了很多的满足感和成就感。

我没有为你放弃我自己的生活，我的失去会在将来成为你的压力。我不想在某一天向你抱怨，因为你我放弃了很多，我为你做过很多的牺牲。我可以在你需要我的时候暂时停下工作，但我会在更多的时候兼顾工作和对你的照顾。这两者并不冲突，还可以互相成就。有了你之后，我有了更多的往前走的动力，虽然我的梦想可能与你无关。有一天我可能也会发现，你的梦想跟我无关。

我会鼓励你去实现你的愿望，我不会让你去实现我的梦想，你要实现的是你自己的梦想，我的梦想要靠我自己去实现。

你曾生长在我的身体中，我们曾经生死相依，像是一个人，但你离开母腹后，你就成了完全独立的个体。

无论你有多像我，你还是另外一个人。我是你的母亲，我把你带到这个世界，我有责任照顾你培养你帮助你，可我没有权力干涉你的成长。我不想逼你去做你做不到的事情，愿你慢慢长大，愿你能够享受到属于你的所有的快乐，愿你的成长中留下的是你自己的脚印。

我看着你一天天长大，从你那里，我知道了我是如何长大的，我又从你那里经历了人生中的第二次成长，你的成长里也有我的成长。

你让我真正成熟起来，也让我变得比以前美好。在第二次成长中，我尽可能改掉那些坏毛病，我知道小孩子会效仿他们的父母，我不想把那些毛病再传给你。我不想只是教训你，我做不到的话，我也就没有了教育你的底气。

可我还是无法成为一个完美的人，这个世界上没有谁可以完美，所以我从来没有也永远不会要求你成为一个完美的人，我希望你能成为一个美好的人。

你会重复我曾经犯过的错误，我知道那是我无法阻止的。我说上千百遍，你还是很难听进去。你自己痛过后，你才会明白。绊倒后，你也要自己爬起来。我只是希望你能够记住那些疼痛，不要去犯同样的错误。你会重复我的错误，我不希望你去重复你自己的错误。

我包容你的缺点，你的一些不好的习惯让我头疼，我还是耐心地等着你的改变。

我喜欢你的优点，你的善良感染了我，你的聪明也让我欣喜，你还是一个爱笑的女孩，我愿你的一生都能有这样的快乐。

有一天你会发现，你的父母和老师在知识上是如此的有限；有一天你也会发现，你自己也是这么的匮乏。当你看到你的匮乏时，你已经多了些成熟和自知。希望你永远不要失去信心，今天的你比昨天的你已经有了更多的收获。希望你不要放弃努力，你可以不断超越自己。你既不比别人强，也不比别人弱。你若想超过别人，还不如完善自己。愿你能做你自己，做好你自己，去做上帝给你的最好的自己。你是上帝给我的最好的礼物，你也是上帝给你的最好的礼物。

创造生命的过程很长，不仅仅是九月怀胎，还有之后的十八年，甚至更长的时间。在这漫长的时间里，我们一起成长，也彼此陪伴。在我陪着你长大的日子里，你给了我许许多多的欢笑和慰藉。

我想把你永远留在我的身边，我盼着你长大，又害怕你长大，可我还是愿意用十八年的陪伴，去换你离家远行的背影。你来到这个世界的时候，也是你跟我的第一次别离。你哭着来到这个世界，你不愿离开温暖的母腹。对于我，生孩子的苦痛也是离别的苦痛。可是欢喜终究多于泪水，我抱在怀里的，是一个新的生命。在你开始一天天地长大，你也在一天天地拥抱这个世界。愿你离去的脚步能更坚定更有力，愿你独自走向这个世界时，带上足够的智慧和信心。

你还将陪伴我的余生，就是你不在我的身边，我也能感觉到你的陪伴。我陪着你长大，但你无须守着我老去，我早已长大成人，有足够的勇气去面对衰老和死亡。

我会努力过好我的日子，好好地活着，我在这里，你在这个世界就多了条退路多了一个避风的港湾。

我们彼此的陪伴是一生一世的，我对你的爱也是一生一世的。无论世事如何变迁，只有爱不会改变。你要知道，我会永远爱你。也愿你拥有爱，从别人那里得到的爱和你能给予别人的爱，都丰盛饱满。

愿这个世界和平安宁，愿人与人之间可以和睦相处。我的力量很微薄，我还是希望能有所作为，我会为你去努力，因为我希望你能在一个和平的世界长大。愿你一生生活在太平祥和中，可以安枕而卧，不用为衣食烦忧。愿你的人生少些艰难，多些快乐。

愿你遇到的人都敦厚友善，愿你和他们的每一次相遇都美好欢喜。

愿你走夜路时有一盏灯为你照明，愿你疲惫时有一副肩膀让你依靠。

愿你有足够的知识和才学，也愿你内心强大，面对挑战时，有足够的勇气。

花开之时，愿你能听到声响，愿你在四季的轮回中感受到生机的盎然。愿你对世界充满好奇，对生命和生活满怀热爱。

愿你心地柔软，可以感受到更多的幸福，可以领受到更多的恩典。

愿你美梦成真，心想事成。

愿你平安，健康，快乐……

这是我对你的祝福，这是天下的父母对孩子的祝福。我们可能会用不同的方式去爱我们的孩子，可普天下的父母谁不愿意祝福自己的孩子？

我愿给你很多很多的祝福，我能想到的所有的祝福，我都想送给你。愿你能感受到这些祝福，愿你能收到所有的祝福。这大把大把的祝福，就在我对你的注视中，在我爱你的心里，在天长日久的陪伴和牵挂中，在我努力实现这些祝福的路途上。

五个月大的我和一百天大的女儿，
这是我和女儿第一次去照相馆照相，
中间相隔了四十年。在五官和神情上
能看出母女俩有不少相似的地方。女
儿曾生长在我的身体中，我们曾经生
死相依，像是一个人，但她离开母腹
后，她就成了完全独立的个体。无论
她有多像我，她还是另外一个人。我
有责任照顾她培养她帮助她，可我没
有权力干涉她的成长。愿女儿的成长
中留下的是她自己的脚印，愿她长成
她自己的样子。

相信爱情

　　青春萌动时，我们最相信的就是爱情。鲜花盛开，催醒了明媚甜蜜的春光。我们的爱情，在我们的心里和想象中，像鲜花一样盛开。我们亲手勾勒出的爱情图画，比春光还要明媚还要甜蜜，怎能不让我们心动？我们有什么理由不去向往这美妙的风景。我们相信只要我们向往，爱情就一定会驾着彩云飘到我们身旁。在我们爱上某个人之前，我们就爱上了爱情。我们可以不食人间烟火，我们不能没有爱情。我们可以把爱情藏在心里，装作不知不在乎，在我们独自一人时，爱情会悄悄走出我们的心底，或者热烈地蹦跳而出，我们在一起一遍遍地诉说心语。因为爱情，再平凡的青春，也有着灵动的色彩。对爱情没有过憧憬，青春会留白，成长会缺失，我们怎能缺了爱情。爱情让我们初识人生的滋味，甜酸苦辣，五味杂陈。爱情点燃了我们的青春和生命，在最年轻的日子里，我们相信爱情。

　　初恋时，我们相信爱情。这是我们第一次遇到我们的爱情，我们羞涩笨拙地拥抱我们的初恋，张开的是我们全部的身心。我们全心全意地爱着那个人，不在乎我们是在跟某个人儿女情长，还是在跟爱情情投意合。美妙的爱情圆舞曲中，我们时而胆怯犹疑，时而勇往直前，有着上天入地的勇气。我们的私心都成了痴念，我们怎么可以这样不计得失，又无所顾忌。我们成了另外的一个自己，少了些从容和聪慧，却闪耀着幸福的光芒，我们原来可以这么美丽这么美好。我们无比包容，还很容易被感动，尽管很多时候，我们只是自己感动了自己。我们也哭过伤心过，可争吵过后总是雨过天晴。阳光总能穿透乌云，当夜晚落在我们身上，恋人的眼睛也能照亮黑暗。我们相信，我们这一生只剩下光明。这个世界也不再有寒冷，一句话一个眼神，就能温暖整个冬季。在最明亮最炽烈的日子里，我们怎么可能不相信爱情。

　　分手时，我们依然相信爱情。我们之所以能从失恋的苦痛中走出来，是因为我们相信爱情。花儿谢了还会再开，月儿缺了还会再圆，爱情渐行渐远，直到完全没了踪影，可我们还会站在那儿，痴痴地等着爱情归来。即使爱情去了万里之外，我们愿意等上一万年。我们写在海滩上的誓言在一点点流逝，我们包裹在露珠里的心思在渐渐干枯，我们等到的是别人的爱情别人的婚礼，只有我们还形只影单。我们离开过，最终又回到了原处。如果我们不相信爱情，我们怎么可能等那么长的时间。没有苦苦的等待，爱情来临时，我们怎会懂得珍惜。海浪带走了最后的一句诺言，朝阳呪干了化作露珠的最后一滴眼泪，在我们不敢相信爱情还会来的时候，爱情却悄悄来到我们身边，轻声告诉我们，相信爱情。

　　结婚时，我们相信爱情。别人在庆祝我们的婚礼，我们在庆祝我们的爱情。如果这世上没有爱情，我们怎么可能在茫茫人海中相遇。如果不相信爱情，我们怎敢把自己一生的幸福交给那个要嫁要娶的人。我们有了孩子，我们把他们称作爱情的结晶，我们在孩子的脸上看到我们共同的模样。当爱情变成了亲情，在柴米油盐中，我们依旧相信爱情。没有爱情的滋养调剂，这平淡的日子怎会被我们过得有滋有味，爱情让我们愿意成为凡夫俗子。生活中有很多不如意的事情，幸好我们有爱情。爱情给了我们勇气，爱情也给了我们底气，让我们风轻云淡，笑看人生。如果我们是因为爱情走进的婚姻，我们不该把爱情称为亲情，爱情还是爱情，只是不像热恋和新婚时那么浓烈。但婚姻中的爱情可以细水长流，带走一些烦忧，留下更多的甜蜜。在平静恬淡的日子里，我们相信爱情。

　　我们渐渐老去，孩子们已离开了家，两个老人的生活越发简单越发迟钝，我们不用再去相信什么向往什么，我们已经把日子过成了流水。可说到爱情时，我们会心领神会地一笑。我们老了，爱情还年轻，只是露出了普通的容颜，不再是当年我们眼里的花容月貌。这才是爱情的模样，我们觉得很亲切，更加地相信爱情。两个完全陌生的人，竟然可以这样相依相伴了几十年。只有爱情才能有这么神奇的翅膀，带着我们去飞翔，并且飞了那么久。也只有爱情可以这样伸开坚实的羽翼，庇护着我们，不离不弃，为我们遮风挡雨。爱过几十年后，我们才明白，我们就是那飞鸟的两片羽翼，只有我们两个才能成就那飞鸟的翱翔，只有我们两个才能彼此温暖，撑起一个家一片屋檐。过了那么多年，我们还在一起，我们还在相信爱情。

当我们在一池静水中回首往事，我们最先想起的还是我们的爱情。想到爱情时，我们可以确定我们年轻过。我们分享过最甜的果实，我们的日子里有甜蜜的味道。我们期待日出，也不害怕日落，我们两个一起，可以看到最美的夕阳。因为爱情，我们不枉此生。

如果有来生，我还会相信爱情，还愿意等你一万年，还会相信你我的相遇，还愿意跟你走过一生一世。如果没有爱情，我们何必期待来生。

儿时的先生和我，两个人在完全不同的地方出生长大，远隔万里。那时的我们还不知道，有一天我们能遇到，能成为一家人。

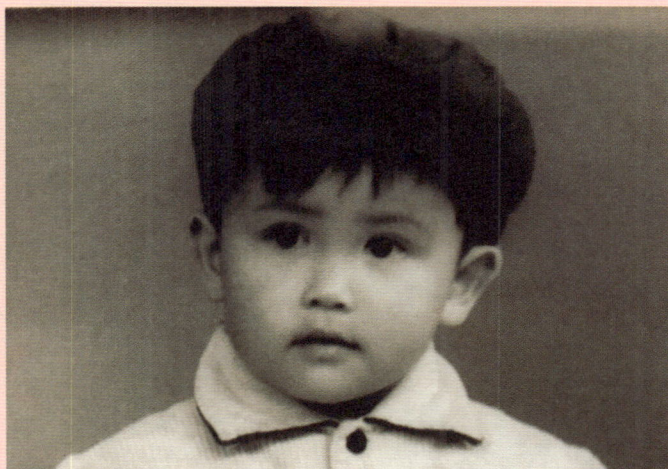

「我在你的眼睛里看到了爱情」

春天的种子在秋天的果实里发芽，

夏日的阳光在冬日的冰雪中融化，

我没有听到种子发芽的声音，

没有看到冰雪已成了河流，

我只看到了你，

还有你眼睛里的爱情。

你是怎样走到了这里，

你从哪里来，

你走了多久？

河流奔腾，万籁安宁，

你已经来到我的面前。

这是无数个日子中的平常的一天，

这又是命中注定的一天，

我在这一天遇到了你，

还有你眼睛里的爱情。

幸福的时光怎么可以这么平静？

没有战栗，没有惊诧，

我陶醉在你温柔的注视中。

你告诉我你要给我的是天长地久，

没有朝霞和烟花的绚丽，

却可以照亮

我的每一个清晨和夜晚。

你指给我看那美丽的花园，

我看到的只有爱情。

花蕊吐出的是柔情蜜意，

花瓣上颤动着的是爱情的芬芳，

飞来飞去的蝴蝶穿着爱情的彩衣，

鸟儿正在吟唱有关爱情的歌谣。

原野上也绽放着五彩的鲜花，

我们的话语，

像风儿一样从上面吹过。

我们可以说上许久，

我们也可以什么都不说，

一个眼神一次注视，

就可以抵上万语千言。

这是丰收的季节，

我在你的眼睛里收获了爱情。

这是冰雪融化的日子，

所有的苦涩都消融了踪影。

终于相信了尘世里的幸福，

爱着我的和我爱的是同一个人；

终于看到了你的容颜，

遇到的时候，

才知道自己在等的

是一个怎样的人。

曾经有过的愿望和标准，

原来都是敷衍，

只是在应付

别人的好奇和自己的无奈。

我们无法追忆那些还未到来的时光，

我们无法预知未来，

对爱情的假设都是徒劳，

心心相印的爱情，

只有在出现时才展露欢颜。

还是知道，这世上，

没有完美的爱情，

可我们，

在爱情里有了完美的归宿。

世界这么大，

此时此刻，

也只能装得下我们两个的爱情。

这个世界只剩下你和我，

我们彼此注视，

我们的目光在冰封的雪原交汇，

又汇成奔涌的河流。

我在你的眼睛里看到了爱情，

我也爱上了你，

才能看到你眼睛里的爱情。

我们又回到人群中，

牵着手，回眸的瞬间，

我在你的眼睛里

看到了繁星闪烁，

所有的爱情都在被祝福，

如歌如水。

这世间的爱情，

都从天上飘落水中，

歌声荡漾。

眼睛里有了爱情的人，

最愿意

祝愿全天下的有情人，

还有，他们的爱情。

「今生遇到的朋友」

　　朋友是我们今生自己选择的家人，犹如天上的星星，远在天边，出现在我们的血脉无法延伸到的地方，可是我们在人生的长河中遇到了彼此。那些遥远的星辰，没有耀眼的光芒，也可以离我们很远，我们不去留意，很可能忽略了它们的存在。可是当我们被黑暗包围，我们茫然失措迷失了方向的时候，总会有一缕星光照进我们前面的路途。我们抬起头，总能看到天空中那些陪伴着我们的星星。更深人静时，它们更加地皎洁明亮。我们的天空并不需要星罗棋布，我们的夜晚也不需要星光灿烂，几颗可以数算的星辰，就能照亮我们的一生一世。

　　所有的开始都是偶然的相遇，如果相遇前就有了刻意的安排，或带着功利的目的，我们只会相识，注定成不了朋友。

　　朋友间的相遇，总是不期而至。

　　我们在那一天走进了彼此的视线彼此的生命，在之后无数的日子里，我纪念着与你与你们的相逢，重温着最初的温暖。你最初的目光在我的脸上似乎有过片刻的停留，我也应该定睛注视过你，在我们成了朋友后，我更愿意相信，那一刻的注视和停留，只为你我，我们不会把它毫无吝惜地投向所有第一次谋面的人。

我们也一定有过交谈，只是我从未记住我们最初的言语。每一次，都是礼貌地打声招呼，客气地寒暄几句。后来的我们无话不谈，亲密无间，可我回到记忆的最深处，还是无法找寻到开始时的声音。那一天似乎是静默无声的，可我又清晰无比地记得跟所有朋友的第一次见面。彼时彼景，一张张面孔镶嵌在永恒的记忆中。虽然我们最初的目光，只在彼此的脸上有过片刻的停留。

我们本来只会成为同学，或者同事，或者只是一面之交。即使彼此错过，当初的我们，应该并不觉得遗憾。我们并没有刻意地去了解彼此，就在不经意间，我们越走越近。开始的相聚总有些偶然，时光在我们的身边悄悄流淌，不知不觉中，我们已成了相知相惜的朋友。我们没有共同的血缘，却有着共同的追逐。我开始惊讶于我们之间的默契，也常常感动于你心有灵犀的微笑。在朋友们的聚会上，在上课或工作的间歇，在郊外的野游中……你我成了彼此的影子。昏黄迷蒙的酒吧里，我们一起对饮。我们不一定有好的酒量，手中的杯子里盛的不一定是酒水，可是我们一定可以用激情和梦想，用快乐和单纯，用往事和憧憬酿造啜饮只属于我们自己的美酒。老旧的色彩，浪漫的气息，游离的人群，衬托着彼此的我们和此时彼时的心情。也许我们要的只是那种氛围，在那种甜蜜而感伤的氛围中，我们可以沉默不语，我们也可以一起放牧我们的思绪放纵我们的语言，一起逍遥于世俗之外。我们也去电影院里一起消磨时光。我们为别人的离别而忧伤，为别人的重逢而欣喜，我们在黑暗中战栗，为别人的故事和自己的心情感怀悲伤。时光流逝，那些我们为之付出了眼泪和欢笑的电影最终都随风而去，那些创造了悲剧或喜剧的主人公们也都虚幻成一个个模糊的背影，对于我，只有电影之外的你还如此的清晰，你在我的记忆里衔接着一段段的场景，并且成为永远的主角。

我庆幸与你偶然相遇的时候，没有与你擦肩而过。我庆幸能与你一起走过生命中的悲欢离合。春去秋来，年年岁岁，我们不仅仅是在简单地堆砌一些在一起的日子，你为我，我为你，已经记录承载了太多的经历和期盼。你陪我老去，又让我青春常在，在你的笑容里，我又看到了当年的我，风华正茂，意气风发。我的生命日记里颤动着你飞翔的翅膀，你也曾无数次地感染过我，带我一起去飞翔。在我落寞的时候，有你与我一起承受无奈；在我灰心丧气的时候，你重新点燃我的盼望，照亮我的黑暗，你曾为我的漂泊铸就一次次的停留。我也记得你所有的梦想，并且与你一起分享着实现这些梦想的快乐，我甚至比你更加快乐，因为我比你更加知道你所有的付出，我也就比你更加在乎你的快乐和悲伤。我们也有争执，也有误解，但我们最终从争执和误解中学会了妥协和宽容，学会了感激和珍惜。我开始接受你的数落，你也可以容忍我的唠叨。我们可以毫无顾忌地向对方倾诉，也可以为对方保守一切的秘密维护所有的尊严。可我们毕竟不是同一个人，我们终究还是有所保留，保留我们的软弱，保留我们的自尊，其实熟稔和默契早已让我们洞察了彼此最深的秘密，但如果你想独自厮守，我会用永远的沉默守望你的秘密。

　　曾经以为我们可以永远相守在同一座城市，至少，是在同一片国土上，但分离常常不期而至，宛如我们不期而至的相遇。我离开了那里，或者你即将远行，我们从此各奔东西劳燕分飞。我只能在与你的电话中，或者别人的只言片语中，得知你的一些零碎的讯息。我以为我们正在渐行渐远，可是偶然听到的一首歌，或者偶然看到的一部电影，或者偶然读到的一篇文章，会让我迅速而鲜活地串联起一段与你相关的记忆——你的一次微笑，你的一个承诺，你的一种喜好，你的一些往事。也许你早已忘记了，也许你以为我早已忘记了，可是那时候我会知道，时间的波涛，从未淹没你的踪影；万水千山，从未拉开我们之间的距离。你也还会在不经意间，偶然提起我说过一句话，我爱吃的一种零食，我喜欢的一个服装品牌，我常去的一家发廊，那些琐碎的提示，会把我真切地带回从前，带回我曾经生活过的城市，带回我们以前常去流连的地方。我以为匆忙的生活纷繁的世界早已让我变得麻木，可是那些朴素的细节和你为我收藏的记忆，依旧让我无比地感动。无数次，又是偶然间，你让我知道，昨天在心灵深处而不是在我们的身后。有时我也会觉得你变得有些陌生，但我们重逢的时候，我又觉得我们从未分开，我们一直生活在同一座城市中，行走在同样的街道上，因为你的气息，我会觉得那座城市那些街道更加亲切更加与我息息相关。那些能成为朋友的人，原来并不需要常常见面。一句话，就可以心领神会；一个眼神，一缕气息，就可以弥合时空的交错，衔接起离别经年洒落一地的碎片。

　　幸运地遇到你，而且，你也把我看作是朋友。漫漫人生，我们与无数的人相遇，能够成为朋友，却是少数中的少数，甚至屈指可数。一个人的一生，无论轰轰烈烈，还是平淡如水，能有几个朋友的相伴，这样走过的一生，必定是丰盛和完整的。曾经以为遇到你遇到你们只是机缘的巧合，无数的偶然，让我相信所有的相遇相知相惜都是命中注定。你必定在那一天出现在我的生命中，与我一起成长，一起走过人生的风雨。因为你因为你们，我该怎样感激上帝的眷顾和祝福。这一份份友情，没有血缘的绵长，没有爱情的浓烈，却可以天长地久，生死相依。我所有的留恋和感激，并不祈求你的回眸凝望，因为那早已成为我生命中的一部分，即使你忘记了，我也可以铭刻一生。我也知道，我会给你同样的感动，可能不为同一件事情，可能没有发生在同一个地点，同一个时间，我知道，我也会长久地留在你的生命中。因为，我们已是朋友。

岁月已走，你我还可以站在原处。还是最初的面孔最初的微笑，已经温暖了生命中无数的春夏秋冬。

叔叔阿姨

　　我们叫他们叔叔、阿姨、伯伯，他们是我们的父母的同学、同事或朋友，他们看着我们长大，还记得我们小时候的样子。

　　我们刚来到这个世界时，他们就出现在我们的身边。他们评论着我们的五官和神态，好像可以很确定地揣测出这个眼睛很少睁开的新生儿会长成什么样子。我们很小就跟他们熟悉起来，有时候他们就像是我们的家人，父母出门时会把我们交托给他们。我们互相串门，不用事先打招呼。有时候我们会一起去旅行，我们喜欢这样的大队人马，带着我们出门的有我们的父母，还有我们的叔叔阿姨，我们心里会很平安，也更加开心。如果他们的孩子跟我们年龄相仿，这样的旅行会更加热闹。我们也会跟叔叔阿姨的儿女一起长大，长大后才各奔东西。过年时我们又回到了故乡，小伙伴们还有机会重逢，但我们越来越疏远，很难建立起我们的父辈们拥有的关系，只有很少数的孩子还能继续父母们的友情，把叔叔阿姨变成了公公婆婆、岳父岳母的就更是少数中的少数。

小时候的我们喜欢偷听我们的父母跟叔叔阿姨们聊天。聊天时他们卸下了在小孩子面前的伪装，我们发现他们有时很孩子气，有时很深沉，也有很多的软弱和无能为力。我们从他们那里初识成年人的世界，我们向往着长大成人，又有些莫名的恐惧。大人们凑到一起时总有说不完的话，有时我们会嫌他们聊得太长。他们在路灯下站了很久，或者在一个并不舒适的座位上坐了很久。我们不知道他们怎么会有这么多的兴致，好不容易等到他们说再见了，他们还很有可能意犹未尽，再拖延些时间。父母老了后，我们巴望着他们的身边还有这些叔叔阿姨，盼着他们能多见见面，多聊聊天。他们给了我们的父母我们给不了的慰藉，只是能凑到一起的人在一年年地减少。

我们进入青春期后，多半会排斥我们的父母，跟叔叔阿姨们倒有可能更加亲近。不想让父母知道的心事，我们愿意袒露给我们的叔叔阿姨。不知道他们向我们的父母"出卖"了多少我们的小秘密，我们的父母装作不知，心里还是踏实了许多。父母想让我们听进去的话，也会让叔叔阿姨们讲给我们听。也有一些秘密，只属于我们和我们的叔叔阿姨。他们是我们的长辈，但他们能做到跟我们平起平坐。他们会尊重我们的隐私，有些心思和秘密，他们不会告诉其他的人，包括我们的父母。我们小大人似的正襟危坐，跟叔叔阿姨的交流，是我们第一次跟成年人的平等的交流。我们也会去叔叔阿姨那里哭诉我们心中的委屈，抱怨我们的父母，叔叔阿姨们总是有本事安抚了我们，他们总是比我们的父母更懂我们更包容我们。他们也更能看到我们的优点，还不吝惜对我们的夸奖。年少时的我们，总是渴望着得到成年人的肯定和赞许。我们爱听他们说的话，也愿意顺从他们的意愿。完全长大成人后，我们会发现他们其实跟我们的父母如出一辙，换汤没换药，可当年的我们偏偏只愿意听叔叔阿姨的话。过完了青春期的我们又跟父母重新亲近起来，叔叔阿姨们不再那么重要。他们从来不会计较我们的冷落，他们知道他们只是我们的叔叔阿姨。

有一天我们远走他乡，如果我们要去生活的地方正好有个叔叔阿姨，我们在他乡很快就有了着落。我们一见如故，有种天然的亲近。他们几乎从不跟我们讲大道理，他们对我们的关心多半体现在生活琐事上。但我们遇到难处遇到抉择时，他们会当仁不让，帮我们定夺帮我们想办法托关系。其实他们就是什么都不做，我们去到他们那儿，就能感觉到父母般的安慰和温暖。在那座陌生的城市里，我们有了归宿有了退路，心里也就有了底气。

我们后来也成了叔叔阿姨。朋友们的孩子叫我们叔叔阿姨，他们望着我们的时候，我们可以从他们的眼睛里看到我们熟悉的依赖和信任，我们也曾这样望着我们的叔叔阿姨。每次见面我们都能轻易看出那些小孩子的变化，特别是身高上的变化，天天看到孩子的父母总说自己的孩子不长个，叔叔阿姨们总喜欢说孩子又长高了。再过几年，我们又能先于孩子的父母，感受到这些长大了的孩子在性格和生活态度上的成熟。我们跟这些孩子的父母也是聊起来没完没了。我们肯定会聊孩子们的成长，聊到别人家的孩子时，我们总是比他们的父母冷静理智，看得更清楚，想得更明白。聊到自家孩子时，我们又开始犯起了糊涂。好在孩子们都有些叔叔阿姨，好在叔叔阿姨可以在孩子们的父母那里独当一面。我们也会在朋友的孩子那里扮演人生导师的角色，为两边穿针引线时，我们也是游刃有余。这个时候的我们，说起话来，做起事来，会很像我们的叔叔阿姨。

我们回到我们出生长大的地方，还能遇到我们的叔叔阿姨。叔叔阿姨们总是能在人群中轻易地看到我们，我们还没走到他们跟前，他们就能看到我们。他们对我们的长相身姿太过熟悉，我们长成了他们当年揣摩出的样子。我们还在襁褓中，他们就知道我们会长成这种样子。后来的孩子们叫他们爷爷奶奶，他们还是我们的叔叔阿姨。一声称呼，阻止了时光的流逝。他们会说：你没变，你还是从前的样子；我们会跟他们说：您也没变，您还是这么年轻。可我们都在渐渐老去，在我们说话时，我们真的又回到了从前。他们叫着我们的乳名，跟我们讲我们小时候的趣事，我们的父母没记住的故事，我们自己也忘了，或许当初就没记住。叔叔阿姨们还记得这么清楚，好像那些故事就发生在昨天。

　　我们可以跟我们的叔叔阿姨聊很久，在路灯下，在并不舒适的座位上，我们原来也可以聊上那么久。

此情默默

我在北京求学时，有一年的暑假想在北京留段时间，可宿舍在假期里是不让人住的，我只能另找住处。好在我爸爸的朋友李伯伯让我住在他们家，我有了个临时的家。

李伯伯是个和善的老学者，我来北京前见过他好几面，早就相熟了。我拎着行李进门后，有种很亲切的感觉。

"你杨阿姨出去买菜了，"李伯伯递过来一杯饮料时说，"你就跟她睡里面的大床。"

我拿着杯子的手抖动了一下。李伯伯原先的夫人我小时候见过，前几年去世了。他们的女儿去了欧洲，已在那里安家立业。杨阿姨是李伯伯前两年娶的夫人，出嫁时已有四十多岁，没再生儿育女。我从未跟她谋过面，难免有些生疏，一想到晚上要跟她睡一张床，便张皇起来。我想换个房间，可初来乍到，不好意思提太多的要求。他们也是好意，那间安放了大床的房间是个正房，宽敞明亮。

杨阿姨回来时提了一大兜菜。"你是小珺吧？知道你今天要来，我这就去烧菜。"杨阿姨拂去脸上沁出的汗水，急急忙忙进了厨房。她跟我妈妈是同行，年龄相近，动作也相似，远离父母的我面对一个跟母亲相仿的人，心里一阵怅然。

我随杨阿姨进了厨房，帮她择菜。她听说我喜欢写作，问我最近发了哪些作品。我说了几篇，其中有篇散文发在上海的《文汇报》上。杨阿姨柔声说道："我也在《文汇报》上发过的。那时候还在上中学，《文汇报》的一个编辑来我们学校，我们老师拿了篇我的作文，还真发表了。"她说着停了手，眼睛里闪着喜悦的光芒，又有些羞涩。我知道杨阿姨结婚前一直在上海，没想到她还发表过文学作品。她大学学的是数学，一直是个数学老师，好像跟创作无缘，可她说起这事时脸上带了喜悦和羞涩，大概也做过文学梦吧。我这样想着，觉得跟杨阿姨又亲近了一些。

接下来的日子里，我和杨阿姨渐渐有了默契。她如母亲般照顾着我的起居，我跟她也越加亲昵。我们有时会说些悄悄话，特别是在我们一起淘米时。我的淘米办法是我妈妈传授的，一手拿个铝锅，一手拿个小盆，白米放进铝锅中，冲上水，慢慢筛到小盆中，若有沙粒，就会落在锅底。这样来回倒腾几次，就把米淘干净了。杨阿姨用了另外的办法。她喜欢在桌子上铺张白纸，把白米铺在白纸上，手在上面轻轻撸一遍，沙粒很容易显现出来。每次抓一小把放在纸上，筛过的米就放进烧米饭的锅里。用这种办法淘米没有多大动静，很适合两个人一边筛米粒一边聊些什么。记得杨阿姨说起她读书时，她跟同宿舍的一个女孩都看中了一家店铺卖的裙子，不过价格超出了她们的承受能力。她们就盼着这裙子能早点打折，每天都会跑去店里看裙子上标的价钱，又天天担心裙子在降价前就卖光了。我记不清杨阿姨和她的闺蜜最终买没买上她们心仪的裙子，只记得讲故事和听故事的人都被逗笑了，米粒落尽锅里，也发出了清脆的笑声。

一天，杨阿姨有点不自然地走近我，低声说："小珺，我跟你商量件事情。我们请木匠做家具，拖了两个月了。我就瞒他们说，我家女儿等着结婚，想让他们快点来做。可是你知道……我的意思是，他们来我们家时，你就装作我女儿，不用说话，只要在他们面前晃一下就行了。"

那个年代里有不少人家请木匠上门做家具，好木匠就比较抢手。我很想帮上忙，这又不是什么大忙，我满口答应下来。杨阿姨看我点了头，红着脸低头笑了。

木匠是晚上来的，我就装样子在他们面前倒水，找东西。刚退回里屋，电话铃响了，是找杨阿姨的。

我为难起来，蹭到客厅，看见他们谈得正欢。我假装咳嗽了两声，他们没反应，我只得憋着气儿叫道："妈，你的电话。"

两个木匠并没觉察出什么，杨阿姨却呆在那儿，不知所措地望着我。李伯伯急忙朝她使眼色，她醒悟过来，惊喜万分地说："喔，我的电话，我的电话。"

木匠走了后，杨阿姨跑来谢我："今天幸亏你，木匠答应下周过来做，都谈妥了。"她说着，慌乱地扯着衣角。

那晚我跟往常一样睡得很沉，我已经习惯于跟杨阿姨分享那张大床了。半夜里，我朦朦胧胧地觉着灯还亮着，半睁开眼，发现杨阿姨还没睡下，正怜爱地看着我。见我醒了，她的脸窘得通红。她讷讷地说了句："红红都是叫我阿姨的。"

红红是李伯伯的女儿，杨阿姨跟李伯伯结婚时，红红已长大成人，很难称杨阿姨为"妈妈"了。我没有想到我在迫不得已的情况下的一声称呼，竟使一个从未做过母亲的人动了感情。我还是睡意沉沉，并没有完全醒过来，我翻了个身，又睡了过去。

我在木匠来做工的前一天离开了李伯伯家。走的时候已对这个暂住的地方有了留恋，但我知道我不可能留在这里，即使这里是我的亲生父母的家，我还是要离开的。

李伯伯把我送出那栋居民楼，杨阿姨坚持把我送到公共汽车站。我们穿越车水马龙的马路时，杨阿姨一手帮我拎着个包，一手紧紧攥着我的手。

我要坐的公车很快来了，杨阿姨张望了一下，有些高兴地说："这辆车挤，等下一辆吧。"

我就等下一班车，听杨阿姨絮絮地讲路上小心、多吃蔬菜水果、晚上早点睡觉之类的母亲也常嘱咐我的话。

下一班车也来了，有不少空座位。我上了车，转身朝杨阿姨挥了下手。杨阿姨站在车下，风吹乱了她的头发，一副欲言又止的样子。

我心里一阵酸涩。我知道杨阿姨渴望什么，可我喊不出口来，她毕竟不是我的妈妈。四目之间，是逾越不过去的无奈。

我坐在了一位中年妇女的身边。车启动后，她跟我说："你要出远门吗？你妈妈都掉眼泪了，唉，做母亲的！"

我没有说什么，只有一滴泪水默默地滑落在脸上。

多年不见

多年不见，

你还好吗？

很多次，我拿起电话，

我想跟你说，

多年不见，你还好吗？

我还留着你的电话，

家里的，办公室的，

还有你的手机。

号码按了一半，

又被我放下。

我还有你的号码，

却没有了打电话的理由。

你也有我的电话，

哦，我忘了，

我早就换了号码。

从一个城市

到另外一个城市，

我在用这个城市的区号。

我自己都忘了原来的号码，

也记不清

我有没有告诉过你。

也许你也换了号码，

可现在这个世界，

网络这么发达，

找到一个人，

并不是那么难。

我也记不清，

从什么时候开始，

我不再给你打电话。

那一串数字，

我曾多么熟悉，

不用看电话本，

不用翻手机，

我可以随手拨出你的号码。

遇到好事坏事，

我都会拨你的电话。

你也一样，

报喜也报忧。

我说我是你的垃圾桶，

总是由着你

无所顾忌。

我们也常腻在一起，

喋喋不休地

说着各自的心事。

有时候我们很安静，

我的悲伤和寂寞

只有你能懂，

你什么都不说，

你知道说什么都没用，

你只是默默地陪在我身边。

后来我们开始说笑，

你说起一些好笑的事情，

我笑出了声，

忘掉了悲伤。

我们在冬天的小路上一起走过，

秋天的落叶还没散尽，

在我们的脚下发出细微的声响，

像是小鸟在春天里歌唱。

那个寒冷的日子里，

我们抱团取暖，

就在那个时刻，

你是这个世界上唯一的一个

一个能给我温暖的人。

我们也说起了明天，

你让我看到了希望，

冬天很长，

我们说好，

我们要一起走到春天。

春暖花开时，

我们要一起庆祝。

又是从什么时候开始，

我的身边走着的

是另外的人。

你什么时候离开了我？

我什么时候丢失了你？

我闻到了春天的气息，

枝头上的花骨朵，

正在悄然开放。

我想起了你，

站在小路的尽头

回头张望。

我看见你朝我走来，

你也从冬天走到了春天。

我蹦跳着朝你招手，

等着你走到我面前。

在那个寒冷的冬日，

我们向往过的春天

已近在眼前。

那时我说过，

如果有那么一天，

我要跟你一起分享。

万象更新，

果树和鲜花都在盛开。

繁花似海，沉甸甸地

压弯了枝头，

也遮住了你的踪影。

你在很多年前

就看到了今天的明媚；

万紫千红时，

我只看到明媚的春光。

我从另外一个人的手上

接过香槟酒，

你是否也在这片春海中？

你的手上也该有一杯香槟，

一样的芬芳。

我们只是在不同的地方庆祝春天，

春意盎然，

我们还在一起。

你可能不知道，

我会时不时地想起你，

不是经常地想念，

可你从未离开过我的想念。

没有什么具体的事情，

我只是想起了你。

多年不见，

你还是当年的模样，

你固定成了一张老照片，

一直留在我的心里。

也许一生的路太长，

你和我的陪伴，

只能是其中的一段；

也许路上的人太多，

还有不同的风景，

一个接着一个，

我们走着走着，就会走散。

可我们一起走过，

一起看过风景，

我们陪伴温暖过

彼此的日子，

我们余生的日子里，

就有了彼此的温度。

这个世界是个温暖的居所，

那些走散了的朋友，

还住在这里。

III

　　我的老外公，我爸爸的外公，这是他在故乡南京留下的照片。我想象着老外公拍这张照片时的情景，那已是将近一百年前的事情，在那个遥远的背景上，我很难拼凑出当时的细节。可这张照片又分明是清晰的，让我的揣摩渐渐丰富起来。我在寻找家里的老照片时，在我大姑姑那儿找到了这张照片，我爸爸也是第一次看到这张照片。几经战乱和流离，大姑姑保存下来的，就是几张老照片了。我们凝视着照片里的老外公时，还看到了中国一个世纪的变迁。

　　我的爷爷和我的大伯大姑姑，摄于二十世纪三十年代初的天津。日寇侵略中国之前，他们曾在那里安居乐业。五个孩子中，爷爷最疼我的大姑姑大梅子，从这张照片上可以看出爷爷的偏爱。爷爷每天安心去上班，下班后吃过晚饭，他喜欢跟邻居们打几圈牌、玩玩麻将。爷爷放松消遣时，他最疼爱的大梅子会站在他身边，很贴心地陪着他，我想那是爷爷最幸福的时光了。大梅子跟爷爷的感情也很深，步入老年后，她还是走不出年少时失去父亲的悲伤。

「祖父母」

　　我从父母那里讨来的一张老照片，总会把我带到祖父母年轻时的时光。那是他们的结婚照，长袍马褂，是那个时代的模样。

　　我爷爷是江苏苏州人，祖辈都在苏州，曾是个兴旺的大家族，有不少的产业，但到他父亲那一代基本被败掉了。爷爷十多岁时父母双亡，他的舅舅把他带离苏州，供他继续读书。爷爷的舅舅是铁路局的中层管理人员，爷爷高中毕业后，他的舅舅把他也安排在铁路局工作。爷爷还没有去北方之前，跟奶奶结了婚。

　　我奶奶出生在江苏南京，她很小的时候妈妈就去世了，她是跟着姨妈长大的，没有上过学堂。

　　祖父母出生在二十世纪初，中国历史上的一个变革的时代正在开始，祖父母的家庭都受了些新思潮的影响，我奶奶没被裹过小脚，爷爷也没有留过辫子。他们的婚姻也算是新式的，虽不是自由恋爱，但结婚后感情不错，一夫一妻，男主外女主内。爷爷开始在天津的一个铁路局做行政工作，他是因为舅舅的关系进的铁路系统，好在他聪明能干，在工作中很快就可以独当一面，他的职场和家庭都在顺风顺水的状态。祖父母的几个孩子，包括我的爸爸在内的两个儿子三个女儿都出生在天津。每个孩子有他们喜欢唤的小名：小庆子、小寿子、大梅子、二兰子、小珍子。奶奶疼爱她的每个孩子，爷爷就有些区别对待。他对他们的长子小庆子很是严格，大伯被爷爷逼着好好读书，还写得一手漂亮的毛笔字。五个孩子中，爷爷最偏爱大梅子，也就是我的大姑姑。爷爷由着自己的大女儿自由自在地成长，大梅子开心，他比女儿还开心，爷爷也不避讳，明显偏心于大梅子。爷爷每天安心去上班，下班后吃过晚饭，他喜欢跟邻居们打几圈牌，玩玩麻将，大家都押很少的钱，以玩为主，很放松地消遣一番。爷爷打麻将时，他最疼爱的大梅子会站在他身边，女儿总是很贴心地陪着他，我想那是爷爷最幸福的时光了。若不是爆发了抗日战争，他们一家人很可能就像这样安居乐业，更多更长久地享受平民百姓的天伦之乐。

七七事变后，日本人逼近了天津，老百姓的生活开始每况愈下，但爷爷一家还没真正意识到灾难即将来临。爷爷要调到南京的铁路局工作，还得到了升迁，一家人都很高兴。他们生活在天津，饮食习惯还是南方的，说话也带着南方口音，南方对他们来说并不陌生。南京还是奶奶的出生地，带着五个可爱的孩子重回故里，奶奶自然也是欢喜舒畅的。几个小孩子开心的是他们可以坐上火车，去到一个新的天地。祖父母还想着去了南京就躲开了日本人，他们那时绝没想到大半个中国会沦陷，他们要去的目的地很快会发生惨绝人寰的南京大屠杀。

爷爷奶奶一家人没有去成南京。他们打好了行李，准备第二天启程。第二天一早，日本人的飞机开始轰炸天津。他们当时住在河北区，这是日本人轰炸的重点。大家都四处逃难，爷爷一家人逃进了租界，日本人还不敢去轰炸外国租界。

他们先去了法租界，几经周折后，又在英租界租到了两间小房子。南京去不成了，好在找到个相对安全的落脚处，一家人在这里安顿下来。居住条件比原来的差了不少，他们住在二楼，阳台上的围栏形同虚设。有次奶奶在阳台上晒被子，当时才两岁的我的小姑跑到被子里躲猫猫，随着被子一起从二楼跌落到楼底。小姑不省人事，抱到医院，身上的衣服不是脱下来的，都是剪开的，怕伤到摔坏了的骨头。幸好小姑命大，大家只是虚惊一场，从二楼摔到一楼的小姑竟然毫发未损，自己醒了过来。

随着二战中英美等国相继向日本、德国、意大利宣战，租界也没逃脱掉日本飞机的轰炸。日本人来轰炸时，爷爷奶奶会让几个孩子躲在一张八仙桌下，家里的被子都盖在桌子上，他们指望这些棉被能挡住炸弹，保住孩子的性命。真要有个炸弹落在他们家里，这被子和桌子也是挡不住的。再后来，天津完全沦陷了。日本宪兵出现在街上，明晃晃的刺刀彻底划破了往日的安宁。

国难当头，这些住在一起的中国人互相照应，邻里关系很好，有种家人般的亲近。其中一个邻居姓钱，小孩子们称这家的男主人为钱伯伯，钱伯伯还是我爷爷的老师，是补习班里的英语老师。即使在战乱时期，人们还是想把日子过得更正常一些。爷爷还在铁路局上班，业余时间会上些补习班提升自己。几家人挤在一个院子里，小孩子们常在一起玩耍。钱伯伯的儿子和我的二姑青梅竹马，长大后结了婚，完全成了一家人。

爷爷有胃病，不是很严重的胃溃疡，也就没有太当回事，而且当时是在战争时期，没有好的医疗条件，缺医少药。有次胃溃疡发作，爷爷开始吐血，找来的土郎中在他的枕头边放了一桶冰块，说是能止住血，但爷爷没有停下吐血，反而开始大口吐血，当天就撒手人寰。最讨爷爷喜爱的大梅子亲眼看着自己的爹爹吐血而死，这成了我的大姑姑一生一世的伤心事。

这一切发生得太突然，爷爷肯定舍不得走，他去世后，到了晚上，家里的保姆李妈就会用我爷爷的语气和声音说话。他说他不能走，孩子还小，他不放心。可窗户门都关着，他进不来。李妈睡在我大姑姑的身边，她还跟大梅子说，我最喜欢你了，你还怕吗？悲痛中的一家人和邻居们猜想李妈是因为可怜这几个孩子出现了幻觉，最好的办法就是让她离开这个环境。李妈却不走，等她再变成我爷爷说话时，爷爷的老师钱伯伯过来跟她说，你就放心走吧，我们会照顾好你的孩子。钱伯伯还打了李妈两个耳光，把她打醒了。第二天李妈离开了奶奶家。

家里的顶梁柱突然倒下，一家人一下子没了依靠。我奶奶是个不识字的家庭妇女，五个孩子中，最大的是我大伯，也就十二三岁。钱伯伯说到做到，他和其他的邻居，还有爷爷的朋友同事，凑钱为爷爷买了棺材，让他入土为安。他们还商量好，把几个孩子分别领到自己家里。钱伯伯领走了我的大伯，想供他读完初中，有个初中文凭，更有可能找到个好一些的工作。大梅子去了王伯伯家，王伯伯在一家水泥公司做事，想让我大姑姑顺利地读完小学。沈伯伯收留了另外三个小一些的孩子，还有我奶奶。沈伯伯也在铁路局工作，曾是我爷爷的同事。他们一家人挤出一个小房间，安顿下我奶奶和三个孩子。上学的学费不贵，但总是一笔额外的钱。沈伯伯家一下子多出了四个人的负担，没法让三个孩子都去上学，就供我爸爸一个男孩上小学，二姑和小姑都待在家里。国破家亡的时候，我奶奶和几个孩子还能支撑下来，全靠了这些人家的善良和接济。这几个孩子把这善良也传递了下去，后来他们有了能力后，都很乐善好施。那几家人不光帮我奶奶母子活了下来，还给了他们一个家，他们从没有过寄人篱下的感觉，那么艰难的日子还能留下些温馨的记忆。我爸爸回忆那段生活时，最先提起的是我二姑在家读《红楼梦》的情景。没正式上过学的不到十岁的二兰子常在家给奶奶读大部头的《红楼梦》，还读得绘声绘色。肯定有不少不认识的字，她都有办法衔接好，不影响听的人对故事的理解。我奶奶听得津津有味，我爸爸也常来凑热闹，听他的二姐在家读《红楼梦》，他的文学启蒙是从这里开始的。

那时家家过得都很紧张，这几家人都有自己的孩子，又要照顾朋友留下的孤儿寡母，多出了很多的负担。他们都没说什么，尽力维持着，可奶奶心里很过意不去，虽然她能帮沈家做些事情，但那抵不上几家人的付出。奶奶只好求救于她的父亲——我爸爸的外公。

爸爸的外公已经从南京去了常州。他曾是一个在木箱上作画的画师，那时时兴的木箱多半不是一色的，上面会有各种各样的图案。爸爸的外公靠在木箱上画画养家糊口，还影响到儿子对职业的选择。奶奶唯一的弟弟，我的舅爷爷在箱子堆里长大，对各种箱子有了感情。他长大后自己创业，在常州开了个皮箱店，销售各种皮箱，这个时候时髦的箱子已从木箱变成了皮箱。奶奶的父亲也在常州，帮着儿子打理，是家里的大管家。老外公得知女儿的境况，坚决要把她一家人接来常州。舅爷爷也没推脱，他和我奶奶没在一起长大，但他顾念那份姐弟情，对自己的姐姐和几个外甥外甥女没有撒手不管。

离开南方十多年的奶奶要带着五个孩子回南方了。他们坐上了火车，那趟车的终点站还是南京，只是爷爷不在那趟车上。车上十分拥挤，空气很污浊，混杂着难闻的气味。一天一夜后，他们到了南京的浦口站，要从这里转车去常州。舅爷爷派来的伙计在浦口接上他们，安顿他们在南京住了一晚，第二天去常州。

回到阔别已久的故乡，奶奶想到些什么？又有哪些感受？南京当时在日本侵略者的铁蹄之下，这里还是她的故乡，但已人去楼空，物是人非。我无法知道奶奶那时的心情，或许她什么都没顾上想。

　　我奶奶和五个孩子在常州跟老外公和舅爷爷一家团聚，颠沛流离后，一大家子人终于凑到了一起。奶奶的父亲姓辜，按照那时的风俗，奶奶嫁给爷爷后随了夫姓，就成了章辜氏。爷爷去世了，奶奶回了娘家，又开始用自己的原名辜文卿。奶奶不识字，倒是有个文绉绉的名字。

　　舅爷爷和舅奶奶也有不少的孩子，一下子多出六个人，也多出了不小的负担。奶奶尽可能找些事情做，为这个大家庭分担些负担。她没进过学堂，选择面小了许多，最后决定在舅爷爷开的皮箱店前摆个小摊，卖鞋面和鞋底。那时很少有人买得起现成的鞋子，都是按尺寸买来鞋底鞋面自己缝制。鞋底是皮子的，先买进大块的牛皮，按不同尺寸剪割下不同的鞋底。最受欢迎的鞋面是呢料的，去上海才能买到最好的呢子。坐火车去上海进货时，奶奶怕找厕所耽误时间，一般不吃饭不喝水。每次去上海她都赶得很急，当天就打个来回，省下了住旅店的钱。火车很拥挤，奶奶一个人带着买好的呢料挤火车，很是辛苦。奶奶辛辛苦苦打下了一片小天地，赚到了些小钱，贴补了家用。大姑姑二姑也会帮奶奶摆摊卖货，大伯则成了舅爷爷的一个很好的帮手。爷爷没有白逼自己的长子，大伯写一手很漂亮的毛笔字，算盘打得很漂亮，人也很聪敏，舅爷爷放心大胆地让大伯做了皮箱店的管账先生，店里的账本被大伯做成了书法帖子。不过大伯也不能天天盯在那里，别人也会经手，有时晚上核账时就有了出入。这时家里的长者老外公就会出来做和事佬，说那少掉的钱就算被他拿走了，他拿去买了零食吃掉了。对这类的事情大家都不计较，谁也不怪罪。家里一堆孩子，老老少少，加上舅爷爷雇的工人，几十口人一直相安无事，从不会为不值得算计的事情伤了和气。

舅爷爷手头再紧，也不想耽误了小孩子的教育。他供着我爸爸继续读书，二姑小姑也进了学堂。二姑从没上过学，不知道该让她从哪里开始。既然她弟弟开始上三年级了，她是姐姐，总不能比弟弟的年级低，干脆让二姑也上了小学三年级，二姑和我爸爸进了同一个班。能读下《红楼梦》的二姑冰雪聪明，每次考试都是第一名，我爸就成了千年老二，总也考不过他的二姐。奶奶不在乎谁第一谁第二，其实她都不在乎成绩，孩子们懂事得体，她就很满足了。

常州是在我爸爸读初二那年解放的，这对我的大伯和大姑姑来说是个很大的转机。那时很需要人才，也很重视培养工农干部。大伯和大姑姑都受过教育，算是有知识的年轻人。他们都进了培训班，学习结束后国家给他们安排了工作。

到了一九五四年，奶奶的五个孩子都离开了常州。我的大伯去了江苏无锡，在石油公司工作；大姑姑先去了南京，后来落户到了安徽芜湖；二姑早几年去了台湾，定居台北；我爸爸在上海华东师大读大学，小姑姑也去了上海，在那里读书。孩子们都不在身边，奶奶还是欣慰的，他们都已长大成人，也都有了着落。奶奶自己又处在了飘摇中，她在常州住在弟弟开的皮箱店后面的房子里，公私合营后，这些房产不只属于舅爷爷，奶奶不好再住在那里。我的大姑姑把奶奶接去了芜湖。

以后的四十年里，奶奶除了跟我们在山东住过一年，一直生活在芜湖，我和奶奶的相聚都是在这段时间里。虽然大家的日子都不富足，但没了战乱之苦，每次的团聚都是甜美的。那时候常讲忆苦思甜，我听过不少别人讲的苦日子里的故事，学校也时不时组织我们这些小学生出去参观忆苦展览，但我奶奶从没跟我唠叨过她吃过的苦，奶奶在世时，我一直不知道她吃过很多苦。奶奶大概只在心里和行动中忆苦思甜，终于过上了安稳的日子，她要好好过好她的每一天，没有必要纠缠在过去的苦难中。

奶奶爱整洁，头发梳得一丝不苟，她没有头发凌乱的时候，也从没邋遢过，衣服都是干干净净的，便宜的衣料，一样可以穿得清爽得体。家里也被奶奶收拾得干干净净。家里有保姆，奶奶还是常常亲力亲为，但她从不给保姆压力，保姆也就不用担心自己少干了什么。奶奶只是享受这样的生活方式，自己能做到的事情，就不去麻烦或支使别人。奶奶从不抱怨，也不喜欢指手画脚，其他人也就可以很轻松地跟她相处。过过苦日子的人多半喜欢收东西，什么都舍不得扔，奶奶倒没这样的喜好，家里也总是清清爽爽的。

奶奶最后住过的房子前有个很小的院子，窄窄的，最多七八平方米，但光线很好。奶奶非常喜欢，常在这个院子里劳作。她把洗好的衣服搭晒在这儿，也把腌好的咸肉酱菜晾在这儿。没有足够的空间，奶奶就让这些东西分批出来晒太阳。奶奶自己倒很少晒太阳，也很少无所事事地坐在那儿发呆。就是有保姆分担，家里还是有不少的事情。身材偏胖的奶奶做起事来却轻手轻脚，也井井有条。每天饭桌上有不同的花样，不知道奶奶是怎么做出来的，换作别人做这些事，很可能手忙脚乱。饭桌边的奶奶总是笑眯眯的，笑眯眯地看着我们狼吞虎咽，我们吃得越香，她就越开心。我们偶尔出去吃顿饭，一般会去吃年糕。芜湖有各种年糕，多数是甜年糕，不同的口味，形状和颜色也是不一样的。奶奶会很有经验地给些建议，选上几种可口的年糕，每样也就要上两三片。花花绿绿的年糕摆在几个小盘子里，并不丰盛，一家人吃得也很尽兴。每次出去吃年糕，奶奶会穿上她最好的行头，她吃得慢条斯理，慢慢地品味。偶尔她会说一句，以前吃不上这么好的年糕。这算是奶奶的忆苦思甜吧，是从心里出来的感恩和珍惜。

奶奶离开这个世界的那一天，还忙忙叨叨地做了不少的家务活。那天的天气很好，南方正在黄梅天中，难得出了个大晴天，奶奶赶紧把衣服从箱子里拿出来，一件件挂到院子里晾晒。她还是自己搬动的箱子，没让保姆帮忙。这是奶奶一贯的做派，自己能做了的事情，就不去麻烦别人。到了下午，她又忙着择菜准备好晚饭的食材，焖上米饭，孩子们回家前她再炒菜。奶奶忙活了大半天，又是一个夏天，出了一身汗，奶奶爱干净，赶在做饭前先洗个澡。那时一般人家里没有洗澡设施，就在一个大木盆里洗。晚上家里其他的人要用澡盆，奶奶会在下午洗，省得在晚上扎堆儿。家里的保姆帮奶奶放好木盆，兑好洗澡水。奶奶自己洗了个澡，换上干净的衣服。衣服都是在院子里晾晒过的，有阳光的味道。奶奶大概就是在这个时候晕倒的，保姆进来倒洗澡水，看见穿戴整齐的奶奶倒在了地上。我的姑姑姑父表姐都去上班了，保姆跑去邻居家求救。在家里的邻居都跑来帮忙，在没有电话手机出租车的年代，大家能想到的最好的办法就是赶紧把奶奶送去医院。家里也不可能有担架，好心的邻居们把我奶奶抱到凉床上，抬着凉床去了医院。

　　奶奶得的是心肌梗死，按说心脏病发作时不该移动身体，可大家都没这个经验，也没有叫救护车的条件，只想着用最快的时间把奶奶送去医院，奶奶还是没有被救过来。

　　奶奶一直很健康，对于她的突然离世，我们很难接受。让我们感到宽慰的是，奶奶走时没有遭罪，她晕倒后就没醒过来；奶奶还是洗过澡穿上干净衣服走的。奶奶也算是高寿，她那年八十岁。

　　奶奶是很安静地离开的，远在山东的我们在那个下午却经历了一场强风暴，那是我的记忆中的最大的一场风雨。电闪雷鸣，暴雨倾盆而下，很快淹没了道路，下午放学后我是蹚着到了膝盖的水回家的。曲阜是个风水宝地，几千年里没有受过什么自然灾害的侵袭，所以我对这样的暴雨记忆深刻。奶奶去世时姑姑没有通知我们，遗体在夏天无法保存，发电报叫我们过来，也见不上奶奶最后一面了。料理完后事，姑姑写信告诉我们奶奶走了。走的那个下午，曲阜正好在下那场暴雨，奶奶来跟我们道过别的。

我的父母去了芜湖，跟我大姑姑一家一起安置奶奶的骨灰。他们回来时，我跟我爸爸的同事王叔叔要好了接他们的小车。那时没有私家车，也没有出租车，学校有个车队，需要用车时去那里订车。我要跟车去车站接我父母时，发现车队这次派了辆面包车，不是常用的小轿车。司机师傅解释道：王教授打来电话，让我们派个大点的车，你奶奶去世了，你爸去继承遗产，得拎回几个大箱子，车小了放不下。

我爸妈自然没带回几个大箱子。奶奶一生清贫，在物质上没有给后代留下任何遗产，我们还是爱她怀念她，并不在乎我们有没有从奶奶那儿继承到遗产。我以为奶奶什么都没有留给我们，随着年岁的增长，我越来越感觉到奶奶给我们留下了很多东西。奶奶给了我们生活的能力和热情，我们可以更积极乐观地生活，也就更多地享受到生活的乐趣。

我在北京独自生活时住过一段筒子楼，跟邻居合用一间厨房，每次做饭时会跟邻居的阿姨闲聊。有次她很认真地跟我说：我发现你一顿饭都不凑合，这很少见，也很难得。到了美国后，从纽约州搬来华盛顿特区，我把一堆家具电器送给几个朋友，开过来的小车里放不下太多的东西，只能装下我认为最重要的家当。朋友帮我装车时感叹道，你随身带着各种锅碗瓢盆，是个能过日子的人。邻居和朋友注意到我的生活喜好时，我才意识到这些。我从小就习惯于这样的生活方式，自己能很好地照顾自己，还能惠及别人，这是原生家庭对我的影响，我的父母就是这样生活的，而对我的父母影响最大的是我奶奶，我爸妈的一些拿手好菜是我奶奶传下来的，他们总是可以把平淡的生活过得有滋有味。

奶奶还总是宽以待人，与人为善，家里没什么是非争执，跟街坊邻里的关系也很好。奶奶跟姑姑一家曾住在芜湖的北京路上，是个大杂院，有很多邻居，也有很多跟我年龄相仿的小孩。我那时候也就五六岁，每天跟那帮女孩子在一起玩。我们常玩一种游戏，先选出两个孩子，这两个孩子先用苹果西瓜之类的水果命名自己的队伍，但其他孩子不知道谁是苹果谁是西瓜，只能从中选一个，不知道会进谁的队伍。分好队后，两队玩拔河等对抗赛，哪个队的人多就更容易赢。我总是被选中做队长，我和另外一个队长躲到一边商量谁是苹果谁是西瓜时，总有孩子想方设法偷听到我们的谈话，再迅速传递出去。如果我选了苹果，那苹果这一队的人数就会明显多于西瓜队，所以我在那就成了常胜将军，西瓜队的领队也从不戳穿这个把戏。我是个外来户，她们没有欺生，还处处让着我，这些孩子的父母家人对我也很热情。这大概是沾了奶奶的光，奶奶在那个大杂院里德高望重，邻居们对她的孙女就会很友善。

后来姑姑家搬去了杨家巷，还是住在一个院子里，院子里有两栋楼房。我的大姑姑升做外婆后，大家就改称我奶奶为老太，奶奶是我们家的老太，也是那个院子里的老太。做了什么好吃的东西她会想着邻居们，邻居家的孩子也常来奶奶家吃饭。我妹妹是在芜湖跟着奶奶姑姑长大的，她上学后，她的同学都喜欢来奶奶家玩，每次遇到饭点，家里人都会热情地留他们吃饭。妹妹的同学们长大成人后，每次聚会时他们都会提及在奶奶家过的快乐时光，他们在那里最能感觉到轻松和愉快，一点也不受拘束，所以他们常来玩，他们也很怀念奶奶做的好吃的饭菜。奶奶去世后，姑姑一家还是保持着这样的习惯，只是做饭掌勺的人换成了我的表姐，她是奶奶一手带大的，宽厚待人的家风从我奶奶这儿传到了她的子孙那儿。我的父母对同事邻居和他们的学生也是这样的，家里常会多做些饭，学生们没赶上食堂的饭点，就会来我们家吃饭。我的父母把他们的学生当自己的孩子对待，我有了很多的兄弟姐妹。这些学生对我爸妈也非常好，就像左邻右舍对我奶奶都很体贴。奶奶发病时，邻居们用凉床把她送去的医院，凉床是竹子做的，加上我奶奶，分量很重，又是个大热天，几个邻居挥汗如雨，还是全力以赴抢救治的时间，用最快的速度赶去医院。虽然我奶奶没被救过来，但她是在邻居们的关爱中离开的。

我能想象出奶奶在天津和常州的生活环境，跟她在芜湖时一样，都是有很多的邻居，都是一个和睦的大家庭。每天的日子，同样的条件，同样的事情，却可以有不同的活法，也给别人带来不同的感受。奶奶始终快乐地活着，也能给别人带去温暖。奶奶留给我们的是脚踏实地的生活能力和如沐春风的生活方式。

当我朝奶奶当年的那个年龄走去，我越来越希望当我年老时，我能更像我的奶奶。奶奶从没对我发过脾气，也从没对任何人发过脾气。奶奶的脾气极好，不用说发脾气，她几乎没对人大声嚷嚷过，说话做事都是温婉的。奶奶从不唠叨抱怨，不说闲话，也不想着改变别人，却用行动影响了很多人。奶奶从不给晚辈压力，她明白健康快乐比什么都重要。奶奶对生活没有过分的要求，遇到事情时总是很淡定，既来之则安之，也不为明天担忧，心宽的奶奶每晚都能睡个好觉。我去芜湖时，还有奶奶跟我们在曲阜一起生活的那一年里，我都跟奶奶睡在一个房间，或者一张床上。奶奶睡觉时会打呼噜，每晚上床关灯后，很快就能听到她的呼噜声，对我来说那是很好的催眠曲。奶奶也很懂相处之道，她跟我妈妈的关系很好，我小时候不知道婆媳之间还会有问题。奶奶长时间跟姑姑姑父生活在一起，她跟女婿也处得很融洽，姑父常给不识字的奶奶读报纸，奶奶好这一口。有一年我去芜湖时，姑姑姑父不知为什么事情拌嘴，两个人都面红耳赤，我在旁边看热闹，很少看到大人吵架，觉得很好玩。但姑姑姑父那次显然真生了气，吵过之后，姑姑去我奶奶那儿告状，奶奶静静地听着，末了什么也没说，只是"嗯嗯"了两声。姑姑走后，姑父也来我奶奶这儿诉说了一番，跟姑姑的版本不同，奶奶还是静静地听着，姑父说完了，奶奶还是"嗯嗯"了两声。奶奶谁都不偏袒，也不轻易评判，小两口吵嘴多半没有个谁对谁错，这时候出来拉架点评，很可能火上浇油。奶奶知道应该做什么，不该做什么。姑姑姑父也不过是找个人倾诉一下，跟奶奶讲完后，气也消了，两口子很快又嘻嘻哈哈了。

那是我见过的奶奶，也是我希望自己能成为的样子，我希望我能像我奶奶那样宽厚和从容。一个不识字的家庭妇女，也可以活得这么大气，也很懂生活的道理。我比奶奶多读了很多书，很可能比奶奶更懂大道理，但在实际生活中常常做不到。那些大道理，那样的生活境界，奶奶并不一定明白，但她在自己的生活中都做到了。

有人说过，奶奶或外婆会给一个人很大的影响，有个好奶奶或好外婆会是件非常幸运的事情。奶奶给了我这样的幸运，给了我祖父母的爱和引导。奶奶也让我更多地了解了我的爷爷和我的姥姥姥爷，虽然我从未见过他们，我想他们跟我的奶奶会有很多相同的地方。姥姥姥爷连张照片都没留下，我只能从我妈妈和我的舅舅姨妈的脸上揣摩他们的模样，可我知道他们的心地是怎样的，我从奶奶那儿也看到了他们。

　　我还是想再见到我的奶奶，还有我的爷爷和姥姥姥爷。愿他们都去了天堂，愿我们有一天能在那里相见。愿所有被怀念着的人都能得到这样的祝福，瞬间可以成为永恒，圣洁的光芒能够穿透死亡，照亮今生来世的团圆。有一天，我们可以平静地离开这个世界，我们只是暂时离开一些亲人，我们走在去天国的路上，去见另外的一些亲人。

「爸爸的南方和北方」

　　我爸爸出生在北方的天津，他的父母却是南方人，都是从江苏来的天津。我爷爷在铁路局工作，铁路的流动性很大，爸爸小时候接触到的人来自天南地北，南方人北方人都有。

　　爸爸七岁时从天津来到江苏。

　　我爷爷已去世，我奶奶带着五个孩子投奔在常州的父亲和弟弟。他们先坐上从天津开往南京的火车，那时这一路走过的地方都在日寇的铁蹄之下。每到一站停下时，会有背着枪的日本宪兵上车搜查，爸爸是在日寇明晃晃的刺刀下来到的南方。从华北平原来到了江南水乡，那时候的他不会关心南方和北方有什么不同，心里向往的是早日赶走这些侵略者，南方和北方都是中国的土地，只属于中国的百姓。

　　我的舅爷爷也有不少的孩子，两大家子人挤不开，我奶奶就带着五个孩子跟我的曾祖父住在舅爷爷开的皮箱店边。舅爷爷白天在店里上班，中午遇上应酬，他有时会带上我爸爸。舅舅跟外甥多半比较亲近，我爸爸也就多了些吃独食的机会。我曾以为爸爸对饮食的爱好源于此时，而且爸爸的口味更偏向于南方，爸爸却说，当时的他根本不会注意南方饭和北方饭有什么不同，能吃饱肚子就很开心了。生活好起来后，爸爸的南方口味才显露出来。日子过得越好，他的倾向越明显，国泰民安时我们才会挑剔吃的。

舅爷爷供着我爸爸继续读小学。读初中时，爸爸因为成绩优异，学校减免了他的学费，减轻了家庭的负担，他也可以安下心来读完初中。常州是在我爸爸读初中时解放的，爸爸想继续读书的愿望就更有可能实现了。初中毕业后他进了常州师范，除了学习外，他还负责出黑板报。他是总编辑，带着几个编辑，每天要出十几块黑板报，天天都是新面孔。他们办的黑板报动静越来越大，美名外扬，他这个总编有时会去不同的地方传授经验。爸爸同时兼任《常州日报》的通讯员，报道学校的活动。报社发给他很正式的聘书，这大概是我爸爸这辈子收到的第一个聘书吧。爸爸还常常诗兴大发，在报纸上发表了不少的诗歌，抒发了情感，又挣了稿费，他在十多岁时在经济上就自立了。

照这个势头，爸爸上大学时应该进中文系，但他稀里糊涂地进了数学系。

爸爸原来并没打算读大学，他准备在常州师范毕业后找个教小学的工作，养活了自己，还能贴补家用。如果常州和中国没有改天换地，他很可能就朝着这条路走下去了。他很幸运地遇上了一个新的时代，又是一个蒸蒸日上大力发展教育的时代，他也就有了他原来想都没敢想的上大学深造的机会。爸爸在常州师范毕业后，被保送到了华东师范大学。

被保送的学生都去了上海，住进了华东师大的临时宿舍，学校还给他们办了借书证。作为保送生，爸爸到了华东师大后才选专业。他在填志愿前考的化学得了高分，他想那就选化学吧。很快学生科的工作人员来找他，跟他商量：化学系人满了，你干脆上中文系吧。看过我爸爸在常州师范的表现，很容易把他跟中文系连到一起。我爸爸也不排斥学中文，但那个年龄的人总有点逆反心理，人家让他上，他偏不上。他临时拉了个生物系来做替补，说他想去生物系。人家很客气地表示，学校会考虑他的意愿。

我爸爸心里嘀咕，那人嘴上这样说，八成会让他上中文系，那就去中文系吧。他不知道中文系会学什么，估计唐诗宋词肯定得学。他拐进了学校的图书馆，借了本唐诗，回到宿舍后背起了唐诗，当时背过的几首唐诗，在他七老八十时还记忆犹新。那天下午发榜，跟他一起被保送来的常州师范的同学都去看榜了，就他一个人躲在宿舍里睡午觉，去食堂吃晚饭前他才顺便晃荡到张榜的地方。他找到了中文系，从头看到尾，竟然没有他的名字，难道学校又在化学系给他挤出个位置？他跑到化学系的榜单前，这里也并没有他。他又去看了生物系的，一长串的名字，他翻来覆去地过了好几遍，还是没有他。他想这下完了，不听人家的话，人家不要他了。他没心思吃晚饭了，灰头土脸地朝宿舍走去，准备收拾东西回常州。路上碰上一个常州师范的同学，告诉我爸爸，他在数学系的榜单上看到了我爸爸的名字。

我爸爸属于那种不偏科的学生，各科成绩都不错，自己又无所谓，没有什么特别想学的，这类学生最容易安排去处，他就这样进了数学系。他当时有些不情愿，后来才知道这是一个多么大的祝福。爸爸说他这辈子遇上了两个难得的机会，第一个机会就是迈进了华东师范大学数学系的大门。

华东师大是新中国创立的第一所师范大学，创办于1951年，以大夏大学和光华大学为基础，又加入了圣约翰大学、复旦大学、同济大学和浙江大学等高校的部分系科，听起来像是个杂牌军，这恰恰是华东师大的优势，吸收了几所大学的精华，海纳百川。爸爸就读的数学系就荟萃了一大批高水平的师资队伍，当时上海只有复旦大学和华东师大有数学系，上海交大这样的名校也只有数学教研室。复旦大学的数学系以浙江大学为基础，原来浙大的人基本上去了复旦，其他学校和一批海外归来的人就来了华东师大。系主任是著名数学家苏步青的高足孙泽瀛，副主任是从巴黎大学学成归国的钱端壮，他们都是顶级的数学教授，几乎每个教授都可以在数学界独领风骚，正是"莫道师范学问浅，华东师大有真神"。

华东师大是在大夏大学的原址上创办的，大夏大学以环境优美、建筑宏伟而著称，旖旎秀丽的丽娃栗妲河蜿蜒其中，更是一道著名的风景。不过在我爸爸入校的1953年，华东师大还在建校初期，不少教学设施还在建设中，条件很简陋。大学第一年，爸爸和他的同学们是在草棚里上的课，很多男同学进出教室时走的是窗户。草棚的门很小，窗户也不是正儿八经的，就是个大洞，他们就从窗框那儿跳进跳出，很是热闹。学生宿舍倒是有了，本来只能装下四个高低床的宿舍，硬是多挤进来一个，横在宿舍中间，十个学生挤一间宿舍，大家都得溜缝走。数学系的学生需要修基础物理课，物理系在原来的圣约翰大学里，学生们先在这边校园上两节课，再转战到另外一个校园。物质条件的匮乏并没有影响到学生们的学习热情，老师们也是热情高涨。每个老师都有自己的绝活，还毫无保留地传授给了学生。

说起自己的一个个恩师，我爸爸的表情总会很丰富，听的人似乎都能看到他们，好像坐在教室里听他们讲课，他们的风采辉映在爸爸满是佩服和感激的脸上。

对大一的学生来说，微积分犹如天书，所幸他们遇上了经验极为丰富的吴逸民教授，他带着学生们破解了这本天书。吴教授早年毕业于上海光华大学，长期从事数学分析课的教学和科研，具有非常丰富有效的教学经验。每次上课时，他都是先从西装口袋里拿出一份发黄的讲稿，这是一个开场，一场酣畅淋漓的春雨很快就会倾泻而下，妙趣横生的语言，细致入微的技法，包罗万象的知识，如春雨般滋润着初入门槛的学子，深奥的数学原理就在循循引导下变成了莘莘学子的财富。上这样的课真是一种享受，"綮花妙语倾堂醉，后生晚辈羡风流"。我爸爸后来主攻数理统计，吴教授是他的引路人，更加幸运的是，吴教授给他们上了三年的课，大一大二的数学分析和大三的复变函数，这是一笔丰厚的馈赠，为学生们后来的发展奠定下坚实的基础。

教授中人才济济，还不乏多面手，曹锡华教授毕业于浙江大学，1950年在美国密歇根大学获得博士学位后回国任教。抗日战争时期年仅17岁的他曾投笔从戎，现在他可以把满腔的热忱投入到共和国的人才培养上了。光是我爸爸这届学生，曹教授就先后为他们讲授过初等代数复习与研究、高等代数、初等数论、数的概念等课程，每门课都能讲得满堂喝彩。曹教授当时也就三十出头，像是一个大哥哥，很能跟学生打成一片。他喜欢打篮球，在教室里他是学生们的老师，球场上是他们的球友。有次打篮球右臂受伤，很长时间里吊着绷带，但这没影响到他上课，他能左右开弓，用左手板书。甭管在教室里还是球场上，曹教授都是青年学子人生道路上的引路人，不仅传授知识，还教会学生很多做人的道理。

那时的重中之重就是教学，系主任也在教学第一线上。我爸爸那届学生的射影几何是系主任孙泽嬴亲自教的。孙教授学贯中西，才华横溢，对几何学研究有很多贡献，是几何学大师，但学生们无须仰视他，他非常的平易近人，还非常重视基础数学的普及。他编写的《数学方法趣引》以生动有趣的方式引导一大批青年走上了数学的成才之路，真正做到了寓教于乐。教授初等几何复习与研究、几何基础课的则是副系主任钱端壮。一口京腔的钱教授在学术上同样有很高的造诣，同时又很擅长调动学生的积极性。他认为教是被动的，学是主动的，教学的重点是培养学生的思考能力，不应该只考虑知识的传输。他在教书时特别注意引导学生多思考，全方位地思考。有次考几何基础，有道题把学生们都难住了，慈眉善目的钱教授不是有意难为学生，他给出了一个线索，让学生们往射影几何上想，联系到射影几何中的"对偶定理"，这道基础几何中的难题顿时迎刃而解。学生们豁然开朗，充分体验到思考的快乐。

上这样的课真是一种享受，没有哪个学生会想到逃课，能多上一堂就多赚一堂。课程排得很满，上午有五节课。三节课后，生活班长去食堂领回馒头，每人分一个，加点能量后，再上两节课。学生们如饥似渴地学习，像海绵一样吸收着海量的知识。我爸爸阴差阳错地进了数学系，进来时还有些抵触，四年的大学生活结束后，他心里只有感恩和庆幸。对恩师除了高山仰止的崇敬外，还深深折服于他们的敬业精神和科学精神。

爸爸大学毕业后分到了山东曲阜师范学院，后来改名为曲阜师范大学。他在数学系当老师，很快又遇上了第二个宝贵的机会。

那是1958年，全国都在搞大炼钢铁，我爸爸正在跟学生们化验砸出的矿石里有多少含铁量，学校的人事处长跑来工地找他，说是中国科学院数学研究所给了曲师一个机会，可以派一名青年教师去那里学习概率统计。曲师要开概率统计课，还没人能上了这门课，学校希望我爸爸去好好学两年，回来后可以胜任这门课的教学任务，明天就出发。

爸爸第二天就去了北京，那时候大家都没多少家当，根本无须搬家，卷个铺盖卷就走了。中科院是中国科学的顶级殿堂，硬件条件也没比建校不久的华东师大和曲师好多少，住宿条件还不如那两个地方。那是一个大发展的时期，亟须人才，高校的数量还远远不够，能招研究生的就更是凤毛麟角了。一个解决的办法就是把优秀的大学毕业生送出去进修深造，中科院自然是大家挤破头想来的地方。接待我爸爸的管人事的人带着他去见后勤管理人员，做后勤的诉苦道：你们又招进来一个，这让他睡哪儿啊？

抱怨归抱怨，后勤人员还是得想办法，他把我爸爸带到一间大教室，二三十人在这里打通铺，一个挨一个地睡在教室的地上。先进来的人都表示理解，大家挤了挤，多挤出一个地铺，我爸爸就在这里安家了。他的户口也转到了北京，工资也在这里领，这个地铺正儿八经地成了他在北京的家。

爸爸在这里打了段时间的地铺，睡觉的地方后来升格到办公室的桌子上。大家白天在这里办公学习，晚上把桌子拼到一起，抖开几个铺盖卷儿铺在上面，几个人就睡在桌子上。这样过了大半年后才搬进了宿舍，还是两室一厅带厨房和卫生间的房子。这些楼房是为中科院的正式职工盖的，进修人员也住了进来。不过这一套小房子里住着差不多二十个人，一间小卧室里一般需要挤进来六个人，三个上下铺，晚上倒是可以睡在床上了。厨房和卫生间里也住上了人，反正大家都吃食堂，外面也有公共厕所，这里的卫生间成了单间，碰上哪个进修人员的家人从外地来探亲，就安排他们住进那个小小的卫生间里，算是特殊照顾了。

匮乏的生活条件并没有影响到爸爸和他的同事们在工作和学习上的积极进取，那个数学的殿堂就建在这样的地方，并没有摇摇欲坠，反而坚实壮观，因为科学的宫殿以知识和热情来做地基，以踏实做事的精神和百折不挠的求索来做支撑。

中科院数学研究所云集了一批像华罗庚、吴文俊这样的数学大家，他们并没有因为自己的数学成就已享誉世界而故步自封，非常具有开拓性和前瞻性，同时又很谦虚，重视对年轻人的引导和培养，在这样的环境里深造，让我爸爸受益终生。

数学所当时有十多个研究室，我爸爸在概率统计研究室。主讲"概率论教程"的王寿仁老师是这个研究室的主任，他早年毕业于北京大学，在概率统计理论和应用研究等方面造诣深厚，我爸爸这些来学习的人也就幸运地得到了深厚的知识。作为研究室里唯一有高级职称的老师，王师在讲课时从不故弄玄虚，特别注重用通俗的语言介绍最新的研究成果，引导大家开阔视野，拓展思路。老师们崇尚让复杂枯燥的东西简单生动起来，同时又避免纸上谈兵闭门造车。他们喜欢走出去，自己走出去，带着学生走出去，来到工厂、农村等生产第一线，让自己掌握的知识转化成生产力，让学生们在实践中更快更好地成长起来。

爸爸在中科院积累了很多的实践经验，解决问题的能力也在不断提高。很多实践活动是在合作中完成的，有科研机构间的合作，也有科研机构跟生产部门的合作，几股力量汇合到一起，碰撞出更多的智慧。有次中国农科院研究小麦的人员向数学所的同行提出计算叶面积的问题，印度已有一个经验公式，但他们还不能确定这个公式的合理性。两个单位的人齐心协力一起进行验证，时任数学研究所所长的华罗庚教授看到一帮年轻人在那里又量又算，主动过来了解他们要解决什么问题，还马上参与进来，跟这帮年轻人一起确定了公式的合理性。他又现场教学，对这个问题进行了通透的分析，令年轻人如沐春风耳目一新，这比他们坐在教室里啃书本有用得多。

数学所从上到下形成了一个优良的学习和研究环境，这是中国的数学一直走在世界前沿的一个很重要的原因。还有一个很重要的原因是，数学界的决策者们能放眼世界，高瞻远瞩。像数学所的华罗庚所长不仅是著名的数学家，也是中国计算机的奠基人。1946年9月，华老访问美国普林斯顿高等研究院，被称为"计算机之父"的冯·诺伊曼陪同华老参观实验室时，华老敏锐地意识到计算机的远大发展前景。"向科学进军"的口号提出后，华老提出要研发中国的计算机，钱学森也举出很多实例来证明发展电子计算机的重要性和必要性。可是在当时的经济和科研条件下，生产谁都没见过的计算机几乎是不可能的事情，自然有很多的顾虑，最后是周恩来总理一锤定音，促成中国首台电子计算机M-3的生产。爸爸在中科院学习时，数学所和计算技术研究所同在一幢五层的大楼中，这台M-3就在大楼的一楼，爸爸跟它差不多前后脚进的这幢大楼。那个年代的计算机的体积极大，而且比这大楼里的所有的工作人员都娇气得多，冬天要给它提前供暖，夏天没有空调，要定期给它送来冰块降温。这个个头硕大体质羸弱的M-3，却带动了中国计算数学的发展。爸爸的发展方向不在计算数学上，但也受惠于这种发展科技的机会和氛围。天外有天，只要敢于尝试，脚踏实地地努力，就有可能不断实现创新和突破。

爸爸遇上的这两次机会，正好一个在南方，一个在北方。地域不同，但内在的精髓是一样的。华东师范大学的校训是"求实创造，为人师表"，爸爸的恩师们身体力行，让"求实创造，为人师表"的精神深深铭刻在学生们的心里。在中科院数学所的学习，又进一步加深了这些精神对我爸爸的影响。

无论是华东师大还是中科院，都特别强调学以致用，理论联系实践，不固守现有的知识，同时创造性地运用所学到的知识，"求实创造"才能真正实现知识的价值。华东师大并没有因为是个师范大学就刻板地培养千人一面的老师，那里的学习环境相当宽松，研究氛围特别浓厚，各种研究会和科学报告会层出不穷，学生们无须循规蹈矩，可以在个性化的发展空间里找到最适合自己的位置。学生们的潜力和特长一旦展露出来，教授们会很有针对性地因势利导。中科院数学所是同样的氛围，除了系统地提供一系列的课程外，师生们还经常到生产研究单位去实践，去解决实际生活中遇到的数学问题。爸爸走上工作岗位后，因为接受过华东师大和中科院数学所的培养，"求实创造"已经成了他的习惯，他自然而然地把这种精神运用到工作中，敢于"照着猫画虎"，敢于到农村去推广运筹学，走出了自己的路，创造了自己的特色。

爸爸在中科院的恩师张里千老师是把数学理论和生产实践紧密结合并且做出了巨大贡献的数学家，发表了国际水平学术论文的张师并不局限在书斋里，爸爸初到数学所第一次见到他，他刚从农村回来，裤脚卷得高高的。后来爸爸在张师主持的"实验设计"讨论班里学习，学到了很多颇有实用性的知识。改革开放后，张师更多地走到广阔的生产实践中，把正交试验法创造性地应用于国民经济领域，取得了显著的经济效益。张师还专门指导我爸爸应用正交设计布局均衡的特点，总结出了一类非线性规划的近似解法，运用到生产项目中很快收获了成效。这个时候我爸爸已离开中科院近三十年了，当年的老师还是他的老师，在"求实创造"上继续引导他，在"为人师表"上也继续影响着他。我爸爸做了几十年的老师，那些早就毕了业的学生一直在他的心里，任何以前的学生在工作中遇上问题都可以回来找他，他总是尽力帮着解决。对那些他没有亲自上过课的学生，他也一视同仁。

"为人师表"肯定不仅仅局限在答疑解惑上，当然渊博的知识和严谨的治学态度是一个教师的立身之本，也是爸爸敬仰他的老师们的一个很重要的原因。一个老师还会很大程度地影响到学生做人和做学问的态度。华东师大数学系的程其襄教授是柏林大学的数学博士，学识渊博，但为人随和，没有一点架子。爸爸在大三时考复变函数，由程师主持口试。第一次爸爸只考了个"及格"，他心有不甘，冒昧地提出重考，没想到程师同意了，叫他准备后再来考。第二次爸爸的成绩是"优秀"。这件事让爸爸记了一辈子，他做老师后效仿自己的老师，牢牢地记着"要善待自己的学生，丝毫不要挫伤一个年轻人的学习积极性"。

另外一位华东师大的老师钱端壮教授在一个很小的细节上也影响了爸爸一辈子。钱师记住了每一个学生的名字，见一面后就记住了他们的名字。对于默默无闻的学生来说，高才博学的教授见过一面后就能记住自己的名字，这会让他们很感动，他们感觉到了老师对他们的重视。爸爸也就特别注意这个细节，有些学生离校几十年后回校参加某届学生聚会，爸爸一见他们还能马上叫出他们的全名。

在学识方面，爸爸遇到的老师们都具有真才实学，一个个博大精深。爸爸还特别佩服他们的多才多艺，像数学泰斗华罗庚在文学方面也有很高的造诣。爸爸在数学所学习期间，全所开大会时，经常听到华老即兴赋诗，出口成诗。华老在出对联时也是高手，他给出上联后，很难有人接上下联，等到华老报出下联后，他的奇思妙想定会引来一片赞叹。这些识多才广的高人还都平易近人，和蔼可亲。三尺讲台上的他们，又是满腹经纶。那个年代没有什么辅助教学的技术和手段，老师们讲课时全凭一支粉笔一张嘴，用来写教案的纸还是旧纸回炉后出来的黑纸。不少老师因陋就简，程其襄教授的不少讲稿就写在用过的香烟盒的背面，上课时用手擦黑板。可是没有一个老师克扣过给学生的知识的粮食，他们对学生和自己的职业都是满怀热情和责任。爸爸做了几十年的老师，从来没敢怠慢过任何一堂课，每次都是认真备课，自己先把教材吃透再上讲台。做老师的可以没有教学辅助条件，但不能没有讲课的技巧，爸爸讲课时也特别注意引导学生思考问题，因为不论哪门课，不光要学知识，更重要的是要养成思考问题的习惯。课堂的气氛也要靠教师来调动，爸爸也喜欢把数学和文学结合起来，也很幽默风趣，他做到了寓教于乐，学生们才更有可能做到寓学于乐。在几十年的教学生涯中，爸爸一直遵循校训，传恩师之道，进德修业均以恩师为楷模。几十年兢兢业业的教学工作为爸爸赢得了教育部劳动模范、全国模范教师等一系列的荣誉，对爸爸来说，对他最大的奖励是他的身体力行又影响了一代代的学生，这也是他对他的恩师们的最好的回报。

　　爸爸的老师有南方人，也有北方人。在华东师大同窗四年的同学、在中科院进修时和在曲师大工作时的同事也是来自天南地北。我从未听爸爸说起过南北差异，倒是许多次地听他回忆同窗和同事间的情谊。

　　读大学时，每个宿舍都超负荷地挤满了人，室友们来自全国各地，生活习惯上应该是有些差异的，但这么多年下来，大家都能和睦相处，没发生过什么争执。人多屋子小，挤出来的却是深厚的感情。恰同学少年，风华正茂，年轻人总有办法好好享受他们的青春年华。平时他们努力学习，周末时他们常常成群结队地出去踏青。华东师大的校园美丽如画，就是不出校门，他们也会找个赏心悦目的地方挥斥方遒。晚上大家都躺到床上后，有个同学专门负责讲神话故事或鬼怪故事，把一屋子人引入梦乡。放寒假时，有的同学没有多余的钱买票回家，过年时上海当地的同学就会招呼他们去家里吃年糕过年。爸爸跟吕伯伯和陶阿姨最有同学缘，他们在常州师范同学三载，华东师大同学四年，1958年又在中科院数学所凑到了一起，一起待到了1960年，可谓同窗九载。

　　在中科院进修时，也是好多人挤在一个很小的空间里，来自天南地北的人也是很快找到了一些共同的乐趣。来进修的人跟数学所的人混住在一起，工作中又是朝夕相处，老师和学生的界限不是很明显，反倒可以一起找乐子了。爸爸所在的概率统计研究室里有好几个课题组，迎接1959年元旦时，每个课题组要出一个文艺节目，在全研究室的联欢晚会上演出。其他的课题组里都有女士，可以领着大家唱唱歌跳跳舞，爸爸所在的这个课题组是清一色的和尚，文娱演出是他们的弱项。在酝酿节目时，我爸爸提议大家都上台，反串十大姐，跳一个南方的采茶扑蝶舞。大家都赞同，已过不惑之年的课题组的负责人王寿仁老师不仅跟一帮二十多岁的人一起起哄，还自告奋勇演蝴蝶。王师在治学上对大家的要求很严格，一板一眼，变成蝴蝶后彻底放飞了自己。正式演出时，他在头上扎了个小辫，手执一个鸡毛掸子，装得更像一只蝴蝶。那些反串的采茶姑娘手上拿条毛巾，边采茶边用毛巾轰赶那只蝴蝶。这个节目让大家笑破了肚子，最后荣获当晚的最佳演出奖，大家在欢笑声中迎来了新的一年，他们说话时带着不同的口音，笑声却是完全一样的。

爸爸教过无数的学生，学生中有南方人也有北方人，毕业后他们散落在全国各地，有南方也有北方，还有一些去了国外。我跟父母一起出去旅游的次数不是很多，就在这有限的出行中，我爸爸有两次碰巧遇到了自己的学生，一次是在北京，另外一次是在杭州，这不是去开学术会议，走在马路上就能遇上自己教过的学生，真可谓桃李满天下。

来自不同地域的学生对老师的尊敬和爱戴是一样的。爸爸在华东师大读书时，他的一位老师跟这些即将成为老师的学生们说过一句话："当教师是一份很有满足感，且有人情味的工作。"几十年的教学生涯让爸爸深深体会到这句话的分量，对爸爸来说，人生最大的收获就是结交了许多学生朋友。在学校时他们是师生关系，出了校门后他们更像是朋友。爸爸把那些学生当成了朋友，对学生们来说，既可以跟老师像朋友那样交心，又永远在心里保存着一份只有对自己的老师才能有的尊重和感激。我和我妹妹都知道老爸有"二祥"两个好朋友，其中一个是王振祥叔叔，他在山东省微山县工作。有一年，在王叔叔的盛情邀请下，我陪爸爸妈妈去了趟微山县的微山湖。记得车子刚停下来，我看见王叔叔激动地跑了过来，那时候他也是五十多岁的人了，在微山是很有名的老师，早就桃李满天下，陪在他身边的微山县县长也是他的学生。王叔叔一把握住我爸爸的手，喜不自胜，眼睛里满是发自内心的兴奋和谦恭。他的表现让他那已是县长的学生不知道该说些什么，羞怯地站在那儿。我们住下后，那位县长来问候过好几次，不断送来新鲜的水果，就怕哪里招待不周。王叔叔是他的恩师，在恩师的恩师面前，他表现得像个刚入学堂第一次见到老师的小学生，既局促紧张又欢欣踊跃。王叔叔是六十年代初毕业的，爸爸带那届学生时，也就二十多岁。几十年里他们一直保持着联系，而且是君子之交，特别是两个人都退休以后，完全没有了工作上的关联。王叔叔退休后开始学画画，我们家挂着他的画作。他现在也过八十了，耳聋得厉害，没法在电话上跟我爸爸交流，有时他就让儿子开车带他来见老师，两个人可以当面用很大的声音叙谈。更多的时候他就静静地坐在那儿，就像当年坐在教室里，那已是六十年前的事情了。爸爸总是说，师生之间的情谊是最真诚的，饱含着人生境界中的真善美。

爸爸的科研工作也跨越了南北，南方和北方都有丰沃的发展科研的土壤，遇到困难和问题时也总是得到多方的帮助和支持。有一年爸爸和他的同事们在为山东省长清县（现为长清区）做农牧业调整时，用了三百四十多万个数据，给出了一个三千多变量的线性规划模型。当时山东的计算机设备和水平无法让这一研究继续下去，研究工作到了功亏一篑的境地。爸爸专程去中科院请求支援，又在中科院的协调帮助下找到相应的计算机设备，对获得的数据进行科学处理，经过十多亿次的运算后，完成了该课题的研究。

方方面面的力量成就的事业又造福于南方和北方。长清经验在山东省内全面推广后，又推向全国，在很多省市自治区开花结果。1985年12月在上海召开的中国数学会五十年年会上，把"长清模式"列为八十年代中国应用数学取得的五大成果之一。时任国际运筹学教育委员会主席的布朗教授指出："像这样大规模地应用农业生态系统工程，在世界上是罕见的。""长清模式"等利用系统工程调整产业结构的成功经验又从中国走向了世界，爸爸的研究论文发表在法国、美国等学术刊物上，一些科研课题成为中国跟其他国家的合作项目，被列入国家间的科技合作协议中。南方和北方已完全成为一体，那些科研项目和科研成果代表的是一个国家的实力，没有人会去注意这些成果出自中国的南方还是北方。

爸爸出生于北方的一个南方人的家庭中，童年是在南北混合的环境中度过的，七岁时来到南方，在南方一直待到大学毕业，之后一直生活在北方。他在饮食等生活习惯上有着明显的江南特色，做菜时喜欢放点糖。他在生活方式和家庭角色的承担上也是江南风格，包揽了很多家务事，对我妈妈非常的温柔体贴。在工作中和为人处世上却没有什么地域色彩，也许在这点上南方人和北方人本来就是一样的，至少在大多数方面是一样的。爸爸说一口普通话，没有什么口音。他在曲阜待了几十年，会说地道的曲阜话，当他跟当地的农民用曲阜话聊天时，当地人会误以为他是土生土长的曲阜人。

爸爸喜欢南方，也喜欢北方，南方和北方的生活都给他留下许多美好的回忆，他的怀念和惦记中，有南方人，也有北方人。而他自己，既是南方人，也是北方人，长江和黄河流淌在同一片土地上，也可以同时流淌在一个人的身体中，交汇在一个人的心里。

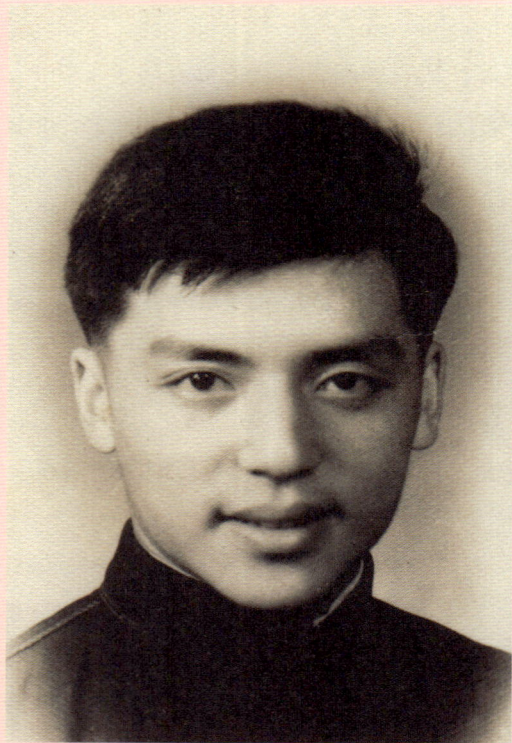

爸爸在华东师大毕业时拍照留念。华东师大是新中国创立的第一所师范大学，爸爸阴差阳错地进了数学系，进来时还有些抵触，四年的大学生活结束后，他心里只有感恩和庆幸。

华东师大的校训是"求实创造，为人师表"，爸爸的恩师们身体力行，让这种精神深深铭刻在学生们的心里。在中科院数学所的学习，又进一步加深了这些精神对我爸爸的影响。在几十年的教学生涯中，爸爸一直遵循校训，传恩师之道，进德修业均以恩师为楷模。他的身体力行又影响了一代代的学生。

听妈妈讲那过去的事情

　　第一次听妈妈讲她年轻时的故事，我十岁出头，那时电视里常播那首《听妈妈讲那过去的事情》，"我们坐在高高的谷堆旁边，听妈妈讲那过去的事情……"我们没有坐在谷堆旁边，我是躺在篮球场上听妈妈讲那过去的事情。学校有几个沥青铺出来的篮球场，下午和傍晚时会有很多人在那打篮球。天色黑下来，在月朗风清的夏夜，会有不少人带上凉席，铺在球场上，躺在上面乘凉。在那样的夜晚，"月亮在白莲花般的云朵里穿行"，还能看到满天的星辰。妈妈教给我怎样找到北斗星，她说她是小姑娘时，就是这样找北斗星的。她说起了从前的故事，离我很远，像天上的北斗星一样遥远。

　　后来妈妈又跟我讲过几次过去的故事，同样的故事，每次我都能有些新的感受，或许是随着年龄的增长，我有了更丰富的情感更深层的理解力。那些过去了的事情离我更加遥远了，可我跟它们越发地亲近。有一天我跟妈妈说，我要把这些故事写出来。又过去了二三十年，那些故事还是没有出现在我的笔下。我终于着手做这件事情时，我发现我需要不断跟妈妈确定一些细节。我早就不是小姑娘了，记忆力开始衰退，有些地方妈妈刚讲完，我就有些似是而非。幸好现在可以用手机录音，也幸好妈妈对那些过去了很久的事情还有着无比清晰的记忆。年过八十的妈妈越来越记不住眼前的事情，对年轻时发生的那些事情却记忆犹新。那些故事早就铭刻在她的记忆中，岁月可以老去，那些记忆却依旧年轻。

故事是从八十多年前开始的，我妈妈即将来到这个世界。迎接她的是一个大家庭，在山东胶东半岛平度县的大李家疃村。翻开《大李家疃村志》，第一个看到的名字是张永庆，那是妈妈的爷爷，我的太姥爷。他是清朝的秀才，还是个一等秀才，也就是廪生。张家是方圆百里很有名的书香门第，门号是会文堂。

妈妈是姥姥姥爷最小的一个孩子，姥姥生她时已四十六岁。姥姥一共生了十三个孩子，活下来六个，两个男孩四个女孩。那时农村缺医少药，生场不是很严重的病就有可能要了命，孩子夭折成了正常的事情。

我姥姥十七岁时嫁到张家，按农村的风俗，女大三抱金砖，姥姥比姥爷大了三岁。姥姥出身于一个富裕人家，在张家却从未养尊处优过，她非常能干，里里外外的事情全靠她打理。她上有公公婆婆，又生养了这么多的孩子，家里还有长住的长工，姥姥能把这一大家子人都照理好。

妈妈有两个哥哥三个姐姐，她出生时大姐已出嫁，嫁去了青岛。大哥已娶了媳妇，但妈妈跟她的大哥没见上面，我的大舅是在姥姥怀着妈妈的时候去世的，那年他才二十岁。大舅被送到青岛的商行学本事，很多青岛人祖籍平度，平度家底富足的人家一般会把男孩子送去青岛发展。大舅在青岛时得了一种病，腿上长了个疮。青岛有些外国人开的医院，西医建议把腿锯掉，这样能保住命。太姥爷很封建，说是人要完整，坚决不同意把孙子的腿锯掉。大舅回了平度，靠中药治病，不久就去世了。太姥爷很难过，却不准家里人哭。姥姥和妈妈的大嫂还是哭了一夜，大舅是姥姥的心头肉，大嫂年纪轻轻就守寡，婆媳两个躲在房间里哭，小声地哭，不敢让老太爷听到。

这段伤心事是我的三姨讲给我妈妈听的，我妈妈出生后的那几年里都太平无事。她是最小的孩子，家里人都宠着她。大家叫她小嫚，这是山东半岛对小姑娘的昵称。小嫚天天玩得不亦乐乎，家里有三排房子，每排房子前都有个大院子，院子里种着各种果树，梨树、杏树、苹果树、桃树、石榴树……小嫚早早学会了爬树，自己上树摘果子吃。她也常溜出家门出去疯玩，常常到了吃饭的时候还不见人影，家里就得有个人满街去找她。吃饭时也很热闹，爷爷奶奶和大嫂单吃，其他人另吃一桌。那时的胶东人不是坐在桌子边吃饭，他们在炕上盘着腿，围坐在一个摆放食物的大托盘的四周，吃饭的气氛就更足了。吃的东西倒是很普通，细粮都不多见。妈妈记得小时候看见姥姥在那切白面馒头，想要一片吃，姥姥寻思了一下，还是没给她。姥姥说这是给爷爷奶奶吃的，别人不能吃。爷爷奶奶跟他们吃不一样的东西，比他们吃得好。晚辈中只有大嫂能享受到这个特权，她每天跟爷爷奶奶一起吃饭，吃一样的东西。她是长房长孙的媳妇，长孙不在了，她在家里的地位还在那里。这也是这个大家庭的家规，人人都要遵守。

家里有各种家规，这是个重男轻女的封建家庭，在这么个名声很响的秀才家里，女孩子没有机会去学堂念书。妈妈的大姐二姐都没上过学，只是在这个飘着墨香的家庭里长大，耳濡目染，自然都认字，写个书信是没问题的。

　　我的三姨巴望着大嫂和家里的长工老李能走到一起，妈妈说这样的愿望只能想一想，爷爷绝对不会答应，在他那里提一句的可能性都没有，这也是破不了的家规。妈妈也很喜欢大嫂和老李，说起自己的童年生活，妈妈特别怀念这两个人。大嫂温柔贤惠，妈妈和三姨晚上跟着大嫂睡，是大嫂把她们带大的。妈妈出生时老李已经在张家了，他很小就来了张家，在妈妈眼里，老李就是自己的家人。家里的好多事情，姥姥都是跟老李商量，没有老李的帮助，这个大家庭很难正常运转。太姥爷和姥爷都是书生，做了秀才和廪生的太姥爷天天生活在书纸堆里。家里有很多藏书，有一排房子全是太姥爷的书房，很多的线装书占满了好几间屋子。中间最大的那间是太姥爷写毛笔字的地方，他总是有求必应，谁家需要写个对联什么的，他从不拒绝，也从不收钱。每年的春节前，他那个大书房的地上铺满了对联。过年前别人家的小孩不敢从他们家门口过，被太姥爷看见了，肯定会被逮进来帮他按对子。妈妈小时候没少帮爷爷研墨按对子，太姥爷却没教过她。妈妈想起这事就觉得遗憾，那么漂亮的书法就没传给自己的孙女，太姥爷认为女孩子不需要学这个。我的姥爷相对开明一些，他是个教书先生，解放后还在教书，总共教了三十五年的书。家里有不少田地，都是祖上传下来的，可地里的事太姥爷和姥爷都不懂，这些全靠老李帮着我姥姥打理，每年都是老李管着招些短工帮着种地，这样才没断了春播和秋收，有足够的粮财支撑这个家，太姥爷和姥爷才能安心读书和教书，不用为钱财烦忧。老李也是那个最懂我姥姥心思的人。有一年中秋节，一家人准备吃月饼，我姥姥却不见了。老李说他知道太太去了哪里，他去找她。老李说着跑出门去，我三姨跟在他后面跑。他们跑出村子接着往北跑，过了一个大沟，到了我大舅的坟头。我姥姥果然在那里，明晃晃的月亮下，姥姥在给她最疼爱的大儿子烧纸烧香，还给他带来了月饼。

我姥姥倒是不反对大嫂和老李好，可这种事她在家里做不了主。姥姥只能去娶亲的人家祝福别人家的新人。谁家娶亲都会来请姥姥去做客，姥姥儿女双全，农村人特别讲究这点。张先生家的口碑又好，德高望重，姥姥的人缘也好，周到能干。姥姥每次盘好头发戴上头饰，穿上漂亮的小褂和长裙，妈妈就知道又有人家要娶新媳妇了。老李对姥姥来说就像自己的儿子，她参加了无数的婚礼，却没有机会为老李娶上亲。

时代在变迁，到了我三姨和我妈妈该上学的年龄，女孩子都会进学堂，太姥爷也就不说什么了。我的二舅是三姨和我妈妈小学一年级的数学老师，上课点名时，小学生们都说声"到"或"有"。点到我妈妈时，我妈妈说完"有"，二舅故意逗她玩，笑眯眯地问了句：豆油还是花生油？妈妈回答不上来，也不敢说什么，憋到回家吃饭时告了二舅一状，大家哄堂大笑。一家人围坐在一起吃饭还是每天最热闹的时候，男女老少都能贡献些故事和笑料。我二姨有哮喘的毛病，有次听到笑话笑过了头，差点喘不过那口气来。

平度是在妈妈上小学二年级时解放的。那是1945年，远远早于全国解放的时间，平度是老解放区。1946年时国民党有过反攻，持续的时间不长，但却明显增加了当地人对国民党的仇恨。妈妈很长时间里不能听飞机声，国民党来轰炸胶东时，天上黑压压的一片，伴随着巨大的轰鸣声。有的飞机飞得很低，妈妈有次清楚地看到了驾驶舱里的国民党兵，戴着皮帽和风镜。飞机轰炸时，很多人躲在碾磨粮食的磨盘下，在田里劳作的人就用庄稼叶子做伪装。国民党兵后来住进了姥姥爷家，没少占便宜，把姥姥家搞得乱七八糟。有个国民党兵还盯上了已是少女初长成的三姨，我姥姥很勇敢地喝退了他，保护了自己的女儿。新四军和八路军也在姥姥家住过，帮着他们打扫院子，很守规矩，不拿群众一针一线，完全遵

守了后来倡导的 "三大纪律八项注意" 的要求。

有了这样的对比，老解放区人在做选择时就有了明显的倾向性，偏偏我二舅在上学时集体参加了国民党的三青团。二舅后来离开了平度，到青岛上警察学校，毕业后去了南京，进了蒋介石的警卫部队。他不是蒋介石的贴身侍卫，只在远处见到过蒋介石，但他的家人也算是跟国民党沾亲带故了，加上家里有不少田地，在土改时难逃厄运。家里的藏书都被毁了，太姥爷嗜书如命，他悲痛欲绝，不断用头去撞墙。妈妈在城里的二姑来送信，叫我姥爷快走。我姥爷躲去了青岛。

老李是家里的长工，所以他那间房子没被没收，我姥姥带着我二姨三姨和我妈妈挤到了老李那里。大嫂被她娘家人接回家去，太姥爷太姥姥住到了朋友二爷爷家。二爷爷的儿子是副村长，却偷着照顾他们。村里其他的人家也在不断接济妈妈一家人，帮他们渡过了这个难关。土改扩大化结束后，村里给他们分了住处和几亩地，他们还可以生活下去，但大嫂和老李永远离开了他们。

有次姥姥进城赶集，妈妈去迎她，告诉她大嫂回来了，给姥姥做了好多新鞋新衣服。妈妈为大嫂的归来兴高采烈，姥姥的眼泪却哗哗流了出来，她说大嫂是要去嫁人了。

"土改"后兴改嫁，形式上发生了变化，但婚嫁的标准还没有跟上形式上的变化。大嫂被嫁去一个门当户对的人家，这个男人的原配死了，大嫂去做填房。大嫂结婚后怀上了孩子，因难产而死。姥姥听到这个消息，又跑去大儿子的坟头哭了一场。

老李从小在张家长大，离开老东家后无依无靠，变成了孤家寡人的老李上吊自杀了。后来我们揣测老李的自杀跟大嫂的去世多多少少有些牵连。老李和大嫂跟妈妈都没有血缘关系，可他们的离世让妈妈很难过，她从小就把他们当作自己的亲人，几十年后她还是认为他们是她的亲人，她和他们是一家人。

妈妈的小学读到二年级停了下来，解放后小学停学，但这些小学生们比上学还忙，他们负责站岗放哨、拥军优属和教书当小先生。小嫚参加了儿童团，还当上了中队长，管着在村头站岗，维持治安。小孩子们常去军属烈属家干家务，妈妈的家务活就是那个阶段学会的。她在家里年龄最小，上面有姐姐嫂子，不需要她搭把手。小嫚在家里偷懒，去别人家干活倒很勤快，过年时也都是去军烈属家帮人家包水饺。她做得最多也最上手的事情是当小先生，教没上过学的妇女认字做算术。张家前三代人都是教书先生，小嫚有这方面的渊源和天分，一个八九岁的小毛孩子，站在讲台上一点不怯场。下面坐着几十个学生，年龄都比她大，倒还挺听这小先生的。小嫚在两年的小学中已经学到了不少的东西，认识不少的字，她把自己刚掌握的知识又很有成效地传授给了这些农村妇女。

这三件事小嫚干了三年，1949年学校复课，小嫚直接跳到了五年级。1950年的春节，邻居家一个叫美丽的女孩来找小嫚玩，说起平度一中在招生。美丽鼓捣小嫚跟她一起去考学，小嫚说小学还没毕业呢，怎么能考上。美丽觉得好玩，坚持去试试，小嫚就跟着美丽去试试了。

考场在一中的大礼堂里，没有桌椅，水泥地上铺了些高粱秸，考生们就趴在高粱秸上答题。随便去试试的小嫚竟然考上了，可美丽没考上，小嫚哭了一场，不想去上，她的二嫂鼓励她去上。我的二舅妈也是个老师，她跟我二舅是在教小学时认识的，后来结了婚，是张家第一桩自由恋爱的婚姻。当老师的二舅妈能掂出这个机会的分量，平度一中是当地最好的学校，怎么能放弃呢？小嫚听了二嫂的话，小学没毕业就上了初中。

小嫚是春季入学的，人家已上完了一学期，小嫚在那年龄最小，个头也是垫底的。小嫚从没离开过家，开始时很想家，偷着哭鼻子，后来慢慢适应了学校的生活，一周只回一趟家，平时都住在学校里。一个宿舍里住着二三十个人，大家睡在一个大通铺上，一个挨着一个睡。每周回家时带回这一周的干粮，用个大篮子装上地瓜、高粱面饼子等，再加一个咸菜疙瘩。大家的日子都是这么清苦，几乎吃不上细粮。装干粮的篮子都放在大礼堂的一角，每顿饭前取上自己的那一份，放到学校的大蒸笼上。学校管着蒸热，吃饭时还会放一桶烧开的水在那儿，学生们就蹲在地上，就着白开水吃咸菜和粗面饼子。

在艰苦的条件下学生们都很努力，半路插班进来的小嫚也没有拖后腿，毕业时她已是拔尖的几个学生之一。平度没有高中和中师，如果要继续深造，一般会去一百八十里外的莱阳。除了小嫚之外，那年平度一中最优秀的几个毕业生都考入莱阳一中。我妈妈去了莱阳师范，我的三姨生了场病，当时正在青岛山大医院住院，家里没钱供小嫚读高中。师范学校管吃管住，家里不用花钱，小嫚心里有些失落，还是去了莱阳师范。

在莱阳师范的三年恰恰是小嫚人生中非常辉煌的一个阶段，她像一朵含苞待放的花朵，在莱阳师范完全绽放出来。山东有四所著名的师范学校，莱阳师范是其中之一，有着很优良的教师资源和教学条件。妈妈是1952年暑假后入校的，那时还在"三反""五反"运动中，反贪污没收来的钱用来给学生改善生活。以前很少能吃到的白面馒头随便吃，还配上了用肉丁炒出来的面酱，面食里还有大包子等，加上莱阳的特产毛芋头。中饭和晚饭就更丰盛了，顿顿有肉，还能吃上大对虾等海产。小嫚的个头呼呼往上长，原来很矮小的她在一两年里蹿到了一米六〇，妈妈总喜欢说她是吃公家饭长起来的。

有些需要家里出钱的地方还是小嫚的短板。同学们都有身列宁装，只有她从未有过这种时髦的行头。她穿的都是大姐穿旧了的旗袍大褂，同学们帮她截短，变成利索的短款。她也没钱买笔记本，把笔记都记在教科书的边边角角上。老师来上课

妈妈大学毕业留校任教后拍的照片，她没能回到张戈庄的那个山村小学，但她和我爸爸都做了一辈子的老师，桃李满天下。教书育人是他们怀抱终生的理想和情怀，他们的学生也给了他们这一生最大的满足和骄傲。

时，要求学生们把课本合上，每次都会加上一句：个别同学的可以开着。小嫚需要用课本做笔记，老师们对她都网开一面。她没有列宁装和笔记本，但这不妨碍她成为最优秀的学生。她门门功课都拔尖，而且方方面面都很优秀。师范学校是培养老师的地方，要求学生们在音乐和体育上也能拿得起来。妈妈在那学会了弹钢琴和拉京胡，还加入了学校的舞蹈队，上台表演时她是那个领舞的。她在运动场上也是佼佼者，体操课上她常出来做演示动作，她还同时兼任女子排球队和女子篮球队的队长。体育老师教交谊舞时，总会让小嫚来做他的舞伴。学生们下课后不会在教室里待着，都到院子里跳跳交谊舞，或者做其他的运动，一个个生龙活虎。

小嫚在莱阳师范的表现让很多人念念不忘，从五十年代到了八十年代，三十年过后，当年教妈妈数学的魏老师参加完山东高校数学系主任的会议后来曲阜参观，他知道妈妈在曲阜师大读的大学，毕业后留校当老师。魏老师跑来曲师大找到了妈妈，师生重逢，两个人都很激动，魏老师还告诉妈妈：你在田径场上创下的四百米的纪录，好多年没人能破。

小嫚不仅跑得快，走起路来也是健步如飞，而且一天走上几十里路根本不是个问题。有年放完暑假，在平度的几个女同学约好一起回莱阳，她们想着先走上一段再去坐车。前一天晚上几个同学都睡在小嫚家里，姥姥一大早起来给她们做好了饭，吃过早饭，早上5点钟几个女孩子出发了。开始时个个有说有笑劲头十足，慢慢地有的女孩就走不动了，最胖乎的那个女孩最先泄了气，坐在路边哭了起来。小嫚从旁边的高粱地里找来一条粗壮些的高粱秸，拉着这个同学往前走。太阳快落山时，她们走到了一个叫水头沟的村庄，正好介于平度和莱阳的中间，一天下来，她们走了九十里路。几个女孩子进村找到妇救会会长，妇救会会长把她们安排在一个小学校睡一晚上，就睡在课桌上。早上醒来，大家看到露在外面的皮肤上都是密密麻麻的蚊子包，睡得太死太香，这么多的蚊子来围攻她们，她们照睡不误。剩下的九十里路她们坐了车，是那种敞篷车，小嫚站在最前面。坐敞篷车时妈妈喜欢迎风站在前面，车开得越快风就越大，她喜欢这种迎风飞舞的感觉。那是妈妈最年轻的岁月，蓬勃的朝气迎风飞舞。

人在年轻时很少知道爱惜自己，总会做些错事，伤到自己的身体。学生们洗头时，都要用木棍抬个大桶去外面买热水，小嫚嫌麻烦，鼓动了三个女同学去河里洗头。可那是寒冬腊月，河水都冻成了冰，几个人各拿一块不小的石头，在冰上砸出一个洞。冰层下的河水都冰冷刺骨，她们就站在冰洞里，用这样的河水洗了头。那天晚上外号叫"觉迷"的小嫚没像往常那样呼呼大睡，脑袋和腿都疼得厉害，妈妈由此落下了时不时头疼腿疼的毛病。同一时间段里还发生了另外的一件事，学校的运动会上，在跳高比赛争夺一、二名的决赛中，小嫚起跳时脚踩到了硬沿上，九十度地崴了脚，接下来的一段时间里路都不能走，脚肿成了大馒头，分不清脚趾。那阵子班上的十三个女同学天天轮流背着小嫚去教室，小嫚不胖，但也有个九十斤，背着她走路也是个不小的负担，幸亏这些同学的照顾，小嫚慢慢好了起来，当然她再也不能在运动场上叱咤风云了。

中师毕业时小嫚又遇到了另外一个打击，她很想上大学，上级传达了一个政策，学校可以保送少数最优秀的师范生读大学，可小嫚无缘进入保送名单。毕业前夕的某一天校长找小嫚谈话，三年里她还是第一次去校长的办公室。到了那里，校长拿出一份红头文件给她看，红头文件在小嫚心目中很神圣，她一眼也没看，又交还给校长。校长跟小嫚说：学校的领导、老师、同学们都认为你是品学兼优的好学生，应该保送你上大学，但是你出身剥削阶级家庭，我们不能违反政策……校长一脸的遗憾，很是为难，小嫚马上说：没事没事。小嫚说的是真心话，这是一个打击，可她真的没有被这件事绊倒。按照政策师范生中师毕业三年后可以考大学，家庭出身不好的也可以考，既然现在不能保送她读大学，她就等三年后自己去考大学。她无法改变她的家庭背景，那些跟过去有关的事情已成定局，但明天还未到来，她还有机会去上大学，她还可以靠自己的努力改变自己的未来。

妈妈从莱阳师范毕业后回到了平度，十一个同学一起回去的，这些同学的出身都不太好。小嫚到了平度后就去教育局报到，教育局已经给她安排好了工作，让她去离平度六十里路的张戈庄完小教小学。当时很多小学只有初级，初级高级都有的才能算完小。

姥爷给妈妈叫了辆自行车，后座上驮着行李被褥，她再坐在上面。张戈庄在山里，自行车脚夫带着小嫚翻山越岭，两个人拉了一路的呱。妈妈记得聊天时那人教她怎么骑自行车，她这辈子学会了很多本事，就是没学会骑自行车。可那时她真的想学，他也讲得认真仔细，两个人聊得很开心，小嫚就这样开开心心地到了张戈庄。

淳朴的山村人听说新老师今天会来，早早地在那等小嫚了。小嫚一下自行车，村民们就热烈地围了上来，他们也不知道该说些什么，就是笑眯眯地看着她，一张张红彤彤的脸上是不加掩饰的从心底发出来的喜悦和兴奋。

张戈庄完小一共有七八个教职工，因为是个完小，条件还是挺不错的。教室都是新的，排成一排，最东头那间是六年级的，从高年级往低年级排下来。教室的前面是个大操场，后面是条小河。

十八岁的小嫚成了小张老师。她每天要上六节课，教六年级的语文、数学，四年级的自然，低年级的音乐、体育，还教了一个复式班，班里有二年级的学生，也有三年级的学生。在一个师资贫乏的山村学校里，老师们都要争取做个多面手。好在小张老师从师范学校出来，受过很好的培训，方方面面都拿得出手。学校的设施简陋，体育音乐方面几乎没什么设备，她就因陋就简，上体育课时带着学生玩贴膏药之类的游戏，大家跑跑跳跳，运动的效果也达到了。音乐课上多是教唱歌，她认识歌谱，自己先唱下来，再去教学生。很多年后，我在小学的音乐课上学会唱那首《我们的田野》，"我们的田野，美丽的田野，碧绿的河水，流过无边的稻田……"，我回到家里哼唱这首歌，妈妈有些激动地看着我，还告诉我，她在教小学时教过这首歌，我只是随便应了一声。又过了很多年，我已长大成人，再听到这首歌，妈妈在小学教过的歌，我在小学学过的歌，我在刹那间被这首歌打动了，我真正感受到了这首歌里流淌着的情感，妈妈和我都能感受到都能被感动的情感。

张戈庄完小在山里，跟山外的学校不太一样。学生们的年龄都偏大，特别是高年级的学生，有的比小嫚还大。女生们都梳着一条长辫子，辫子两边用绸子各扎着两朵蝴蝶结，几乎每个女孩子的头上都停落着四只五颜六色的蝴蝶。小张老师剪了头简单利落的短发，用一根橡皮筋在头发一侧扎了个小刷子。不到一个星期，她去上课，进了教室，发现所有的女生都把辫子剪了，梳着跟她一模一样的短发。她很是心疼，说你们怎么把辫子剪了，头发留那么长多不容易。学生们还是不说话，还是笑眯眯地看着她。她们心甘情愿地剪掉了辛苦留起来的长辫子，满怀喜悦地剪出跟小张老师一样的发型，学生们在用这种方式表达对老师的喜爱。质朴醇厚的山里人总是在用最纯真的方式表达他们的情感，小张老师的办公室的抽屉里天天都是满的，塞满了各种水果，不知道是哪些学生在什么时候塞进来的。她换下来的衣服得藏好，要不转眼间就会被学生拿去，到河里洗好，晾干后再偷偷给她送回来。老乡们做了好吃的总想着她，特别是春节时家家都会自己做酒，家家等着小张老师去他们家里吃酒。

小张老师住在一个军属大嫂家，她又有了一个大嫂，这个新的大嫂跟小嫚死去的大嫂一样温柔贤惠。房东大嫂的爱人是个海军，常年在外。他们有一儿一女，都在上小学。妈妈和大嫂住对面房，像一家人一样亲近。妈妈住进来后，常有学生跑来看小张老师，大嫂总是热情相待。学生们也不见外，累了就在炕上躺躺，最放松的时候也躺倒在大土炕上，大嫂家的炕上常躺满了学生。山村人很少有进城的机会，六十里的山路，没有通汽车，出门全靠走路，大嫂拖儿带女走不了这么长的山路。妈妈每次回家时，总会帮大嫂给她女儿买块花布，做件漂亮的新衣服。

学校没几个老师，只有赵师傅这一个炊事员管着给老师们做饭。赵师傅就住在大家吃饭的房子里，后面是他睡觉的小屋，前面架着做饭的大锅和炉灶。赵师傅有两个儿子，都还没给他生孙儿孙女，赵师傅就把年纪轻轻的小张老师当成了自己的孙女，对她很照顾。妈妈来吃饭时，他赶紧把肉菜挪到她眼前，农村人觉得最好的大块的肉也都留给自己的"孙女"。赵师傅家介于张戈庄和姥姥家的中间，学校放假时，妈妈和赵师傅一起回家，走到赵师傅家时，路走了一半，她就在那里歇一晚上，第二天接着走。回学校时也先到赵师傅家停停脚，第二天祖孙俩一起回去。

小张老师跟其他几位老师的关系也很好。有位姓高的老先生是当地人，原来是教私塾的，语文很好，数学就是个问题了。他拜小张老师为师，跟着她学数学。高老师住在姐姐家，跟妈妈住的大嫂家在一条街上，但大嫂家在胡同的里面，晚上黑灯瞎火看不清路。从学校回家时，高老师先到家，每次他会站在路口，用手电给妈妈照路，看她进屋后他才回家。学校的王教导主任也是很想上大学，有空时就抓紧复习，他也不瞒着小张老师，遇到问题就来请教，他的三角之类的功课是妈妈辅导的。天气转暖后，几个老师吃过晚饭，也常结伴去邻村走街串巷，跟邻村的老师们交流下教学经验。那时正在第一个五年计划的发展中，大家的心气儿都很高，对工作和未来充满了热情和干劲。山里满是樱桃等果树，他们从缀满花朵和结满果实的果树下走过。邻村的村民也认识他们，遇上了就热情地打声招呼，他们住在山里，打招呼时，村民们喜欢说声"老师上来了"。

师范学校出来的小张老师知道怎么备课写教案，工作态度又极认真，她教的课获得了一片叫好声。有一天她去上课，看到院子里停了很多自行车，正想着这是怎么回事呢，赵师傅已急急地跑到她跟前，兴奋地告诉她：小张，他们都是来听你的课的，教育局组织的人。小张老师没想到他们是奔着她来的，说了句"我害怕"。赵师傅哄孙女般连连说着"别害怕"，边说边从小张老师那里拿过她手里的东西，帮她端着点名册，上面放着粉笔盒和教材，一路把她送进了教室。第一堂课是语文课，教室后面坐满了人，目光都投向了出现在教室门口的小张老师。小张老师走上讲台后马上镇定下来，她进入了每次上课时都会有的状态，倾心而讲，感染着她的学生，也感染了那些第一次来听她讲课的同行们。

这下子小张老师声名远扬，常被请去参加区里组织的提高教学水平的业务会议。她认识了更多的同行，那时的人际关系很简单，大家相处得很愉快。妈妈那段时间里拍过一些照片，都是跟那些同行的合影，每个人的脸上都带着单纯明朗的微笑。很可惜的是，这些珍贵的照片我们保存了几十年，最近一次搬家时给弄丢了。

每次开会妈妈都要去离学校很远的地方，来回都靠走路。有次开会一共有四位女教师，一位是当地的，另外三位是从外面过来的。开完会后大家意犹未尽，有个女老师提议说，今晚都不走了。那晚四个人睡在一张炕上，躺在炕上又聊了很久。可张戈庄离这里最远，妈妈第二天还有六节课，她很早就起了床，天没亮就上路了。她翻过一座座山，还过了一条河，一路上一个人影也没有，只能听到她的脚步声和远处老鸹的叫声。她心里有些发毛，不敢多想，也急着赶到学校。第一堂课前她按时赶了回来，接着上了六节课，什么也没耽误，还精神抖擞，十八九岁的小张老师好像有着使不完的劲儿。

整个大学区要选一个业务辅导员，大家一致选了小张老师，请她辅导全区的老师。小张老师还没走马上任就离开了这里，她没想到她这么快就会离开这里，这一切又是不在她的计划中。

妈妈还是很想上大学，但她打算遵从规定，工作三年后再考大学。她在平度一中和莱阳师范的同学一直惦记着她的这个梦想。有位姓解的同学在平度一中后考上了莱阳一中，高中毕业后可以直接考大学，他考去了南京。妈妈家里困难，失去了上莱阳一中的机会。解同学一直鼓励妈妈不要放弃，给她写信时还附上从报纸上剪下来的重要的信息。有封信上提到，周恩来总理在1956年1月中央召开的知识分子会议上提出"向科学进军"，高校生源不足，将扩大招生。妈妈还有个从莱阳师范毕业的王同学在平度县城教小学，也在打听消息。妈妈在张戈庄完小，离县城很远，几乎听不到这些最新的消息。

又有一辆自行车为妈妈而来，这次只有一辆，是接妈妈去报名参加高考的。那一年果然允许更多的年轻人参加高考，而且考生不受家庭出身的影响。王同学听到这个消息后赶紧跑去告诉了我姥爷，我姥爷又赶紧叫了辆自行车，叫我妈妈回来报名。接她的人到了张戈庄，妈妈正好上完了下午的两节课。她跑回大嫂家拿了身换洗的衣服，一出胡同口，看见几乎全村的人都已会合在那儿。那辆自行车一到，小张老师要去上大学的消息就迅速地传开了。胡同口正好对着条下坡路，妈妈看到的是漫山遍野的人群，有的学生见到她就开始哭起来。妈妈安慰他们说：我还没考呢，还不知道能不能考上，我一定会回来的。赵师傅听到消息后也跑来了，挤出一条小道，护送妈妈走出人群。

自行车车夫紧赶慢赶，在太阳快落山时赶回我姥爷家。妈妈接着往教育局跑，接待她的人说：行，同意你考，明天你就跟着车去潍坊报名。平度没有报名点，妈妈得去潍坊二中报名。第二天妈妈到了潍坊，报上了名，她赶到时只剩半个小时高考报名就截止了。

还有两天就高考，妈妈就留在潍坊做准备。她之前做过的唯一跟高考有关的事情是辅导过王教导，她那时还以为两三年后她才能参加高考，没想到提前了两年。王教导也到了潍坊，妈妈在去查体的车上遇到了他，车上还有她的小学同学、小学老师、中学同学和中学老师。

妈妈考完后就直接回了张戈庄，接着教她的书。没多久，妈妈收到了大学录取通知书，她被曲阜师范学院录取了。这是她在考试前填的唯一一个高考志愿，王同学也填了这里。他们从未听说过这所大学，这是所新成立的大学，1956年是第一次招生。1954年印度总理尼赫鲁访华时，周总理陪他来曲阜参观。尼赫鲁建议道：这里是孔圣人之地，应该建一所大学。周总理回北京后把这个建议通报给了中央，得到了中央的支持。妈妈和王同学选了曲阜师院，只是想着新成立的大学应该好考些。王同学报的本科，妈妈只敢报了个专科，她什么都没复习就来高考，能考上专科就很好了。只要能进了大学校门，她通过努力可以从专科升到本科。妈妈选了数学专业，她想着自己不笨，学习又刻苦，应该能学好数学。接到录取通知书的妈妈又高兴又难过，高兴的是她可以上大学了，难过的是也盼着上大学的王教导没有考上。

妈妈把通知书放到了一边，继续在张戈庄教小学，直到离大学开学还剩三四天时她才不得不停下来。走的前一晚，附近学区的老师都来了，赵师傅做了很多好吃的，大家都依依不舍。午夜十二点活动结束后，高老师把妈妈送回家，大嫂在等她，炕上摆了一二十样菜，都是大嫂做的，等着她来吃。大嫂一见妈妈就哭了，妈妈拉着大嫂的手说：大嫂别难过，我以后会来看你。妈妈那一晚没睡觉，就坐在那里跟大嫂唠嗑，她们也是难舍难分。

妈妈怕学生来送她，早上四点多就离开了张戈庄，赵师傅送了她一大段路。

姥姥已经为她做好了新的被褥，还有一个大被套，可以把所有的家当都包在里面。姥爷提起王同学要去读四年，问妈妈读几年。妈妈掏出录取通知书，这才发现她也是四年，报专科的她被录取进了本科。一家人都欢天喜地，特别是我三姨，她因为生病住院影响到我妈妈考高中，现在她的身体好了，小妹也考上了大学。三姨说：别说四年，八年我也供你上。妈妈上了大学后，三姨每月省出两块钱寄给她，妈妈才能买了学习用品。姥爷鼓励妈妈好好学，他还说，曲阜是圣人之地，人杰地灵。

妈妈1956年来到曲阜，从此一直生活在这里。曲阜师院后来改名为曲阜师大，规模越来越大，已发展成一所根深叶茂桃李满天下的大学。我妈妈跟曲师大都是在1956年起步的，1956年的"向科学进军"是新中国科学技术事业发展的一个里程碑，1956年考上大学也是我妈妈一生中的一个里程碑，个人的发展变化跟国家的发展变化息息相关。我妈妈接到录取通知书时她的爷爷已去世，太姥爷不赞成家里的女孩子读书，他若地下有知，还是会为他的孙女高兴吧。

入学一个多月后，妈妈收到一封张戈庄完小寄来的信，里面放着15块7毛钱，这是给她补发的工资。妈妈还在那里教小学时，区里有个加工资的名额，大家都说加给小张老师，妈妈听到后唰地站起来，说她不要。她还没干够一年，怎么能给她加工资呢。妈妈离开张戈庄了，他们还是把这级工资给了她。妈妈很是感动，都说人走茶凉，她来上大学了，那里的人对她还是这么好。

妈妈暑假回家时，赵师傅来看她，告诉她她离开张戈庄的那一天，学生们来送过她。她离开不久学生们就赶到了，听说她走了，一大队学生就出去追她，一直追出去二十五里路，碰上往回走的赵师傅，赵师傅把他们劝了回去。妈妈又是很感动，也很难过，为了避免学生来送她才偷偷走的，可学生们还是跑出来这么远的路，还没见上一面。妈妈在心里发誓，她一定要回去看他们。

重回张戈庄成了妈妈一辈子的念想。妈妈总是说：在张戈庄教小学的那一年，是我一生中最美好的一年。回首往事时，最让妈妈动情和难忘的，不是她遇到我爸爸遇到爱情的那一年，不是她有了我有了我妹妹的那一年，也不是她当上教授事业上很光鲜的那一年，她最难忘怀的是她在那个叫张戈庄的小山村度过的那一年。那一年原本不在她的盼望中，她想在中师毕业后就去读大学，那是她当年的愿望。可是命运的抛物线把她抛到了张戈庄，她在那里生活了一年，确切地说，她在那儿待了还不到一年，差七天才一年。就在那短短的一年中，她遇到了那么多善良质朴的人，每一天都生活在最纯粹的情感和最真挚的祝福中，那么丰厚的情感陪了她一年，又祝福了她的一生。

那一年离妈妈越来越远，每一次讲起过去的事情，她还是很肯定地说，那一年是她一生中最美好的一年，她在那一年里收到的，是上天给她的最美好的祝福。

妈妈很想回张戈庄看看，但她后来的身体状况不是太好，特别是腿坏了，在冰河里洗头落下的病根开始发作，走不了远路。工作后又是马不停蹄，很少有机会回胶东老家，也就一直没有机会再去趟张戈庄，这是她一生中最大的遗憾。她在张戈庄没有照过一张照片，这也是妈妈的一大遗憾。可那些老乡和学生的音容笑貌始终在她的脑海和心里，她一生一世都保存着那些满怀深情和怀恋的记忆。

我从未去过张戈庄，这也就成了我的一大遗憾。我的人生走过了几十年，我看过世界，见识过很多的人间美景，自然的或人文的，还没有一个地方能跟张戈庄媲美；我还有很多没有去过的地方，也没有任何地方能像张戈庄那样让我向往。如果给我一次机会，让我穿越去某一个地方，我会选择张戈庄。我想去到那里，我想来到那些人的中间，那里是这个世界上最美的地方，因为世间最美的是人情。

那个小山村还在吗？或许有一天，我真的可以去那里看看，实现我妈妈的心愿，也了却我自己的心愿。

我的二舅三姨和我妈妈都在这张照片里。我的太姥爷是清朝的秀才，很有才学，却很封建，重男轻女，在这个方圆百里很有名的书香门第里，女孩子却没有出去念书的机会。随着时代的变迁，到了我三姨和我妈妈该上学的年龄，女孩子都会进学堂，太姥爷也拦不住了。我的二舅是三姨和我妈妈小学一年级的数学老师，上课点名时，小学生们都说声"到"或"有"。点到我妈妈时，我妈妈说完"有"，二舅故意逗她玩，笑眯眯地问了句：豆油还是花生油？妈妈回答不上来，也不敢说什么，憋到回家吃饭时告了二舅一状，引得一大家子人哄堂大笑。

父母情书

　　我在青春懵懂时，第一次听到跟爱情有关的话语，是关于我的父母。那时候我还不是很清楚什么是爱情，聊起这个话题的人也没用爱情这个字眼。过去了好多年，我经历过恋爱也懂得了爱情之后，我才明白他们在说些什么。那些人多半是我身边的叔叔阿姨，跟我的父母自然很熟悉。他们看着我长大，在我还没有来到这个世界前，他们就开始见证我的父母的爱情。等我到了快该谈恋爱的年龄，很多次听到某个叔叔阿姨跟我说，不知道你有没有你妈妈的福气。他们对我的祝福，从来不在事业上。他们祝福我也能有个幸福的婚姻，延续父母的幸福。

　　可那时候的我不知道那就是幸福，爱情就该是那个样子。我在父母的相濡以沫中一天天长大，我以为所有的家庭都是和睦的，所有的父母都是相亲相爱的，这是一件很平常的事情。在电影和小说中不是没看到过不幸的婚姻，但那些不幸离我太远，近在眼前的平常日子里的琴瑟和谐，帮我遮掩住那些遥远的悲伤。在一个幸福的家庭中长大的孩子常常晚熟，加上那个年代里很少有人去离婚，我长到差不多二十岁了，才知道有些人不是因为爱情结的婚，婚姻中会有不幸和背叛。父母的婚姻给我留下的都是美好的印象，我一旦明白了爱情后就开始向往这样的爱情。

　　我的父母相遇在二十世纪五十年代的大学校园里。我妈妈一九五六年来到曲阜师范大学读大学，那时候还叫曲阜师范学院，等到这所大学发展到几万人的规模，大家把学校的校园称作"曲园"。曲园在五十年代就有了，只是还非常的寒酸，我的父母就是在曲园遇上的。我爸爸一九五七年从华东师大毕业后，被分配到曲师。我爸和我妈学的都是数学，在一个系里。他们两个还有一个共同点，都在团支部当宣传委员。我爸爸负责青年教师的活动，我妈妈则是学生团支部的。那个年代里的大学校园里，团支部常会组织各种活动，教师的和学生的分得不是很清，常在一起搞活动。青年教师和大学生们的年龄差不了多少，我爸爸比我妈妈也就年长了一岁。我爸和我妈很快就有了要合作的事情，系里要办教学成果和发展规划展览，这个任务肯定要靠团支部的宣传委员去落实。

　　这是我的父母的第一次合作，他们两个很搭，我爸擅长策划和文案，我妈擅长表达，这两方面做好了，一个展览就有了成功的基础。他们很快搜集整理出了要展览的材料，做好了展板，在正式展出时，我妈妈负责讲解，是个很有号召力和感染力的讲解员。展览很成功，我的父母的合作也很愉快。但展览结束后，他们就各忙各的了，都没在一起吃顿饭庆祝一下。那个年代的人没有多少私心，他们彼此都有好感，却没想过公私兼顾。

我爸爸在曲阜待了一年后，系里派他去中国科学院进修。我爸去了北京，我妈还在曲阜读书，之后的两年里他们没再有任何的交集。1960年6月我爸爸结束中科院的学习后回到曲师，我妈妈还有一个月就要大学毕业了。系里安排我爸爸为大学生们办些讲座，把在中科院学到的新知识新方法传授出去。我妈妈那一级一共一百多个学生，他们聚集到系里最大的东联一教室，去听我爸爸的讲座。我的父母算不上师生恋，虽然在开始的两三年里他们是师生关系，我妈妈称呼我爸爸为"章老师"。我爸给我妈唯一上过的一堂课，就是这次讲座了，还不是正式的课堂授课。因为台下坐着的都是即将毕业的大学生，我爸爸把讲座的重点放在了理论联系实践上，正好他在北京时参与了不少理论联系实际的项目和活动，在这方面有不少东西可说。我的父母相隔两年后在教室里重逢，还是没有擦出爱情的火花，他们的心思都在讲座上。我爸爸倾力而讲，我妈妈和她的同学们飞速地记着笔记，讲的人和听的人都心无旁骛。那是一个渴求知识的年代，多多少少冷落了爱情。

1960年初夏时节的妈妈以为她很快就要离开曲阜了。她不知道她会去哪里，学校把她分配到哪里她就会去哪里。绝大多数大学生在毕业分配时不提任何要求，真心实意地服从组织的安排，在这方面也是没有私心的。最优秀的毕业生会留在母校当老师，我妈妈没往这上面想。她的学习成绩是优异的，各方面的表现也是优异的，但她的家庭出身是她的短板，她不认为学校会让她留校，已经买好了打包的绳子。当系领导宣布毕业分配方案，我妈妈在留校的七个学生名单中听到了自己的名字时，多少有些意外，也多少有些激动。这份激动缘于感激，并不为别的，那时的她顾不上去想跟爱情有关的事情。

我妈跟我爸就这样成了同事，他们的接触明显多了起来。他们不在同一个教研室，但他们在同一个团支部里，我妈妈从学生团支部转到了青年教师团支部。一共有三个团支部委员，我爸我妈加上胡伯伯。胡伯伯已结婚，作为过来人，他对男女间的事情多了些经验和敏感。我的父母在工作之外有了另外的默契，胡伯伯喜滋滋地看在眼里。朝夕相处中，我爸和我妈自然而然地萌生了爱意。一切都是水到渠成的，都不需要胡伯伯刻意地推波助澜。胡伯伯为他们做的事情就是为他们保守秘密，当时鼓励青年人晚婚晚育，团干部要起带头作用，我的父母就没把这事儿挑明。几十年后，我追着问他们当初是怎么看对眼的，怎么就有了爱情。他们说不出个所以然，但两个人都很肯定地说，他们就在共同的工作中有了感情。没有谁先谁后，也不需要别人帮他们捅破那层窗户纸，他们就那么天经地义地爱上了。爸妈说这些话时，彼此对望着，两双眼睛里都满怀爱意。这样的注视，只会发生在恋人之间。我突然间豁然开朗，几十年前的某一天，他们彼此对望时，从对方的眼睛里看到了爱情。

　　我的父母谈了段地下恋爱，没对外宣布，两个人之间都不需要挑明，心有灵犀心照不宣中，爱情那棵小苗渐渐长大。他们平时聊的多是工作上的事情，他们在工作中相识，又在工作中相知相爱。这没妨碍他们的工作，他们的工作热情更高了。

　　那个年代里的人们很少换工作，在一个地方会干上一辈子。青年男女开始工作后，婚姻大事多半就地解决了。我爸和我妈当时都是单身，自然会有热心人帮他们张罗。我妈妈的室友袁阿姨正好是我爸爸的大学同学，她替我妈妈相中了我爸爸，其实我妈妈跟我爸爸已经好上了，只是还不好承认。外人都不知道我妈妈已有了意中人，不断有人要给她介绍对象，有人找到了胡伯伯，请他帮着撮合。胡伯伯这个团支部书记很快做了个决定，为我妈妈挡驾的最好的办法，还是说出实情吧。我爸和我妈情投意合，男未婚女未嫁，他俩走到一起是件好事。爸爸和妈妈的爱情见了阳光，大家都知道了他们在谈恋爱，都很祝福他们，等着吃他们的喜糖。

他们没有马上结婚，组织上希望他们再等等，要做晚婚晚育的表率，他们就决定再等两年。不过在心里他们已经是一家人，我妈妈的身体不好，结婚之前我爸爸就开始照顾我妈妈了。

我妈妈的课一直很受欢迎，她又很上心很努力，工作量就比大部分老师的多。按系里的规定，毕业后的第一年先不上讲台，以教学辅导为主。但我妈妈大学一毕业就开始上课了，常要去不同的函授点讲课。那个年代的人们如饥似渴地渴求知识，没有那么多的人有机会上大学，只有少数的人能进了大学校门，很多人希望通过大学的函授教育学到东西。我妈妈很理解他们的渴求，拼了命地教书。最繁忙的时候，她一个月里要去八个函授点，每个函授点要讲差不多四天的课，每一天都是排得满满的，她只能靠坐火车的时间休息下喘口气。那时还在三年自然灾害的困难时期，大家都吃不饱，老师饿着肚子讲课，学生饿着肚子听课，没有谁耽误了讲课听课。但我妈妈累坏了身体，持续发低烧，她还想坚持下去，最后是院长下令，让她赶紧去看病治疗。曲阜师院当时的院长是中央派来的一位老革命，他很爱惜人才，那时的曲师只有数学系和中文系，没有很多的老师，院长把青年教师都当成了自己的孩子，很关心他们，不光关心他们的工作，生活上的事情也让他操心。

我妈妈去了济南，她的同学在山东工业大学工作，她先住在同学家，那里离省立二院很近，她可以去看门诊。我爸爸不放心，觉得我妈妈还是应该住院治疗。我爸爸去找了院长，院长派我爸爸去了济南，帮我妈妈安排好医院，让她住进医院，踏踏实实地治病。

我爸还有自己的教学任务，不能在济南陪着我妈。他心里惦记着我妈妈，经常给她写信。妈妈的病友们很快发现了这些信函的来路，大家争先恐后地分享这些情书。爸爸挺有文采，写的又都是真情实感，在医院里迅速圈粉。粉丝们天天翘首以盼，他的信一到，最先抢到的那个人就拆了信，对着众人大声朗读。妈妈什么都愿意跟病友分享，就是不愿分享这么私密的情书，所以她要想方设法先抢到写给她一个人的情书，抢到后还要摆脱掉大家的围追堵截。她若能抢到的话，一般会跑进洗手间，在里面把门锁上。在门外的大呼小叫声中，躲在洗手间里的妈妈迅速地把信看完，然后就地销毁。妈妈的病友们非要抢信的话，我妈妈寡不敌众，大概一封也抢不到。她们还是有意手下留情了，大部分时候让我妈妈吃独食，好几封信中总得给大家留一封，让粉丝们一起过过瘾，我妈妈也就由着她们瞎闹了。

我妈妈病好之后回到曲阜，又过了一两年后才去领了结婚证，结婚之后又等了两三年后才要的孩子，真的做到了晚婚晚育。他们很自觉，在暑假里结的婚，不会影响大家的工作。婚礼就安排在数学系的教室里，把课桌围成一圈，来参加婚礼的人围着课桌随意而坐，系里平时开会也是这样的排场。没有酒水，桌子上放了些糖果，那时的婚礼基本上都是这样的规格。这样的简朴不会影响了气氛，跟家里人办喜事一样热闹，无拘无束。同事们都来了，学校的人事处长代表学校来祝贺。在一个初建的学校里，大家的关系很和睦亲近，再加上我爸妈在同一个系里工作，同事和朋友都是相同的，更没了生分。我爸爸的大学同学周叔叔当仁不让地做了司仪，周叔叔跟我爸爸一起分到曲师后，他们一直住在同一间宿舍里，两个人亲如兄弟。

新郎新娘一定要一起唱支歌，爸爸和妈妈合唱了一首"戴花要戴大红花……"。他们都穿着白色的短袖衫，妈妈穿的那件是我的小姑姑送给她的，爸爸那件是现做的。他们长得挺白净，跟这白色很搭。一起唱歌时，新郎新娘都不好意思起来，脸渐渐红了，素净的白色中飘起了几团红色的云朵。

婚礼之后还要闹下洞房,周叔叔说,新娘身体不好,大家就别闹洞房了。几个跟我爸妈关系最近的叔叔阿姨还是跟着新郎新娘去了他们的新房,就是在一起聊聊天,这一天跟往常不一样,大家一定要坐在一起热闹一下。当时学校的老师们都住在平房里,我爸妈分到了一间小房子。新房也很简朴,只有几件家具。每位教师来学校报到后,会分上一张单人床,一张简易书桌和一把椅子。爸妈领证后去学校总务处把两张单人床换成了一张双人床,再加上两张书桌两把椅子,这就是新家的家当。我奶奶送给他们一个蚊帐一个脸盆,蚊帐是个半新的,那时很少有人能用上蚊帐,这个半新的蚊帐就成了奢侈品。还是同事们帮他们挂好的蚊帐,大家都来沾沾手。我的父母花钱为自己置办的新婚用品,是在济南买的一个梳妆镜和两个带盖的搪瓷缸子。这三样东西他们一直很宝贝,特别是那个镜子,我妈妈现在还在用,已经用了五十多年。镜子是个心形的,可以立在台面上,背后是鸟儿在湖上戏水。家里的镜子越来越多,她还是最喜欢这个镜子。这个镜子最能见证妈妈的岁月,镜子里的她,脸上渐渐有了皱纹,头发也渐渐花白。这个镜子也最能见证我的父母的爱情,它已经陪伴了他们半个多世纪。岁月已老,他们还跟当年新婚时一样幸福甜蜜。

我的父母是在工作中萌生的爱意,他们更有可能情投意合,在事业上并肩前行,他们确实做到了比翼双飞,彼此成就。他们在曲园不仅收获了爱情,也收获了事业。

我爸爸1957年来到曲阜,在曲师待过一年后才去的中科院,那一年里我爸多少意识到,他未来的发展方向应该在应用数学上。曲阜地处农村,如果能把数学和农业结合起来,这里有着得天独厚的条件,科研成果也可以最大化地造福于生产。正好中科院很重视应用数学的发展,新中国还在初建阶段,需要把新的研究成果尽快运用到实践中,大力发展生产力。我爸在中科院进修的那两年,为他在理论和实践上打下了很好的基础。1960年回到曲阜后，他很快就有了用武之地。他和他的同事们一起，立足于农村，开辟出一条充满乡土气息的数学应用之路。数学领域新兴的运筹学很快在曲阜开花结果，他们用数学方法与农业生产结合，解决实际中遇到的农业问题，调整规划农业布局，提高作物产量。他们还把一些经过实践验证的很有实用性的方法总结出一本《公社数学》，毛泽东主席到济南参观农业展览会时，特意翻阅了这本小册子。运筹学和农业的结合在国内是首创，在国际上也不多见。他们的成果很快引起了重视，数学泰斗华罗庚写的文章里专门提到曲阜师院研究出的"麦场设置"，他还带着北京高校的科研人员去通县试验推广，曲园的成果又在全国更多的地方开花结果。

十年动乱期间，高校的教学和科研都停了下来，我爸爸的心里还惦记着"公社数学"，去农村劳动时，当年的那些研究成果还是能派上用场，在实际的劳动中，他又产生了一些新的想法。"文革"结束后，当一切重回正轨，那些经年累月积累下的愿望和经验又有了实现和应用的机会。等待和酝酿了太久，一旦有了机会，就会迅速地开始，并且源源不断势如破竹。

爸爸和他的同伴们这次把"公社数学"发展成更具规模的系统工程，仍以农业为主，也扩展到其他的领域。而且，这一次不光在中国有了很大的反响，各大新闻媒体争相报道，在世界上也有了不小的动静。他们的研究论文发表在世界顶级的美国的运筹学年刊和运筹学杂志上。学校专门成立了运筹所，我爸爸从数学系出来，跟我妈妈"分家"了。他在运筹所既做领导管理工作，又继续搞教学和科研，相辅相成中，他们出了更多的研究成果，并且在更多的国家得以推广。因为我爸爸的工作，我小时候常能看到从世界不同国家来的专家，他们共同努力，希望能携手造福于整个世界。在跟国外的合作中，丹麦是他们最主要的合作伙伴，我爸爸也受邀去丹麦做过访问。我妈妈也被丹麦的同行邀请过，不过她的同行跟我爸爸的完全不同，虽然他们都属于数学这个领域。我爸爸的事业重新开始时，我妈妈的事业也在重新开始。

六十年代中期，我妈妈因为身体不好，不得不告别教学第一线。系里的领导舍不得她这个教学人才，原来打算让她停下所有的函授，只上校内的课。大家把校内的课称作家里的课，安排我妈妈留在家里上课。讨论这件事时正好新任院长在场，他跟老院长一样关心教师，听了我妈妈的状况，他说，家里的课也别上了，让她暂时管下系里的仪器室吧，屋里放个小床，累了就躺躺。数学系有个仪器室，里面有各种数学模型和教学用具，这里成了我妈妈的新的办公场地。那时她跟我爸爸已经结婚，我爸也很支持。我妈妈转换工作不久就开始了"文革"，所有的教师都离开了讲台。改革开放之后，国家亟须培养更多的人才，我妈妈的身体状况已有好转，学校和系里的领导考虑让她重新回到教学岗位，我妈妈也很愿意，只是花了些心思决定去哪个教研室。那时运筹所还未成立，运筹组的主任希望她去那里，我爸爸也在那个组，我妈妈觉得去开夫妻店不太合适。数学系的老主任在教学法组，很希望她去加强教学法组的力量，我妈妈最后决定去那里。在师范院校里，教学法课是最枯燥无味的，可对未来要从事数学教学工作的师范生来说，这是一个必须掌握的本事。我妈妈就想方设法教好这门课，让一门枯燥无味的课变得生动起来。她想到把数学史和数学教育结合起来，通过了解数学的发展感受数学的魅力。她在数学史的研究上独创了比较法，有中西比较，也有中中比较和西西比较。世界上最早的数学成就在希腊和中国，最具代表的是希腊的欧几里得和中国的《墨经》，我妈妈对这两个同一时代的数学史上的成就做了很多比较研究。在西方数学史上，她以微积分为切入点，对牛顿和莱布尼茨做了比较，在中国则主要比较了儒家和墨家。她的研究成果得到了中国数学史界的推崇，也得到了外国同行的肯定，不少国家邀请她去做访问，只是她的身体状况不允许她做长途旅行，她没有像我爸爸那样走出国门。不过她参加了很多次由中国主办的国际数学史会议，在那些会议上做讲座，跟国内外的同行共同切磋。她自己没出过国，她的研究成果还是走向了世界，她的论文常常被美国的《数学评论》摘录，这也是世界最具影响的数学评论刊物。

我父母的研究领域不同，但他们在事业上是一起开花结果的。他们几乎在同一时间起步，他们的很多同龄人也是在那个时间起步或重新起步的。他们曾经以为教学和科研已远离了他们的生活，家里的不少书被当成柴火烧掉了。他们两个都是数学专业，有些书有两份，先烧掉的是那些重样的书。剩下的书本好像也没有了用场，十年的时间很漫长，可以消磨掉所有的盼望。所以当大地回春，他们也比没有经历过磨难和损失的人更懂得珍惜。改革开放给了他们这一代知识分子难得的机遇，大家都铆足了劲，热情高涨热火朝天。我父母这一代人的青春是从中年开始的，不仅要把耽误了的青春赚回来，还要像年轻人那样敢于创新。我爸和我妈都是在另辟蹊径，在走一条前人未走过的道路。我爸爸把自己的工作定位于"跨界"，已经不是纯数学了，更适合于实际应用，我妈妈的标签则是"比较"，在比较中拓宽思路求得发展，他们的研究都具有开拓性。成果出来后别有洞天独领风骚，可在起步阶段就会遇上更多的困难和阻力，也更需要鼓励和支持，给了他们最大的鼓励和支持的那个人就在他们的身边。为了支持我妈妈重回讲台，我爸在家时包揽了大部分家务，为我妈妈留出足够的时间备课和休息。我妈妈搞研究有些自讨苦吃，这对她来说是额外的工作，没有人要求她做这些事情，但她决定做这些事情时，我爸爸不光无条件地支持，还帮她查找资料，她写出论文后，我爸爸都会认真仔细地阅读，也一定会提出修改意见。我妈妈对我爸爸也是全力支持。我爸爸做项目常要出差，她就把家里的事情照顾好，让我爸爸专心搞科研。那个年代中还没人用电脑，论文都是写在纸上，再拿到学校的打印室请打字人员打出来。我爸爸的字写得倒不丑，但很难认，我妈妈常去打印室帮着去认我爸爸写的论文，她不仅能辨清我爸爸的笔迹，那些数学公式也难不倒她。他们还常在一起讨论正在做的研究，因为两个人的研究都在数学领域中，他们总能给对方提出一些建议，提出的建议多是建设性的。我常能听到他们的讨论，耳濡目染下，我对数学多了不少的了解，虽然我的数学没学好，完全偏到了文科上，我对中学里教的数学没什么兴趣，我爸妈聊的应用数学和数学史倒让我耳目一新，可惜我不能直接跳过基础数学。数学很差的我对数学倒是很有感情，毕竟我是在数学的熏陶和氛围中长大的，我们家的父母爱情也跟数学息息相关。我的父母在他们各自的研究应用领域都取得了相当的成就，看似他们是从不同的方向走到了各自的巅峰，可我知道，他们一路上都有对方的陪伴。他们没有因为挫折而气馁和放弃，他们最终能有所收获，是因为他们拥有最有力最长情的陪伴。

事业固然很重要，特别是两个人都能成就一番事业，那就是双喜临门，但婚姻中最重要的还是生活，两个人能不能过到一起，在一起生活时能不能幸福愉悦是更重要的事情。我爸和我妈有很好的相处之道，不是刻意为之，是在生活中自然养成的习惯。我妈妈唠叨时，我爸爸总是很安静地坐在一边，有一次我忍不住问我爸，我妈说了好多遍了，你不烦吗？我爸笑眯眯地说：不烦，我都没听见她在说什么。我恍然大悟道：你这是左耳朵进右耳朵出啊。我爸更正道：左耳朵就没进来。不知道我爸爸什么时候练就出这样的本事，能自动地屏蔽掉不需要听到的话。大部分女人都喜欢唠叨，没什么大问题，不需要解决的办法，只是想对着个人唠下嗑，有个听众就可以了，也不管这听众听进去没有。我的父母就常玩这个游戏，一个讲一个"听"，说的人和听的人都不太较真。该听到的话，我爸爸是不会漏掉的，也会有很好的反应和反馈。其实我爸妈每天都有交流的时间，吃饭时也会边吃边聊。以前他们吃过晚饭后会一起出去散步，我妈妈的腿脚不灵便后，我爸爸每天下午自己出去走一圈，在校园里总会遇上熟人，从熟人的嘴里总能听到些什么。锻炼完后他还会去阅览室看报，从不同的报纸杂志上也总能看到些什么。回家后，我爸就会跟我妈分享刚刚听到和看到的新闻。我妈妈也有她自己的信息来源，她会上网，也上微信，我爸从网上和手机里得来的信息，都是我妈贩运给他的。我爸妈每天都要花些时间做交换，你一句我一句，很是热闹，他们的交流从没有中断过。

语言是个双刃剑，幸福的婚姻缺不了语言上的交流，两个人总是有话可说，这是一种天长地久的甜蜜。两口子吵架用的也是语言，不过很多夫妻吵架，都是为些鸡毛蒜皮的小事，吵多了吵过了火，就伤到了感情。几十年里，我的父母从未吵过架。我爸的脾气很好，出了名的好脾气，在家里也总是由着我妈发些小脾气。但我爸也有发脾气的时候，我从未见他火冒三丈过，他只是提高了嗓门。我爸提高了嗓门时，我妈不会跟着提高嗓门，她就闭口不说了。两个人会躲在不同的房间里，各自安静一会儿，像是一个小的冷战，这样的小冷战比热战的伤害度小了很多。两个人都憋不了太久，我在家时，过上几分钟，我会去帮他们和好。我一手拉住爸爸的手，一手拉住妈妈的手，然后让爸爸和妈妈的手拉到了一起，他们俩都不好意思地笑了，又笑着对望一眼，很快就和好了。我离开家后，再遇上这种状况，不知道我爸和我妈谁先主动和好，或许两个人都有主动的时候，本来谁先谁后都是一样的。他们是很容易和好的，有爱情、平等和互相尊重做基础，他们一定会彼此包容，相互妥协。

没有哪个婚姻会一直顺风顺水，生活中总有不如意的事情，不过两个人的力量总是强过一个人的，而且只有在遇到事情时，才更能知道两个人是不是真的相爱，是不是可以同甘共苦。

我的父母的结婚照。他们都在数学系
当老师，婚礼就安排在数学系的教室里，
把课桌围成一圈，来参加婚礼的人围着课
桌随意而坐。同事们都来了，气氛很热烈。
新郎新娘一定要一起唱支歌，爸爸和妈妈
合唱了一首"戴花要戴大红花……"。

我妈妈的身体一直不好，天生体质不好，年轻时又拼命工作，身体更加不好。我爸和我妈在谈恋爱时，我爸就开始为我妈跑医院，尽心尽力地照顾她。想到我爸妈时，我一定会想起那些在医院里的场景。不是我妈要做什么手术，就是陪我妈去看病。我和我妹妹对我妈妈的陪伴都是有限的，几十年里，只有我爸爸一直陪在她身边，不知道陪她去过多少趟医院看过多少医生。每一次我爸都是跑前跑后，很贴心地照顾着我妈。也在看病的一些人把这看在眼里，我在医院经常听到这些陌生人很是羡慕地跟我说：你爸对你妈真好啊！

　　我爸在家里对我妈也是一样的体贴。我爸特别怕热，偏偏我妈体弱怕冷，不能吹空调，再热的夏天，只要我妈在他身边，我爸就不会开空调。太热了，他就躲到他的书房里吹会儿冷气。可他们的生活起居是紧密相连的，厨房厅堂也是共同的，所以大部分时候，我爸就不用空调。我妈妈的肠胃不好，要吃新鲜的东西，身体虚弱又需要补充营养，我爸就尽可能买些活鸡活鱼做给她吃，那时不像现在这么方便，有人帮着处理，我爸就得亲自动手，一介书生成了杀鸡宰鱼的能手。

　　体贴是互相的，不可能只有一方在付出。在物资匮乏的年代，大家很少有机会穿新衣服，如果自己会做衣服，可以少花些钱。心灵手巧的妈妈自学成才，比着量体裁衣的裁缝样本，给我爸做过各种衣服，从冬天的棉袄大衣到夏天的衬衣短裤，那些年我爸的行头都是我妈一针一线地缝出来的。开始时家里没有缝纫机，要去邻居家借用缝纫机，我妈每次去做衣服就要紧赶慢赶，邻居总是敞开大门，也嘱咐她别赶得太累，慢慢做，可我妈不好意思太多地打搅人家，总是要用最快的速度做出来，还不能因为赶活影响了质量。

　　后来大家的物质生活越来越丰富，家里不光有了缝纫机，也一件件地配备上了各种电器。这些电器主要靠我妈妈来驾驭，我爸爸在这方面就显得笨手笨脚了，不过我妈从未嫌弃埋怨过，我爸跟着我妈享受了所有现代化设施的便利。我爸爸绝对是一个机器盲——不会用电脑和手机，他绝对不碰智能手机，买了个老人机，里面只有我妈妈的号码，他只跟我妈单线联系。他不会用电脑打字，他和我妈妈做学生时都没学过现代汉语拼音，用五笔字型打字的话对他来说就更是难于上青天了。我妈妈自学了拼音，可以自己写邮件，微信出来后，她又用上了微信，我爸爸的老同学和学生发邮件和微信找他，都得靠我妈帮忙。我爸开玩笑说，他一把年纪了，还雇了个女秘书。

我爸也生过病，他生病时，我妈妈也是很体贴。我爸得过一次甲肝，那一个月里，我妈绝对要求他卧床休息，她除了打理好里里外外的事情外，还给我爸做各种营养餐。我爸爸恢复得很快，也没有复发。1993年我爸生了场大病，因为脑血管堵塞，他在泰安住了七个月的医院。我妈妈当时带了四个研究生，不能撇下他们，她就把每周的课集中到一起上，上完课后就跑去泰安照顾我爸爸。那年春天她跑了十多趟泰安，每次她都是坐往返于泰安和曲阜的旅游车，在曲阜的孔林下车后，她再坐三轮车回学校。有一次下起了倾盆大雨，我妈妈第二天有课，还是得回去。我爸送我妈上了车，他跟往常一样站在车下，等车走了他再回医院。那天的雨太大，我妈赶我爸回去，我爸不走，撑着伞站在大雨中。两个人在风雨中对望着，心里都装满了不舍和牵挂。

两个人组成一个家庭后会多出很多的牵挂，多了对伴侣的牵挂，还加上了对伴侣的原生家庭的牵挂。当两个人决定结婚时，两个原本没有任何关联的家庭就有了牵系。婚姻是两个人的组合，也是两个大家庭的组合。我想我的父母在最开始的时候就把对方的家人当成了自己的家人，等到我懂事时，我已经不用区分哪些是爸爸家的人哪些是妈妈家的人，只是在称呼上有些不同罢了。

困扰着很多家庭的婆媳关系在我们家从未成为过问题，所以我在很长时间里也不知道婆媳之间会有摩擦甚至争斗，在我的眼里，奶奶是我爸爸的妈妈，也是我妈妈的妈妈。我奶奶是个家庭妇女，没有经济来源，我爸爸工作之后就开始给我奶奶寄钱，我妈跟我爸结婚后，他们俩一起给我奶奶寄钱，一直到奶奶去世。在生活最困难的时候，其他方面能省的尽可能地省，但我奶奶这儿绝对不能少。我妈妈从未有过微词，比我爸爸更上心。除了寄钱，她还给我奶奶买东西。她学会做衣服后，也给我奶奶做过很多衣服。

有一年我们去芜湖看我奶奶，有人提起我奶奶羡慕人家穿的香云纱，她比较胖，夏天特别怕热，香云纱的衣服最凉快。我妈妈立马就去买了一块香云纱，很快给我奶奶做了件新衣。我们在芜湖时赶上我爸爸在那儿过生日，我奶奶第一次穿上香云纱的新衣服，高兴坏了。我们离开芜湖时，我奶奶也穿着这件衣服，不过这次她笑不起来，呜呜地直哭。我们每次去芜湖，我奶奶总是大喜大悲，见到我们时她会欢天喜地，我们走的时候她总要大哭一场，舍不得我们走。

我妈妈总是说，我姥姥那儿她没有好好地尽孝，我奶奶对她来说就跟她的亲妈一样，她要好好地孝敬。我姥姥在我妈妈大学毕业后就去世了，没有好好地孝敬自己的父母一直让我妈妈觉得遗憾，她就把她所有的孝心都给了我奶奶。

我奶奶对我妈妈也很好，她们在一起时，体贴体谅还不够用呢，没有工夫和心思去互相算计和埋怨。我奶奶不适应北方的天气，一直住在南方。有一年我爸妈好歹把我奶奶劝到了曲阜，我奶奶跟我们一起住了一年。那时还在"文革"期间，大家的日子都很清苦。我们家只有一间屋子一张大床，加上一个极小的厨房。奶奶来了以后，我爸妈让我奶奶睡在那间屋子里，晚上我奶奶带着我睡那张大床，我爸妈找到个很小的地方去凑合。那时我们都住在平房里，盖房子时，每排平房的中间加了间厕所。厕所一直没有启用，改名为过道房，借给有需要的人家。这过道房是按照厕所的标准建的，没有窗户，只能放下一张小床。躺在床上时，头顶上正好是那个白色的瓷缸，原来是打算抽水冲厕所的。我爸妈那一年里就在这过道房里过夜，这并没有影响到他们的心情，祖孙三代过得很开心。我奶奶很会做饭，我们家的饭桌上多出了很多花样，奶奶还把她的看家本事都传给了我妈妈，婆媳俩也常在一起聊天，没有任何的隔阂。我妈妈身体不好时，我奶奶很尽心地照顾她。去医院看病时，她让我妈妈坐在地板车上，她跟在后面走。那个年代几乎看不到汽车，生病的人去医院看病，需要雇辆地板车，有人在前面拉车。有次看病回来，我奶奶赶紧做饭，家里只有一个鸡蛋，我奶奶做了荷包蛋，让我妈妈吃，我妈妈又让给了那个拉地板车的人。

我唯一一次见我爸妈跟我奶奶打架，还是我的误会。那次是在芜湖，第二天我们要回曲阜，那间屋子里只有我们四个人，前面还好好的，晚上睡觉前，我爸妈和我奶奶突然"打"了起来，扭成一团。开始时我吓坏了，后来慢慢搞明白，他们是为钱"打"起来的，我爸妈要给我奶奶多留下些钱，我奶奶死活不要，双方争执不下。我爸妈到底是两个人的力量，最后赢了我奶奶。

我妈妈的亲戚中也有需要接济的，我爸爸这种时候总是有求必应。亲人离世时，他们也是共同面对失去家人的悲伤。

有一年我的大姨和二姨几乎同时走了，我妈妈本来打算那年去看她们，还未成行。我二姨的身体一直不好，她病危时，家人先通知了大姨。大姨和二姨的年龄挨得很近，她们俩是一起长大的，我妈妈比她们小了不少。身在青岛的大姨很快赶到了离青岛不远的平度，想最后见上二姨一面，可她见到的是我二姨的遗体，大姨悲伤过度，一下子晕了过去，没有救过来。家人料理完后事后也不敢直接告诉我妈妈，我大姨的女儿李漪写了封信，还没敢写给我爸妈。她把这封信写给了跟我们家关系极好的李叔叔，李叔叔也是青岛人，跟我的表姐李漪互相认识，我的表姐拜托李叔叔想办法转达，尽可能减轻我妈妈的哀伤。这封信碰巧让我爸爸看到了，他们在一个系里，信都是放在一起的，我爸爸去取信时，看到了他熟悉的笔迹，信是写给李叔叔的，但地址是我的大姨家的，我爸爸马上意识到家里出了事，赶忙拿着信去找李叔叔，拆开信一看，果然是个噩耗，我妈妈同时失去了她的大姐和二姐。

我爸爸回到家里，没有把这事马上告诉我妈妈。他先花了一个星期做铺垫，每天都跟我妈妈聊些跟生死有关的话题。他跟我妈妈说，每一个人都会离开这个世界，就是他跟我妈妈，也总会有一个人先走，活着的人还是要好好地活下去，这样走的人才能安心。做了一个星期的铺垫后，我爸爸又等到我妈妈前一个晚上睡得不错，他搬过来一把椅子，让我妈妈坐下来，这才拿出那封信来。我还记得那一幕情景，我当时十多岁了。我妈妈哭得很伤心，我爸爸搂着她，不断安慰着她。我爸爸一遍遍地说：你还有我，有我们，我们都是你的亲人。

我奶奶去世时，换成了我妈妈安慰我爸爸，确切地说，他们是在彼此安慰。奶奶去世的时候，我妈妈正好在南京，她已经先去芜湖送过我奶奶，之后她又陪着我爸爸去了趟芜湖。

我奶奶离开这个世界时，穿的全是我妈妈给她做的衣服。

两个人相伴几十年，一定会遇上很多的不幸和坎坷，身边有一个相依相伴的人可以依靠，更有可能早一些走出悲伤。当然幸福的婚姻中更多的还是甜蜜和喜悦，有了更多的亲人，还会有两个人共同的孩子。我问过我爸妈，他们最大的幸福是什么，他们说，他们最幸福的事情是生养了两个女儿。我们都是父母爱情的结晶，从孕育到出生，都给了他们无限的喜悦。他们看着我们渐渐长大，我们走过的每一步都能让他们感觉到实实在在的幸福。后来我也有了孩子，我的父母升格做了祖父母，他们的爱有了更多的安放和释放之处。

父母相亲相爱给了我很大的祝福，在他们的爱情中长大的我，总是相信爱情，相信情感是单纯美好的，这也深深影响和祝福了我的爱情和婚姻。在幸福的婚姻中，一加一绝对不会只等于二，我的父母喜结连理后，有了两个女儿，又有了孙辈，还多了很多的亲人，两个大家庭里也不断有喜事，新的生命的到来带给他们新的祝福。幸福是相互的，幸福也可以不断地放大和延伸。

　　我的父母不仅有了更多的亲人，还有了更多的朋友。他们在一个学校一个系里工作，很多朋友原本就是重合的，但他们毕竟是两个人，自然还会有另外的朋友，在恋爱和结婚之后，对方的朋友也成了自己的朋友。我们家总是高朋满座，不断会有爸妈的朋友来串门，或者从外地甚至国外回来造访他们。对我来说，他们都是我的父母的朋友，无所谓他们先跟谁认识的。他们来我们家，我爸妈都会在座，他们跟他们共同的朋友们都会聊得很开心很热络。

　　我父母在对待朋友的态度和心地上是完全一致的，都是善气迎人一团和气，从不占便宜，更不会有害人之心，他们都很大方，总是真心实意地帮助别人，这样的根基才会让他们拥有很多共同的朋友。在和平年代同样需要肝胆相照，特别是在各种运动和十年动乱期间。我妈妈在"文革"前转到系里的仪器室工作，大家都不得不停下工作后，她的仪器室还开着门，这里也成了不少人的避难所。学生们互相揭发时，做辅导员的老师不得不记下来，这样的笔记本落在哪一方手上都不堪设想，有的老师就偷偷把这些记录送到我妈妈这儿，藏在这里就放心了。不少老师心里苦闷时，也跑到这仪器室来诉苦。他们知道把门关上后，他们说过的任何话都不会被传出去。在文攻武卫最乱的时候，我爸爸做的最多的事情是扶危济困救死扶伤。他们两个人都没有写过一张大字报，也没有批斗揭发过任何人，倒是帮助一些人脱离了危险。

我懂事以后，那些纷争已经偃旗息鼓，日子还很清苦，但生活已恢复了正常的秩序，我也就能更多地感受到人与人之间的情谊。在那个古朴的大学校园里，人际关系简单了许多，也更容易交到朋友，大家总是互相帮助，哪家遇上什么事，大家都会来帮忙。日常生活中的小事上，也常会看到朋友同事的踪影。我小时候曲阜没有火车站，出门的话就要去兖州坐火车。曲阜到兖州有三十里路，也没有公交车。每次我们一家人出行，都是几个叔叔骑着自行车送我们，回来时，又是他们来接我们。一辆自行车带一个人，接站送站的不一定是同样的人，但一定会有人接送我们。

甭管大事小事，大家都会搭一把手出一份力，我们家的好多家当背后也都有个感人的故事。我妈妈是在邻居和朋友家的缝纫机上学会做衣服的，邻居们都很热心，由着她用，她还是梦想自己家里也能有台缝纫机。那时买个缝纫机还要票，不是随便就能买到的。数学系有次分上个缝纫机票，想要的人先申请，我妈妈很想申请，可钱又不够。我爸爸正好出差在外，我妈妈就跟同事们商量了一下，大部分人家已经买上了缝纫机，大家一致赞成我妈妈去申请。爸妈的好朋友，也是他们结婚时的司仪周叔叔还说，不用担心钱的事，他先垫上，我爸妈可以慢慢还。我妈妈就申请了，系里讨论时，周叔叔跑来好几趟打探结果，一听说票给了我妈妈，他转身就跑回家去取钱，另外两位叔叔，李叔叔和藏叔叔跟着他一起去的，他们手上攥着那张缝纫机票，拿上钱后，骑着自行车就去城里买缝纫机。回来的路上，藏叔叔怕弄坏了中间的那个大架子，把缝纫机架套在脖子上带回来的。我妈妈自始至终都没摸过那张缝纫机票。

爸妈的朋友就是我的叔叔阿姨，我跟他们也很亲近。我们小时候都是被放养的，一大帮子小孩子在校园里自由自在地长大，家长不用太担心安全问题，小孩子在外面疯玩，会有很多大人在关照他们。我的父母同时出差的话，会把我托付给他们，叔叔阿姨总是给我做很多好吃的，把我照顾得很好。进入青春期后，跟父母总会拉开点距离，我有什么心事的话，也喜欢告诉叔叔阿姨，他们是我的长辈，但跟我聊天时会降低辈分，以一种平等的姿态跟我交流，我把不少我父母的朋友变成了我自己的朋友。因为有这些叔叔阿姨，我父母的晚年很幸福，有很多的朋友环绕在他们身边。

作为两个大学教授，我父母的很多朋友是他们曾教过的学生。齐鲁大地是个尊师重教的地方，曲阜又是先师孔子的故乡，这里的师生情谊特别浓厚。"进入曲师门，就是一家人"，我的父母跟他们的学生真的过成了一家人。师生都住在相对封闭的校园里，朝夕相处，容易产生感情。学校刚建校时的一些措施，也增进了师生情感。老师白天上课，晚上要去教室辅导，增加师生面对面交流的机会。青年教师还要兼任班主任，参加学生的活动。我爸爸跟一位叫杜玉祥的叔叔结下莫逆之交，就是因为在1963年时，他是班主任，杜叔叔是学生团支书，他们经常在一起讨论班级工作，一起为全班同学操心。杜叔叔毕业后，跟我父母一直保持着亲密的关系，他们早就把师生关系变成了朋友关系。当然杜叔叔还是一直把我爸爸尊为恩师，有次他回曲园看望老师，还为我爸爸写了首藏头诗："我拜恩师为亲师，喜跟师尊学做人，得师教诲五十年，师情厚谊永记心。"

到了工农兵大学生时代，学生在校时经常下乡，老师带队。我爸爸带学生下乡时，跟学生们同吃一锅饭，同睡一间房，他们的特长是什么，女朋友是谁，绰号叫什么，我爸爸都一清二楚。学生们什么事都要告诉他，他们就像朋友那样知根知底，其中的一些人就成了我爸爸一生的朋友，自然也成了我妈妈的朋友。

恢复高考后，一拨拨的学生涌进大学校园，我的父母教了一届届大学生，又带了一届届研究生。他们一如既往地对学生们满怀热诚，家里常有学生来做客，逢年过节，我的父母会邀请学生来吃饭。有个学生毕业后每年过年时会打来电话拜年，她说她一直忘不了1980年元旦在我们家吃的那顿饭，过去了几十年，她还是念念不忘，因为那次吃饭让她找到了回家的感觉。平常的日子里也常有人来吃饭，错过了食堂的饭点可以来我们家找吃的，有的学生会自己去食堂打上一份饭菜，端着来我们家吃。我父母的不少学生都跟我提过在我们家吃过的饭，不是同一级的学生，年龄跨度很大，具体吃了什么大概已经记不清了，但所有的人提起在老师身边的日子，都是一脸的深情和感恩。学生在生活中遇到任何问题都可以来找他们帮忙解决，人生大事更是要征求老师的意见。有时两个学生看对了眼，要靠老师去捅破那层窗户纸。他们的一些学生在收获学业的同时还收获了爱情，喜上加喜。

除了生活上的关照之外，更重要的还是学业上的培养，我的父母对他们的学生真的做到了呕心沥血。我常能看到他们很认真地备课，为学生的论文苦思冥想。有时我们正吃着饭，有学生来问问题，我爸丢下碗筷，带着学生就去了他的书房。我妈妈去开国际会议总会带上她的学生，要让他们增长见识开阔视野。我爸和我妈对学生都是鼎力相助，动用他们所有的资源，想方设法地为学生们创造发展的机会，他们的科研经费也常常用到了学生身上。他们对学生从未有过私心，很多属于他们的名利和机会也被他们馈赠给了自己的学生，扶学生们上马，还要送上一程。这一程很长，毕业很多年了，学生们有需要帮助的时候，做老师的还是热情相助。我爸和我妈对学生都特别上心，特别是我妈妈，对学生的关爱里倾注着很多母亲式的舐犊之爱，有几次我和我妹妹还抱怨过，我们的妈妈对学生比对自己的女儿都好。

应该说，我的父母对学生跟对自己的孩子一样好，学生们对他们也像对自己的父母一样好。"一日为师，终身为父"，他们的很多学生真的做到了这一点。我妈妈退休前带的最后两个研究生，被称为"小棉袄"和"老儿子"，光从这名字上就能看出师生关系有多亲。

我和我妹妹都不在父母身边，父母已老迈，却从未缺失过来自儿女的孝敬，这很多的孝敬就来自于他们的学生。有不少学生留在了母校，还在一个校园里，我父母家里有什么事，马上就会有学生上门帮忙，随叫随到，跟自己的孩子一样。现在很多人家里有汽车，常有学生开车带他们老两口出去兜风，或者带他们出去吃饭，换换口味。他们生病时，更是要靠这些学生照顾。有次我妈妈犯了腰腿病，去看病时下不了楼梯，一个学生二话不说就把她背了起来，背到楼下，再抱进汽车。我妈妈的腿脚是个大问题，爬不了楼梯，学校盖了几栋带电梯的小高楼后，大家都劝他们搬到带电梯的房子里。装修和搬家对老年人来说是件大事，全靠他们的学生们帮着完成了这个浩大的工程，让他们乔迁新居，一切都称心如意。

如果我的父母去外地看病，那里一定会有学生接应照顾他们，做得比我这个做女儿的还要细心周到。常有外地或者定居国外的学生回来看望他们，嘘寒问暖的电话更是络绎不绝。有的学生来之前不会告诉我父母，怕他们等得着急，多了心事。他们常常突然出现在我父母的面前，所以我们家常有惊喜。有次有个学生从徐州过来看他们，聊天时我妈妈发现他中午就到了，可他来敲门时已是下午，原来他知道我爸妈要午休，不想影响他们休息，他就在外面等着，估摸着他们该睡醒了才出现。这个学生已位居高职，来看老师时，还是一如既往地恭敬。有一年我回家看父母时，正好赶上我妈妈的研究生们回来给她庆祝八十大寿。他们从全国各地而来，还有从美国加拿大回来的。他们事先把一切都安排好后，才前呼后拥地护着老寿星去了庆祝场地，那里花团锦簇，鞭炮声声，摆上桌的饭菜也都有吉祥的名堂。一片喜庆中，这些学生献上各种饱含深情的礼物，还争先恐后地表达他们对恩师的感谢。

那一刻，我觉得我们就是一家人。其实从他们进了这个大学校园，我们就成了一家人，过去的二三十年里，那份家人般的情谊延绵不断，从未有过变化。我的父母早就把他们的学生当成了自己的孩子，常念叨那些学生，家里有什么好吃的好用的要跟他们分享。学生们的孩子成了他们的孙辈，遇上喜事，做爷爷奶奶的也是兴高采烈，还会给孙儿孙女送个礼物或发个红包。我和我妹妹一年回不了几趟家，可我们家从未冷清过，我的父母也是儿孙满堂。当然最让他们欢喜和骄傲的还是这些学生取得的一个个成就，学生们每取得一份成绩，还会来向老师汇报，出了新的学术专著，一定要给老师寄一本。做老师的亲眼看着这些曾经青涩的学生渐渐成熟，不断有所建树，这是他们最有成就感的时候。

我的父母都毕业于师范院校，他们在上大学时，就定下了他们的人生志向。他们热爱他们的职业，也热爱他们的学生，教书育人是他们怀抱终生的理想和情怀。他们的学生也给了他们这一生最大的满足和骄傲。他们都是桃李满天下，我爸爸还被评为全国教育系统劳动模范。他们付出时并没图日后的回报，对他们个人的回报，他们在做他们最热爱的事情，他们很享受这份工作，这对他们来说已经是足够的回报了，但他们还是得到了更多的回报，远远高于他们的期许，不仅仅是工作上和生活中的回报，更重要的是情感上的回报。

不少学生后来也做了老师，也是桃李满天下。上一代教师带出的一代代教师，又不断培养了新的一代人。

中国的教师博物馆建在了曲阜，就在曲阜师范大学的西校区。那座曾经很简陋的大学校园，已是一个设备精良规模宏大又郁郁葱葱美不胜收的地方。在翻天覆地的变化中，学校的发展也是日新月异，可淳朴的校风和融洽的师生关系始终如一，这样的传统和风尚配得上中国教师博物馆所要展现的风貌和精神。我的父母很幸运，他们在这样的地方相识相爱，又一直在这里工作和生活。

我的父母已相依相伴了半个多世纪，他们很少分开过，完全把两个人的日子过成了共同的日子。偶尔分开时，他们喜欢给对方写信。当年他们谈恋爱时，我妈妈在济南住院，他们开始鸿雁传情。之后的几十年里，他们一直保持着这个习惯。记得有一年我妈妈去中科院做研究，住在北京中关村，我那时在北京工作，下班后就去中关村，那段时间我们母女俩住在一起。每天吃过晚饭后，我都要陪我妈妈去趟收发室，她每天会给我爸爸发封信，每天也会收到一封我爸爸写给她的信。有次我妈妈还说，这次跟你爸爸分开了太长的时间，以后不能这样了。我一算时间，我爸爸前段时间来看过她，刚走了十多天。这十多天里，他们就没断过书信。

　　爸爸和妈妈互相写过很多情书，他们把那些情书视作普通的跟情爱无关的信函，我更愿意把它们视作互诉衷情的情书。遗憾的是这些情书未被保留下来，我也没有机会读到父母间的情书。也许爱情不是写给别人看的，就是两个人的事情。

　　我想我还是看到了他们的情书，这是我看到的最长的一封情书，我的父母已经写了几十年，成千上万个日子里的同甘共苦，抵得过最甜蜜的语言。清贫之时，他们的日子还是甘甜的，两个人相爱相守，他们的生活就不会太苦，粗茶淡饭中还能吃出甜美的味道。当他们过上了好日子，事业有成，门庭若市，他们还是平常心，跟往常一样恬淡。也许对他们来说，再醇的美酒再美的鲜花再热烈的掌声，都比不过爱人的心心相印和长情的陪伴，他们早就拥有了他们最想要的东西。在情感上越富有，越能做到淡泊从容，越能把日子过得风轻云淡。他们的爱情并没有始于一见钟情，没有浪漫的开始，也没有轰轰烈烈的故事，但他们用一生的时光去守候诺言，爱情犹如初见时的新鲜和美好。这封情书中有着丰盛的内容和情感，不仅仅有爱情，还有事业和情怀，还有亲情、友情和师生情谊。我的父母还在用同样的笔调同样的情感写着同一封情书，对我来说，这是我在世间读过的最美的情书。

爸妈的背影，他们刚把家里的一些老
照片送去学校的照相馆，准备做个金婚纪
念影集。一起往家走时，照相馆的人偷拍
了这张照片。爸妈见到照片后，决定就用
这张照片做这本影集的封面。年老时的默
契和牵伴，比年轻时的结婚照更能代表他
们的幸福。

大梅子姑姑

　　我的大姑姑是个特立独行的长辈，她不同于其他的长辈，非常的率真，极少有人能像她那样敢于无所顾忌地展示出自己的真性情，特别是在面对他们的晚辈的时候，做长辈的多多少少都会装下样子。大姑姑是个不会装样子的人，活得很真实，从不拐弯抹角，但她的率直是别人能够接受的，因为她的直截了当并不是出于私心，她也从不胡搅蛮缠拖泥带水，发起脾气来，也是雷厉风行的，干脆利落。最有个性的大姑姑，也是我们这个家庭中最有担当的一个人。

　　大姑姑是我爷爷最喜欢的一个孩子，从旧时代过来的我奶奶也不重男轻女，对几个孩子一视同仁，大姑姑从未因为是个女孩受到轻视。大姑姑并不是爷爷奶奶的第一个孩子，她还有一个哥哥，也就是我的大伯。个性很强的大姑姑从小就展露出她的与众不同，加上我的爷爷奶奶对待孩子有着很开明的意识，排行老二的大姑姑反倒在势头上压过了自己的大哥。家里的几个孩子都有一个小名，只有我的大姑姑的小名是"大"字起头的，大家都叫她"大梅子"。大伯的小名反倒是"小庆子"。

我的爷爷奶奶都是江苏人，大姑姑出生在天津，说起话来就有了天津味，混合了一些父母带给她的南方口音。她十多岁时回到南方，后来一直生活在南方，但她的性格中少了些南方女子的温婉，多了些北方人的豪爽。

　　大梅子从不刻意地去讨别人的喜欢，反倒是个倔脾气。有个邻居家铺着漂亮的红地毯，小孩子来家里玩时，一律要求先脱鞋，怕踩脏了地毯，其他孩子都很听话，大梅子偏不脱，还有意穿着鞋在地毯上多蹭两脚。对于自己当年的淘气，长大以后的大姑姑有些后悔，毕竟弄脏了邻居家的地毯。家人和邻居并不讨厌这个淘气包，反倒对这个眼睛又黑又亮的小女孩非常好。大梅子从小就很讨喜，爷爷出门时喜欢带上她，每晚打牌搓麻将时也让大梅子守在一边，这样他才能玩得尽兴。邻居钱伯伯钱伯母去看电影时常带上大梅子，而不是自己的一儿一女。爷爷一家为躲日本飞机的轰炸搬到了天津的英租界里，在那里有更多的机会看到外国电影，主要是好莱坞的电影。大姑姑印象最深的是《魂断蓝桥》《出水芙蓉》和《乱世佳人》，她那时还不懂爱情，迷恋上的是《魂断蓝桥》的主题曲，那是苏格兰的经典民谣《友谊地久天长》。后来的几十年里，这支曲子一遍遍地萦绕在她的脑海里。她从少女到少妇，从中年到老年，这支烂熟于心的旋律，每次响起时，她还会心潮起伏，有时还会自顾自地哼唱一段。我猜想大姑姑喜欢读外国文学作品，跟当年的这些熏陶有不少的关系。钱伯伯家雇的阿姨杨妈去看电影时也会带上大梅子。杨妈对外国电影不感兴趣，她最喜欢《千里送京娘》，是宋朝的开国皇帝赵匡胤和赵京娘的故事。电影在影院里二十四小时循环放映，杨妈每次去看电影，看一遍不过瘾，至少得连看两遍，大梅子就陪她看两遍，自己也看得津津有味。

常跟成年人混在一起的大梅子比一般孩子早熟，我爷爷的突然去世更是改变了她的生活轨道，让她一夜之间成了大人。那年大梅子也就十一二岁，早上去上学时爷爷还好好的。大姑姑称我的爷爷为爹爹，我奶奶被几个孩子叫作姆妈。那天早上大梅子跟爹爹一起吃的早饭，一切都跟往常一样。下午放学后，大梅子还没进家门，就听邻居说爹爹病了，她跑回家，看到爹爹正在吐血。爹爹的床头放着一大桶冰块，这是之前请来的土郎中的招数，说是这冰块能止住咯血。爷爷有胃溃疡，并不严重，大家就没往坏处想，以为这冰块真能起作用。可爷爷吐血的频率越来越快，开始大口大口地喷血，很快人就不行了，大梅子眼睁睁地看着自己的爹爹吐血而死。

大梅子跟爹爹的感情很深，这样的场景对她来说过于残酷了。步入老年后，大姑姑还是走不出年少时失去父亲的悲伤，但她早早地学会了坚强，在刚刚失去爹爹的时候她就知道她不能只去悲伤。她骨子里有种很刚硬的品质，也愿意去担当，她要帮姆妈分担不幸，要为爹爹照顾好年幼的弟弟妹妹。

爷爷去世后，奶奶和五个孩子靠着爷爷的朋友和同事的关照，在天津坚持了一两年。大梅子去了王伯伯家，王伯伯一家继续供大梅子完成小学学业，这是很大的付出和恩情。每天早上大梅子只能吃上一小片粗粮做的东西，王伯伯一家人也是这样吃的，战时的老百姓的日子都很清苦。大梅子天天饿着肚子去上学，但她一直保持着门门考试得第一的纪录。

之后我奶奶带着五个孩子去了江苏常州，跟奶奶的父亲和弟弟一家生活在一起。老外公也很喜欢聪明伶俐的大梅子，但家里孩子太多，大梅子又已经读完了小学，得把钱先用在几个在上小学的孩子身上。明事理的大梅子从不提自己也想上学，一直把这个愿望藏在心里。在常州的那几年里，她都是在帮衬舅舅的生意，帮姆妈卖鞋底鞋面。有次一个日本宪兵进了他们家开的皮箱店，挑好箱子后，没交钱就要走人，在店里当管账先生的我的大伯拦住了他，大梅子也来帮忙，胆子比她大哥还大，她本来就恨这些侵略者，不会因为他们是占领者就害怕他们。老外公听见吵吵声过来看个究竟，见到这一幕吓坏了，赶紧拉开了我的大伯和大姑姑，把那个日本宪兵送出店去，自然没再要钱，大梅子很是愤愤不平。

大梅子常要帮姆妈卖鞋底鞋面。我奶奶做的小生意日渐兴隆，对面布店的人看这能赚钱，也跟着摆出了同样的摊子。他们是本地人，跟顾客都说常州话，这样拉近了跟顾客的距离，生意就更好做些。我奶奶说一口南京话，在跟顾客的交流上比不上会说当地话的。大梅子也不会说常州话，但她开朗热情，很有亲和力，用她那口带着天津口音的普通话，又把很多顾客招揽过来。加上我奶奶专门跑去上海进最好的货，质量上乘，虽然出了个竞争对手，生意还没受太大影响。

大梅子还帮着家里做不少的家务。弟弟妹妹要上学，姆妈得照看生意，大哥得帮舅舅管账，一家人的衣服常归大梅子洗，纤细的她每次端着很重的装满衣服的木盆去小河边洗衣服。她有低血糖的毛病，吃的东西又没多少油水，还常常吃不饱，低血糖就更容易发作。有次她低着头洗衣服，一阵头晕，失去了知觉，一头栽进了河里。幸亏旁边有个好心人也在洗衣服，赶紧下河把大梅子救了上来。

大梅子是个很好的帮手，我奶奶还是不想把女儿留在身边，希望大梅子能有个好去处。对很多普通百姓家的女孩子来说，最大的转机就是嫁个好人家了，家里开始托人为大梅子找婆家。大梅子从不跟人说她还想读书，但我奶奶能猜出女儿的心事，当南京的亲戚介绍的一个愿意供大梅子读书的男人出现时，我奶奶和家里其他的长辈都觉得这门亲事不错，答应让大梅子去南京。家里人开始时没敢跟大梅子提嫁人的事儿，只说让她去南京读书，住在她的表婶那儿。我奶奶带大梅子烫了头发，还做了新的旗袍。大梅子快活死了，她没想到她还能有读书的机会。十八岁的大梅子兴高采烈地去了南京。

抗战已经胜利，国民党政府搬回了南京。大梅子的表婶在国民党三青团的电信台做文书，她和那些发报员就住在电信台里，一人一个房间，办公和睡觉都在这个房间里。电信台在南京的一个老巷子里，外面的台阶很高，院子里面还有一口井。表婶在自己的房间里为大梅子搭了个床，外向的大梅子一点不拘束，很快喜欢上这里。南京离常州不算远，一天的奔波还是让大梅子感觉到了疲累，早早地上床休息。这时表婶的老板，也是这里的最大头武科长过来打了个照面。大梅子睡意正浓，迷迷糊糊地听到武科长跟她的表婶说：她年小单纯，长得很清秀。

武科长就是家里人为大梅子定下的结婚对象，他之前见过大梅子的照片，大概见到本人后，对大梅子的印象还是很好。武科长那年三十一岁，比大梅子年长十三岁，这样的年龄差大家还能接受，而且武科长的态度很诚恳，对大梅子是很认真的。武科长真的花钱把大梅子送去读书，为她在立信会计补习班报了名。大梅子在那里学会计，财会后来成了大姑姑的职业，她在安徽芜湖财政局工作了几十年。

大梅子在补习班里结交了两个很要好的女同学，都是南京人，家就住在附近，大梅子常去这两个女同学家玩。她还陆陆续续见到了家里其他的亲戚，我奶奶是南京人，大梅子的外公和舅舅后来去了常州，但在南京还有不少远房亲戚。

大梅子特别喜欢舅公的女儿，也就是她的表姑，大梅子叫她"大娘娘"。大娘娘长得非常漂亮，身材也很修长，大梅子觉得她比那些影星还要有魅力，中国的好莱坞的影星都美不过大娘娘。大梅子好喜欢这个漂亮的表姑，一直把表姑的照片带在身边，直到后来"破四旧"时才不得不把照片撕掉，我们也就没有机会见识大娘娘的花容月貌了。大娘娘有过一次婚姻，还生了一个孩子，大梅子见到的是大娘娘的第二任丈夫，他在南京国防部工作，个子高高的，一表人才，跟大娘娘很般配。大娘娘在邮政局工作，中午吃饭时有些无聊，常跑到大梅子的表婶这里串门。大娘娘和表婶都是三十多岁，又是一家人，有不少可聊的东西。大梅子来到南京后过得很开心，虽然对学会计不是很有兴趣，但她一下子认识了这么多的朋友和家人，家里人也从不过问她学得怎么样，由着她尽情享受生活。

一个多月后，天气渐渐变凉，大梅子穿在身上的衣服就有些单薄了。表婶带她去做了丝绵袍子绒布袍子，还买了呢大衣。大梅子被装扮起来后，表婶找机会挑明了让她来南京的原意。表婶告诉大梅子武科长想跟她结婚，大梅子说：那我不干，不是叫我来读书的吗？表婶看大梅子态度坚决，只好说：你上学和买衣服的钱都是武科长出的，你不愿意跟人家结婚，你得把钱还给人家。

大梅子一贫如洗，拿不出这笔钱来，但她还是不想跟武科长结婚，她还没搞懂结婚是怎么回事呢。大梅子哭着去邮政局找大娘娘，大娘娘说的话跟表婶如出一辙，又说武科长人不错，还很有前途，劝大梅子嫁给他。大梅子没有任何退路，只能答应了这门婚事。

大梅子跟武科长去照了结婚照，武科长还正儿八经地举行了婚礼，大梅子就这样稀里糊涂地把自己嫁了出去。

婚礼之后，大梅子被安排去旅馆住。大梅子没觉出住旅馆跟住表婶那儿有什么不同，既然让她去住旅馆，她也乐意。到了那家旅馆，进了她的房间，她看到武科长竟然靠在床上。大梅子朝武科长嚷嚷道：你怎么在这里？你怎么睡在我的床上？看到大梅子一脸诧异，武科长起身把床让给大梅子。大梅子坐到床上后，武科长又蹭到床边。大梅子看到后，跳下床就朝门口走去，边走边说：我不能跟你睡一张床上，你在这，那我走了。武科长在背后叫住她：你回来回来，给你睡。武科长从大梅子面前走过，一个人走出门去。

武科长真的走了，再也没回来打搅大梅子。大梅子一个人在旅馆住了几天，之后搬进了中央大学医学院附属医院的集体宿舍，这也是武科长帮她安排的。武科长的朋友小罗的女朋友是这里的药剂师，跟另外两个女孩合住一间宿舍，为大梅子加了一张床。大梅子的表姐还是武科长的下属，还住在同一栋楼里，每天抬头不见低头见，不好让大梅子再住那里了。武科长不想勉强大梅子，跟她解除了这场连手都没碰过的婚约，但他对大梅子很负责任，他帮大梅子找好了住处，还为她报了另外一个补习班，她可以在那里学英语和代数。

大姑姑后来跟我们这些晚辈谈起武科长时，总是一遍遍地说，他是个好人，真是一个好人。如果这事儿不是她亲身经历的，她怎么也不会相信，一个男人照顾过她，娶了她，看她不愿意跟他一起生活，他宁愿委屈自己，也不愿强迫大梅子，竟然碰都没碰她，又把她想要的自由还给了她。大姑姑住在表姐那儿时，有时会去武科长那里串门，她记得武科长有很多书，大部分是外国文学，她说武科长最喜欢俄国作家托尔斯泰的作品。

武科长确实是个好人，遗憾的是大梅子对他没感觉，她只会嫁给她爱上的男人。

大梅子这次去的是俪人补习班，是国立中央大学安徽籍的学生为勤工俭学办的补习班。英语班的老师姓杨，叫杨立宁，是中大政治系的学生。大梅子是个插班生，第一天去上课又有些迟到，进了教室，小杨老师的目光一直追随着她，下课后他径直走到大梅子的课桌边，跟她说：你来迟了，课余时间我得帮你补课。大梅子心想这是好事呀，就跟小杨老师约好了补课的时间。

小杨老师开始为大梅子补英语，更多的时候是带她出去压马路，常带她去中央大学，也就是后来的南京大学附近的鸡鸣寺。据说鸡鸣寺是求姻缘最准的寺院，小杨老师喜欢上了大梅子，希望能跟她有个美好圆满的姻缘，可大梅子只是把他当老师，并没有别的想法。

大梅子很幸运，这次遇上的杨老师跟武科长一样是个好人，很尊重她的意愿，大梅子不想跟他发展成恋人关系，他也不勉强她。杨老师跟武科长不同的是，他还想默默地守在大梅子身边，像朋友或兄长那样照顾她。俩人补习班的学习结束后，大梅子前路渺茫时，杨立宁把她带到安徽安庆艺术专科师范学校，安排她在这里读书。师范学校不用交学费，管吃管住，还能多学一个谋生的本事，出来后可以找份工作。大梅子就从南京转到了安庆。这个学校只有音乐和美术两个专业，大梅子选了音乐，在这里学会了弹风琴和钢琴。

杨立宁知道大梅子在安庆举目无亲，学校放暑假时她就没了去处，他建议大梅子来他的老家安徽怀宁打发暑假，正好中大也放假，他也要回怀宁。两个人在分开一学期后又在怀宁重逢，还是像普通朋友那样相处。杨立宁的父母和弟弟妹妹对大梅子都很好，杨家为她安排了一间小房子，她单独住那间屋子，吃饭都是跟杨家人一起吃。

解放军军队这时已打过长江，国民党军队撤退时炸毁了安庆的飞机场，大梅子读书的艺专离机场很近，也成了废墟。大梅子回不了安庆了，局势又在动荡不定中，最安全的办法可能是先留在原地。杨立宁决定先不回南京，跟大梅子一起留在怀宁。若是大梅子不在怀宁，不知道他会不会做出这样的决定。杨立宁在怀宁创办了一所小学，他任校长，他的一个亲戚做教导主任，大梅子在这所小学里当老师，刚学来的那些本事很快派上了用场。这所小学不收学费，来读书的学生的家长在秋收后交些余粮就可以了。

那是解放初期，在时代的变迁中，很多事情在瞬息间就有了变化。短短的两三年里，大梅子辗转了好几个学习和工作的地方，从怀宁回到安庆，又从安庆回到怀宁。大梅子在工作的同时，得到了更多的学习机会。完成学业后组织给她安排了工作，回到怀宁的大梅子成了县政府的机关干部，有点像后来的公务员。她的适应能力很强，很快就可以在新的地方安顿下来。大梅子自带光环，每到一处都很引人注目，她也不躲避别人的赞赏。她在安庆师范上了一年的学，结业典礼上，学校想给她搞个独幕剧，她没推脱，大大方方地上了台，一个人撑下了一台戏。毕业后她调到怀宁县县政府工作，走在路上，被《白毛女》剧组盯上了，拉着她去演出。她还是没怯场，觉得挺好玩，就去演了段时间的歌剧，一个村里演一场，到处巡回演出。

大梅子的生活步入了正轨，也有了丰富的色彩，唯一的遗憾是，她跟杨立宁失去了联系。杨立宁在中央大学读书时加入过三青团，还是骨干分子，因为这个原因他被隔离审查。大梅子一直在打探杨立宁的消息，她想见到他。大梅子还是没有爱上杨立宁，但她惦念着他，也为他担心，这样的惦念和担心是家人间才会有的牵挂。在兵荒马乱的年代，大梅子有过一个家，这个家是杨立宁给她的。

杨立宁应该还在怀宁，如果大梅子一直待在怀宁，或许她还有机会找到杨立宁，但大梅子不得不离开了怀宁。

那时候的大梅子梳着两条粗粗的大辫子，原来穿的旗袍都被改短了，没有了飘摇又含蓄的下摆，腰身还在那儿，这身打扮的大梅子还是一个窈窕淑女。她的个性没变，倒是跟工农干部的干练很搭调，但她的书卷气又是很多人没有的。正当花样年华的大梅子每到一个新的学习或工作的地方，总会出现新的追求者。大梅子已经明白结婚是怎么回事了，她就更加坚持自己的想法，她的婚姻一定要以情投意合的爱情做基础。

为了逃避那些追求者，大梅子离开了怀宁。安庆正好有个机会，她再一次从怀宁来到安庆，在安庆的工农速成学校工作，为一些工农干部补习文化课。

大梅子在这里遇到了我的大姑父。

大梅子不想当老师，来到速成学校后，一个星期只教两堂数学课，大部分工作在学校的教务处。那里也是一人一个房间，住宿和工作都在自己的房间里。大梅子的隔壁住进来一个姓胡的小伙子，大梅子叫他"小胡"。小胡是安徽师大农学系的学生，上大二时得了肺结核，只好休学一年。小胡就是安庆人，上中学时他掩护过一个做地下党的同学，这位同学看他病已好了，还剩一个学期没事干，就帮他联系了工农速成学校，让他在那里教一个学期的课。

大梅子和小胡成了同事，两个人年龄相当，住的房间又紧挨着，时常会碰上面，也很容易聊到一起。上课前老师要自己刻钢板，为学生准备好学习资料。大梅子的字挺秀气，刻在钢板上就有些轻盈了。小胡写的字工工整整，既漂亮又有力度，特别适合刻钢板。大梅子就常来找小胡帮忙，小胡总是喜滋滋地应承下来，每次都做得很好，这给大梅子留下了很好的印象。

一学期下来，小胡要去复学了。临走前，学校的陆校长很直接地跟他说：小胡呀，你还不赶快跟小章把手续办了？这么多追她的人，你不办手续，小章肯定给别人抢走了。陆校长算是大梅子的老领导了，之前大梅子在怀宁县工作时，陆校长也在那里，是怀宁县法院的院长，现在又是学校的校长，他知道追大梅子的人不少，但大梅子一直没动心，对这小胡倒还热情，他觉得这两个年轻人挺般配，为什么不撮合一下呢？

小胡已经爱上了大梅子，既然被陆校长点破了，他就去找了大梅子，提出了跟她结婚的请求，大梅子一点不扭捏，大大方方地接受了。大梅子本来就对小胡的印象不错，跟他相处了一个学期，知道他心地善良，乐于助人，年纪轻轻，但处理问题很稳重。小胡身材适中，不高不矮不胖不瘦，长得也清秀，干净清爽，目光清澈，是大梅子喜欢的样子。小胡的脾气还很好，容易相处，在这点上大梅子很务实，知道自己性子急，又不会忍气吞声，得找一个能包容了自己的男人。

大梅子遇上过不少喜欢她的男人，也是真心喜欢她，大梅子拒绝了他们，不是她清高，她只是想找一个她也喜欢的人。当她也喜欢的小胡开口向她求婚，她立马就嫁给了他。大梅子跟小胡办手续前都没去过小胡家，不知道他家里有什么人，小胡的家就在安庆，大梅子没想过去他家察看一番再做决定。她也不在乎小胡还是个穷学生，刚得过肺结核，这些都不是她要考虑的因素。他们去领了结婚证，没办婚礼，连喜糖都没顾上撒。

小胡顺顺当当地成了我的大姑父，这以后的六十多年里，他们一直同甘共苦，相濡以沫。大姑父特别温和，又很有耐心，对人很好，家里家外没人说过他的不是，都说我的大姑姑找到一个好丈夫。年轻时都是大姑父让着大姑姑，大姑姑脾气很急，火气上来扔过板凳。年纪大了后，大姑父有高血压，一着急血压就会升高，这时候大姑姑就会让着他，不喜欢让步的大姑姑学会了妥协。大姑父是2015年的冬至去世的，临终前，他还想着大姑姑要看的《故事会》该出来新的了，嘱咐家里人别忘了给老奶买。他们从年轻走到年老，大姑父早从小胡变成了老胡，大梅子也从小章变成了老奶，没有老去的是他们的爱情，他们爱了一生一世。平平淡淡的爱情，好像都不能称之为爱情了，可这才是真真切切的爱情。

大姑父就读的安徽师大在芜湖，大姑姑结婚后，跟着大姑父去了芜湖。安庆文教局给她开了介绍信，把她的工作关系转到了芜湖。大姑姑被分配到芜湖财政局，她在那里一直干到退休。

解放初期实行包干制，大姑姑每月拿十八块钱，她住在财政局的集体宿舍，不用花住宿费，大家都去食堂吃大锅饭，九块钱吃一个月。大姑姑生了女儿后，工资一下子涨到了五十九块，机关干部一般也就三四十块，有孩子的才能享受特殊待遇。大姑姑把这五十九块钱分了好几份：大姑父还在读书，每月要给他十块钱做生活费；我爸爸和我的小姑姑也在读书，大姑姑每月给他们寄点钱，贴补下他们；请奶妈照看我的表姐也要花钱，每月十二块。大姑姑在钱上从不计较，每月的钱就这样被她撒了出去。后来我的大姑父的妹妹要上北京邮电学院，大姑姑大姑父每月给她寄钱，供她读完了大学。大姑父的妹妹很感激自己的哥哥嫂子，工作以后总想着回报他们。大姑姑帮人是不惦记回报的，但施恩和受恩的人都有这份善心，她们也就有了天长地久的缘分，几十年里都保持着很亲密的关系。

公私合营后，我的舅爷爷的皮箱店也公有化了，我奶奶不能再住在那里，正好财政分给大姑姑一个单间的宿舍，大姑姑就把我奶奶接来芜湖。在嫁人那件事上，大梅子有些生姆妈的气，怪姆妈没跟她商量，就把她许配给了武科长。但她后来理解了姆妈的苦衷和心愿，当姆妈需要一个住处，大哥和弟弟妹妹还住在集体宿舍无力供养母亲时，大姑姑毫不犹豫地独自承担起做儿女的责任。我奶奶后来一直生活在芜湖，跟我的大姑姑大姑父一起生活了四十年。大姑父对奶奶也十分孝顺，他比我大姑姑有耐心，常给不识字的奶奶读报纸，也会把外面看到的新鲜事儿带回家来，讲给奶奶听。几十年里奶奶和大姑父从没红过脸，就是亲生的母子关系也很难有这样的融洽。

我奶奶刚被安顿下来，我的大伯因为脑出血突然过世，去世时才二十八岁。

奶奶从常州来到芜湖。奶奶后来一直生活在芜湖，跟我的大姑姑大姑父一起生活了四十年。大姑父对奶奶也十分孝顺，常给不识字的奶奶读报纸，也会把外面看到的新鲜事儿带回家来，讲给奶奶听。几十年里奶奶和大姑父从没红过脸，就是亲生的母子关系也很难有这样的融洽。

大姑姑瞒着姆妈，跑去无锡给大伯料理了后事，又去常州收拾大伯的遗物。在常州时，大伯一个人住在阁楼上，大梅子从没上去过，这是她第一次进大哥的房间。阁楼很低矮，没有窗户，在南方闷热的夏天里简直喘不过气来。大梅子发现大哥这里有不少文学作品，那本美国作家玛格丽特·米切尔创作的长篇小说《飘》（《乱世佳人》）快被他翻烂了，大梅子猜想这是大哥最喜欢的一部小说。她也喜欢文学，最喜欢的是法国作家巴尔扎克和雨果的作品，也读了不少张恨水的小说。她若是早点知道大哥也喜欢读文学作品，兄妹俩该有不少共同的话题。可她见到的大哥多半时间是在写毛笔字和打算盘，收拾大哥的遗物时，她才知道大哥不用忙活那些杂事时，会躲在这个不透气的阁楼里做他最喜欢做的事情，他要怎样省吃俭用才能买下这些书呀。大哥这辈子从没做过跟文学沾边的工作，兄妹俩也从未交换过读到一本好书的感想，想到这些再也无法了却的遗憾，大梅子心里很难过，坐在哥哥住了好多年的破旧的堆着很多小说的阁楼里，很少掉眼泪的她忍不住哭了一场。

抹干眼泪后，大梅子做了个决定。她知道死去的人不可能再回来，失散的家人还有可能找回来，她要想尽办法找到没了音讯的妹妹二兰子。二姑是在大姑姑去南京后离开常州的，带她离开的是他们在天津的邻居钱伯伯钱伯母。钱伯伯一家后来从天津去了上海，他们一直惦念着我奶奶和几个孩子，回上海后还来常州看过他们几次。钱伯伯的儿子大学毕业后开始在一家美国油轮公司工作，在油轮上做技术员。大陆正战火纷飞，是最激烈的时候，油轮来中国时，只能停靠在台湾。钱伯伯钱伯母跟儿子很难见上面，打算从上海移居到台湾，儿子出海归来，他们一家人可以在台湾团聚。离开前他们来常州提亲，想把二兰子带去台湾。二兰子跟他们的儿子青梅竹马，钱伯伯钱伯母也很喜欢她，那年二兰子十七岁，也到了谈婚论嫁的年龄。这是一门两家人都满意的亲事，算是皆大欢喜，没想到的是国民党撤到台湾后，身在两岸的亲人不得不骨肉分离，二兰子彻底没了音信。

在那个年代，谁家有海外关系的话，多半不敢吭声。藏着瞒着不是大姑姑的性格，她大张旗鼓地动用一切能够得着的关系去寻找二兰子。她想钱伯伯的儿子是个搞技术的，跟政治没什么关系，二兰子是她的亲妹妹，找到自己的妹妹是天经地义的事情。功夫不负苦心人，大姑姑终于跟他们联系上了。第一封信是二姑父到智利出差时寄出的，大姑姑收到了这封信，得知二兰子已结了婚，一家人都安好。大姑姑放下心来，找到了二姑，奶奶和家里其他人都很兴奋。

大姑姑在工作中也有优秀的表现。她为人正直，又很能干，领导想把她提升到更高的位置上。但她的提升在组织部遇到了阻碍，大姑姑还被审查了一番，最后得出的结论是，她是个好人，没什么问题，但提升就算了。有个好心的领导偷偷告诉了她原因，问题就出在她的海外关系上。大姑姑觉得无所谓，她妹妹比那更高的官职重要，能找到二兰子已经很值了。

二姑父每次去海外出差就给大姑姑寄封信来，那些年家里陆陆续续收到从欧洲美洲等不同国家寄来的信。二姑二姑父生了一子两女，孩子们渐渐长大，二姑父也在不断升迁，即将从大副升为船长，但油轮在日本靠岸时出了事故，正当中年的二姑父死于这场事故。

大姑姑收到的最后一封信是从意大利寄出的，之后又断了音讯。大姑姑不知道二姑父已不在人世，那时台湾跟大陆是完全隔绝的，以前都是靠二姑父去其他国家时才能把家信寄出去。"文革"也已开始，人心惶惶，没人还敢帮大姑姑去找二姑了。

改革开放后，大姑姑又开启了寻亲之旅，但美国油轮那条路一直没走通，最后是通过在香港的关系找到了二姑。靠着大姑姑的不懈努力，失散了一二十年的亲人又联系上了。遗憾的是我奶奶没有等到这一天，奶奶去世后不久找到的二姑，这中间就隔了几个月。

　　大姑姑对家里的晚辈也很上心，她自己有女儿外孙，我妹妹也是跟着她长大的。我妹妹一岁时，我父母由于工作原因，加上我妈妈身体不好，将她送到奶奶和姑姑家。原打算小住一段时间，但大姑姑和大姑父跟她很投缘，很疼爱她，也想帮我爸妈分担下，就留我妹妹在芜湖多住住，这一住就是二十七年。高中毕业后，我妹妹接着在芜湖上的大学，还在芜湖工作了几年，她跟大姑姑大姑父的感情也很深。大姑姑是那种能跟晚辈说上悄悄话的长辈，急脾气的她倒是很少朝晚辈嚷嚷，也不喜欢装模作样地说些大道理。她还很懂晚辈的心思，我妹妹心里的小秘密和软弱，不用跟她说，她就能猜到，还能善解人意心平气和地帮我妹妹解决所有的问题。大姑父的妹妹的两个儿子也很喜欢大姑姑，他们常从西安来芜湖找他们的舅妈玩。大姑姑年轻时供着弟弟妹妹上学，上了年纪后，又不辞辛苦地照看起弟弟妹妹的孩子。大姑姑在很早的时候就担起了家庭的责任，这成了她一生的习惯，家里的男女老少都被她照顾过。

　　大姑姑对朋友同事邻居也是这样热情，家里总有人来串门，络绎不绝。大家都知道心直口快的大姑姑内心善良宽厚，跟她相处很爽快。大姑姑还能在任何环境下保持住自己的耿直善良。

　　"文革"时，芜湖市的各级领导都被下放了，大姑姑也去了干校，在那儿当会计。那时大部分人都躲着这些人，怕被他们连累，大姑姑还是敢作敢为，她每个月挨家挨户地跑去每个人的家里，把钱和粮票亲手交到他们的家人那里她才放心。虽然没有多少钱，杯水车薪，但在非常时期，一点点钱也能起不小的作用。"文革"之后，这些领导都被平了反，官复原职后，他们都嘱咐过大姑姑，有什么要帮忙的事一定要告诉他们，大姑姑却从未向任何领导开过口。有一年提工资，有个刚进了财政局却很能争抢利益的人把大姑姑的名额据为己有，看不过眼的同事劝她去找市里的领导，上面领导发话，这一级工资还是她的。大姑姑依旧没去找他们，她当年去帮他们和他们的家人时，根本没想过日后的回报。

大姑姑少了一级工资，快退休时却分到了一套房子。那次就一套房子，是套条件很好的新房子，市里的好多领导都会搬去那片小区。新来的局长拍板把这套房子给了大姑姑，大家都没有异议。大姑姑一直搞不清这套房子怎么就给了她，是不是有人关照过，当然她在这干了几十年，分上套房子也无可厚非，他们一直住在大姑父单位的房子里。突然给了她一套房子，还是那么好的房子，大姑姑还是平常心，对这房子没怎么动心。这里离我大姑父上班的地方远了些，我的表姐上班和我妹妹上学也都不方便，路远了，家里人就多了通勤的麻烦。这时她的一个同事问她愿不愿意换房，这个同事住的房子对家里几个上班上学的人都方便，大姑姑马上就同意换了。但这是套旧房子，面积也小了不少，在外人看来这肯定亏了，大姑姑也没要什么补偿，家里人可以少跑些辛苦路，这是她更在乎的事情。

大姑姑不会费脑筋算计这些得失，好在大姑父也是一个不重物质和利益的人，他们都很淡泊很看得开。大姑姑以前常喜欢说她是无产阶级，最讨厌铜臭味，后来她发现钱也不是坏东西，有时候没钱还真不行。孩子们长大后，买房子是个负担，大姑姑就想帮着出钱，她转变了对钱的态度。但她拿的是死工资和退休金，没有别的生财之道，她就开始买彩票，不过从没中过奖，她只好不了了之了。她总想着在别人身上花钱，对自己不是那么大方。她心里一直有个愿望，就是买个钢琴，她喜欢音乐喜欢弹琴。她是有能力实现这个愿望的，可她一直没做这件事。买钢琴要花不少的钱，家里也没有更多的空间放架钢琴。后来我妹妹给她买了个雅马哈电子琴，占的地方小一些，就当一个玩具，给已经成了老小孩的大姑姑玩。

大姑姑对自己的事情不是太上心，但家人朋友在她心里的分量很重，在帮别人时也很积极，有一分可能也要尽十分努力，就是那些跟她没多少关联的人，她也热心相助。大姑姑在财政局工作时，单位里有位年轻人，工作很认真，也做得很好，可在转正时遇到些困难，大姑姑给了他很多帮助，他最终留了下来。这位年轻人也是感恩之人，每年过年都要来看望大姑姑，大姑姑退休后还是年年过来，几十年了，从不落下。大姑姑生病住院时，结识了一位尽职敬业的医生，对他的印象很好。当时这位医生还在实习期，他想留下来，只是在聊天时随口跟大姑姑说起过，大姑姑病还没好就开始跟大姑父一起为那位医生张罗，因为涉及户口等一系列问题，难度很大，他们还是没放弃，几经周折后，帮那位医生留在了芜湖的医院。

我不像我妹妹那样跟大姑姑有着二十多年的亲近，但大姑姑在我的生活中留下的每一笔都是浓墨重彩。她的个性太鲜明，实在是与众不同，她不经意间说的一句话做的一件事就能永久地刻在我的记忆中。我谈过一个男朋友，父母觉得不合适，大姑姑也打来电话过问此事，她只问了一个问题：这人的气质怎么样？我在电话这头愣了片刻，从来没人问这样的问题，还是出自长辈之口。我这才揣摩了一下男朋友的气质，我说气质不错，大姑姑说气质不错你就接着谈吧。这段恋爱最后没有走进婚姻，我反倒没有了遗憾，如果在一开始父母反对时就跟他分手，我很可能放不下这段感情，自己决定停下后才能完全地转身离开。在大姑姑那里爱情很重要，她没按世俗的标准来衡量一个人，关心的是一个人的气质，气质跟一个人的性格和内在的东西是有关联的，而且影响到对方的感觉。如果我认可了他的气质，说明我确实爱上了他，那就可以跟他继续接触，发现不合适的话再分手。

　　大姑姑大概也在乎我的气质吧，我青春年少时她为我买过不少漂亮衣服，都是同一种风格的，她认为这类衣服符合我的气质，能衬托出我的气质。有一年我从北京去芜湖看她，我有意带了几身能入她法眼的衣服，她果然还满意，但目光落到我没怎么捯饬的头发上，她皱了下眉头，马上带我去了理发店，指挥着理发师给我修剪了头发，还吹出她觉得好看的发型。她笑眯眯地一遍遍打量我的新发型，又带我去了照相馆，拍下照片后她才觉得踏实，好像这样就可以固定下这种发型。不过新鲜劲儿刚过，她又注意到了我脚上穿的塑料凉鞋，在酷热的七月，又是在旅行中，穿双凉鞋既跟脚又凉快，大姑姑还是决定带我去买双新鞋。我们进了一家商店，来到卖鞋子的专柜，没见到售货员。大姑姑出门时带了把大蒲扇，热的时候扇几下，也可以遮下太阳，这会儿蒲扇派上了其他用途，她用扇子拍打着柜台，大声嚷嚷道：售货员呢？售货员都跑哪儿去了？有个年轻的姑娘赶紧跑了过来，很紧张地看着我们，大姑姑脸上的怒气还没堆积出来就散了，她没再发火，慈眉善目地跟售货员说：给我侄女买皮鞋，你帮着挑挑。售货员出了不少主意，大姑姑不太中意，售货员和我都没想到大姑姑这么讲究时尚，她最终给我选了款最时髦的红皮鞋，尖细的高跟，有五六厘米高，看着很洋气很精巧，可对我这种很少穿高跟鞋的人来说是个不小的挑战，大姑姑还催着我赶紧换上这双新鞋。我在店里就穿上了这双高跟鞋，跟着大姑姑一摇三晃地往家走。南方的柏油马路已被烈日晒软，我的高跟鞋在软绵绵的路上走过，一路踩出了无数个小坑。总算走到了院子口，大姑姑突然站住，再次嚷嚷起来：这是谁扔的垃圾？怎么这么不讲公共道德，把垃圾扔到了院子门口，太不像话，还不快点出来扫垃圾。我们在门口站了下，没见人出来，大姑姑又叫唤了几嗓子，带我回了家，让家里的保姆去清理院门口的垃圾。保姆忙完手上的事后出去扫垃圾，很快就回来了，说是没看到垃圾，估计我们走后扔垃圾的人就出来处理了。大姑姑的嚷嚷起了作用，她嫉恶如仇，也容不得这种不算大的事情。不良的事情让她见到，甭管是在哪里，她一定不会不吭声，很生气时话里还会夹带着国骂。她喜欢管闲事，报纸上看到的她都要管。可她跟那个院子里的每家人都保持着很好的关系，就事论事，她是不会上纲上线的，也不会没完没了地生气。跟保姆说过后她就去做其他的事情了，一般人发过火后总得消消气，大姑姑多半会跳过这个环节。

大姑姑出生于二十世纪三十年代，她跟那个年代的很多人一样，出生在战乱时期，还没长大就遇到了八年抗日，年富力强时的好年华又消耗在一场场运动中，终于等到了国泰民安，他们已到了快该退休的年龄。大姑姑在很小的时候就不得不经受国破家亡和颠沛流离，我这一代人和之后的几代人可能终其一生都不用经受这样的苦难。我们比大姑姑这代人幸运得多，但我们不如那一代人懂得满足和感恩，也不如那一代人坚韧和淡定。也许大姑姑在年少时就遇到了太大的变故，还顽强地挺了过来，后来的几十年里，大姑姑再遇到事情时都表现得很镇定。该说的话得说出口，该做的事情她不会躲避，但无论遇到什么事情，她不会乱了方寸，也不会走不出来，她始终心有定力，也努力让自己活得快活一些。

大姑姑很少掉眼泪，我妹妹跟她生活了二十多年，几乎没见她哭过。当我妹妹最终决定离开芜湖出去闯荡世界时，我的大姑父忍不住哭了，大姑姑却摆摆手说：走吧，又不是不回来。

但大姑姑在我妹妹面前悄悄落过两次眼泪，第一次是为杨立宁。

杨立宁后来被打成"右派"，平反后他来到安庆。我的大姑父的那个做过地下党的老同学一直在安庆，兜兜转转中，他跟杨立宁碰上了，也为大梅子找回了小杨老师。

小杨已是老杨，几十年后，当他有了大梅子在芜湖的确切消息，他还是想跟我的大姑姑联系的。他们之间确实有了联系，但不是直接的联系，都是通过我的大姑父和大姑父的老同学在中间转达传递。大姑姑犹豫着是不是跟杨立宁见上一面，大姑父很豁达，不反对他们见面，大姑父的宽容反倒让大姑姑踌躇起来。她跟杨立宁从未谈过恋爱，杨立宁对她的心思却是很明了的。她想再等等，等到更合适的时机再见面，可她再听到的消息，却是杨立宁因病离开了人世。

大姑姑跟我妹妹很亲，本来姑姑和侄女就容易亲近，等她老了，她跟我妹妹有时会像闺蜜那样说些悄悄话。提到杨立宁时，大姑姑很难过，她说如果不是因为她，不知道杨立宁那年夏天会不会回怀宁，之后又会不会留在怀宁。有一点她是非常确定的，杨立宁对她恩重如山，当年若没有杨立宁的帮助，她都不知道自己会流落到哪里。她这辈子过得还算安稳，有个幸福的家庭，可杨立宁终生未娶，一生坎坷，他们好不容易有了联系后，她怎么就没有去看看他呢？杨立宁走时刚过七十，不算多老，她以为来日方长，但她再也没有机会了。

大姑姑说着说着就落下了眼泪。

大姑姑还有一次在我妹妹面前落泪，是为我的大姑父。我的大姑父2015年去世后，我妹妹尽可能找机会回芜湖陪下大姑姑。她们在一起时，会花很多时间聊我的大姑父。说得越多，越能感觉到他还在她们身边。我妹妹之前用手机为我大姑父录过两个视频，大姑姑跟我妹妹会一遍遍地看那两段视频，靠着看视频缓解失去亲人的悲伤。她们听到了我的大姑父的笑声，在大姑父的笑声中，大姑姑落下了眼泪。她说在绵长的回忆中，她才知道大姑父有多好。大姑姑是个浪漫的人，可再浪漫的爱情，在日复一日年复一年的生活中终会褪去光鲜的色彩。平淡的生活有时会让她觉得无聊，现在她才知道，两个人能相依相守是多大的幸福。

六十多年里，大姑父一直为她遮风挡雨。大姑姑心直口快，难免会得罪人，她这辈子遇上过风浪，却都能平稳渡过，是因为大姑父一直在守护着她。也是因为有了大姑父的包容和呵护，她才能一直做她自己，一直保持着率真的性格，一直活得那么随性。

大姑姑怀念着大姑父，大姑父走得越久，她越是怀念跟大姑父在一起时的日子，越是能品尝出那些平常日子里的甘甜。这也是大姑姑的一个遗憾，若是能早点明白，她说她要好好珍惜，她会少些任性，对大姑父少发点脾气。虽然大姑父从不计较，但在大姑父去世后，从不婆婆妈妈的大姑姑却计较起那些无足轻重的小事。

人生终归是有遗憾的，坚强乐观的大姑姑也有过不去的坎儿，这样的坎儿一定会卡在心里，外人轻易看不到。

其实，内心强大的人往往也是内心柔软的人，生性刚烈的大梅子姑姑并不是一个生硬艰涩的人。恰恰相反，她满怀慈悲，蛮有爱心，她也越来越享受平淡却充满了爱的日子。大姑姑的女儿女婿和外孙外孙媳妇对她都非常好，他们现在住在一起，照顾了很多家人的大姑姑，在晚年时被家人很好地照顾着。她跟我妹妹、她的妹妹我的姑姑，还有一些老同事老朋友常通电话，她什么都喜欢聊，并不局限于家里的人家里的事，她还可以天南地北上天入地。她的耳朵有些聋，说起话来就更加抑扬顿挫铿锵有力。

　　大姑姑还像年轻时那样喜欢美的东西和甜的味道。她愿她和她的家人朋友都美丽着，被美丽的衣装装扮着，衬托出美好的气质，她愿我们的日子都能过得美丽如画。她特别喜欢吃甜食，肃反运动时她因为海外关系被隔离审查了一个月，终于让她回家时，她先在路边的小摊上买了两个红豆馅的汤圆，甜糯的东西吃下去后，她的心情好了起来。年幼的女儿由姆妈带着，她有一个月没见到她们了，她急着往家走时，还是停下脚步，先去吃了甜汤圆，她得把心情调整好后再回家。大姑姑现在八十好几了，每天还是想吃点甜的。别人只在中秋节吃月饼，她是一年四季吃月饼。我从美国回中国，只要不是在夏天，我会给她带她爱吃的巧克力，她喜欢纯甜的牛奶巧克力，不需要带果仁，是纯粹的甜味，不要混进别的味道。她已年迈，味觉早就开始退化，可她能品出最甜的味道，那是我们这些没有吃过多少苦的人吃不出的甜味，也是我们不那么在乎和珍惜的甜味。

　　大姑姑喜欢甜的东西，她的回忆也沉浸在甜的味道中，就是苦难的日子，也能沉淀出一些糯软绵长的甜味。她让我们感受到的也是生活的芬芳，她积极乐观地活出了自己的样子，也感染了身边的人。我们从她那里知道，不同的味道中，一定会有甜美的馈赠，那是她希望我们能够尝到的味道。

  大梅子在安庆初遇我的大姑父，她终于遇到了那个让她倾心的男人。这以后的六十多年里，他们从年轻走到年老，大姑父从小胡变成了老胡，大梅子也从小章变成了老奶，没有老去的是他们的爱情，他们爱了一生一世。大姑父是2015年的冬至去世的，他还活在大姑姑和其他家人的怀念中。

　　我的大姑姑是个特立独行的长辈，她非常的率真，极少有人能像她那样敢于无所顾忌地展示出自己的真性情，她是个不会装样子的人，活得很真实。最有个性的大姑姑，也是我们这个家庭中最有担当的一个人。这张照片上的大梅子姑姑年方十八，她正准备离开常州去南京读书。欢天喜地的她还不知道，我奶奶送她去南京的本意是让她去嫁人的。

「妹妹」

　　我跟我妹妹差了七岁。六七岁的孩子已经有了一个自己建立起来的世界，有了固定的玩伴，有了自己的喜好和生活习惯。那个很小的世界并不封闭，但也不是那么需要加入新的内容。听到爸妈告诉我我将有一个弟弟或妹妹时，我既不排斥也不期待，我并不在意这件事情。

　　妈妈去医院生妹妹时，我住在跟我们家隔了几个门的邻居家里。妹妹出生那一天，不知道是不是心灵感应，早晨醒来后，我爬起来就往家里跑。那个年代里几乎没有谁家有电话，我不知道妈妈是不是生了。家里的门开着，我跑进去，看到了我的大姨，她专门从青岛赶来曲阜，照顾我妈妈坐月子。大姨刚进家门，我爸妈都在医院，一个叔叔从火车站把大姨接来的。这是我第一次见我大姨，她拿出一些好吃的东西塞给我，我开心地吃了起来，忘了妹妹的事儿。

　　我的妹妹就是那个早晨出生的，大姨六点下的火车，妹妹正好六点来到这个世界。

　　家里多出了一个小人儿，也多出了很多的欢笑。那阵子家里很热闹，家里不断有人来，络绎不绝，小屋子里塞满了欢声笑语。

只有我被彻底冷落了。叔叔阿姨们进了家门都是直奔那个新生的婴儿，妈妈也是没完没了地跟别人讲着那个小人儿和那些跟这小人儿有关的事情，好像完全忘了她还有另外一个女儿。

好在我有很多的小朋友，我像往常那样跟他们混在一起。妹妹出生后，我跟那些玩伴腻在一起的时间更长了。小朋友们多半有兄弟姐妹，但大家还是喜欢跟同龄的孩子玩，兄弟姐妹对小孩子来说没有那么重要。哥哥姐姐或弟弟妹妹少不了跟自己打架，一个屋檐下还躲不掉。小伙伴们都是自己找来的，很对脾气，跟他们在一起时最开心。我没有因为我有了个妹妹就多了欢喜，也没有因为在家里受了冷落就少了欢喜。

很快我开始上小学，又有了一个新的天地，更不在意家里那个不会说话不会走路的小人儿了。

这个小人儿跟我是亲生姐妹，但她跟我并不相像。长得不像，个性也不一样。大人们说起我们时，总喜欢说到我们的不同。

我和妹妹在娘胎里就表现得完全不一样。我在妈妈肚子里时很安静，妹妹很能折腾，拳打脚踢。她的脑袋还在上面，一般孩子都是头朝下脚朝上，这样才能顺产。

要给妈妈接生的金医生好不容易把肚子里的妹妹倒了个个，把她的脑袋转到了下面，然后用好多白布条缠住妈妈的肚子，希望把这个姿势固定下来。没想到妈妈从医院出来，还未到家，妹妹自己又把脑袋转上去了。妈妈后来又跑了趟医院，金医生这次不敢折腾那个小人儿了，万一让脐带缠住了脖子，麻烦就大了。医院的护士胆子大，她上场帮妈妈又转了一次。可这次跟上次一样，没到家门，妹妹的脑袋又转回了原处。一个还没出生的婴儿让几个大人束手无策，大家只好等到要生的时候再想辙了。

妈妈生产时，医生护士准备了好多布条，正准备合力把妹妹转下来，谁知道妹妹这时自己把脑袋转了下来。妈妈顺利地生下了妹妹。后来大人们开玩笑说，妹妹的求生欲很强啊。

我小时候不认生，见人就笑，谁抱都行。妹妹却很怕生，见了生人就哭，只有见到小孩子时不哭。她有很强的分辨能力，还有办法区别对待。妈妈的奶水不足，差不多同一时间生了孩子的于阿姨正好相反，奶水太多，喂两个孩子绰绰有余，她自告奋勇把妹妹也喂了。可是每次于阿姨来我们家，妹妹都在呼呼大睡，还怎么也弄不醒。于阿姨一走，妹妹就睁开了眼。妈妈把她抱在怀里，她吃着妈妈的奶水，虽然奶水很少，她却心满意足，还开心地用小手拍拍妈妈。妹妹的判断能力也比我强，有次她坐进了邻居家的小姐姐兰兰的童车里，好几个小孩围着这童车，想要摸摸这漂亮的小车，妹妹毫不客气地用小手把人家拨拉开。兰兰也伸手来摸时，她就一动不动地坐着，她知道这是兰兰的车。大人们都哈哈大笑，说这孩子好机灵。

妹妹对我向来友好，我在家里转悠时，她的眼睛就跟着我转。她喜欢我喜欢的东西，不过她只敢等我不在家时，才敢去动我的宝贝。她喜欢翻看我收藏的小人书，那时她刚学会走路，我一出门，她就连滚带爬地奔到那些小人书堆里，欢天喜地地翻看着，动作极快，很迅速地翻了个遍。翻完一遍接着翻下一遍。听到我回家的脚步声，她就迅速地逃离现场，装作什么都没发生过。若不是妈妈和保姆告诉我，我都不知道妹妹有这个喜好，还能有本事掩盖现场，不留任何蛛丝马迹。

妹妹小时候有不少可爱的举动，只是我很少停下来逗她，都不知道她是一个很好玩的小人儿。若不是有几张老照片，我大概也记不清她小时候的模样了。妹妹五个月大时照了她的第一张照片，拍完照后就去理发馆把头发剃了。曲阜当时有个习俗，小孩子长到几个月，都去找理发师傅把头发剃光，说是长大后头发会长得好。我小时候也剃过光头，妹妹碰上的这个剃头师傅水平高，帮着把妹妹的眉毛也剃了。没了头发和眉毛的妹妹成了个肉嘟嘟的粉嫩的葫芦瓢，她由着大人们摆弄，这次没哭也没闹。

妹妹离开曲阜时也没哭闹，她那时太小，不知道她的生活会发生很大的变化。

妈妈的身体一直不好，爸爸那段时间又常要出差，加上曲阜当时的物质条件也很差，我奶奶就让我爸妈把我妹妹送到芜湖，她帮着照看。中国的很多孩子是跟着祖父母长大的，况且只是让我妹妹去我奶奶和大姑姑那儿待上一段时间，我的父母犹豫再三后，还是做了这个决定。那时谁都不会想到，妹妹会在芜湖待上二十七年。

爸爸把妹妹送去的芜湖。那时双肩背包还是个稀罕物，爸妈的一个同事有一个，借给我爸爸，把妹妹的所有家当塞进了那个背包，背在身后。前面是我妹妹，装在一个用布缝制的袋鼠袋里。爸爸抱着一岁多的妹妹坐了很长时间的火车，好不容易到了芜湖。在芜湖的家人不知道他们到了，原来走之前拍的电报还没到。爸爸推开家门时，一家人正在吃饭，很吃惊他们已经到了。妹妹一看一屋子的陌生人，哇的一声大哭起来。

妹妹走后妈妈失魂落魄，好长时间不能听汽车声。我没觉得失落，跟妈妈倒比妹妹在时热乎了许多。她之前顾不上我，此时的她特别怕静，屋子里太安静了，她就没话找话地跟我说话，也不嫌我话多了。我就觉得妹妹不在也挺好的。

妹妹并没有马上适应了新的生活，奶奶和保姆带了她一段时间，她不断哭闹。妹妹是认人的，她还是个婴孩时就能分辨出妈妈和于阿姨的不同。家里人不知道该怎么办，大姑姑就说让她试试。大姑姑年轻时不怎么喜欢小孩，见到小孩子都是绕着走的，她唯一的女儿是奶奶带大的。人到中年后她对小孩子的感觉有了变化，我妹妹跟她极投缘，大姑姑抱起她时，她就安静下来，还露出了笑容。晚上大姑姑带她睡觉，她就能睡得很踏实。她一手抓着大姑姑的耳朵，另外一只手的手指含在自己嘴里，到了芜湖后第一次睡了个安稳觉。

妹妹自己从曲阜带到芜湖的，只有这个吃手指和抓耳朵的习惯。睡觉的时候，要一边吃着自己的手指，一边抓着大人的耳朵才能安然入睡。她总是吃同一根手指，妈妈有次给她换衣服，故意先换了另外一只手的，妹妹刚把这只手的手指放进嘴里，很快觉察出不对，想了想，自己换成了原先的那个。妹妹对大人的耳朵也是很敏感的，她抓住大姑姑的耳朵时，她跟大姑姑一生的缘分就开始了。

这样的恬静和依赖把大姑姑彻底融化了，她开始母爱泛滥，后悔年轻时没多生个孩子，她把大把的母爱给了我妹妹。

大姑父一向喜欢小孩子，他很宝贝我妹妹，不知道该怎样疼爱她才好。表姐胡敏很宽厚，没有因为她的父母喜欢我妹妹生气。她已经长大，比我妹妹年长不少，对我妹妹既是姐姐又像是长辈。一家人都很开心，有了这么个小人儿，家里多了生气，妹妹给他们带来许多只有小孩子才能带来的欢笑。

晚上睡觉时，妹妹继续保留着吃手和抓耳朵的习惯。大人们想了各种办法，后来在她的手指上涂上辣的东西，帮她戒掉了吃手指的习惯。抓耳朵的习惯又持续了一段时间，她总是黏着大姑姑，天天在家等着大姑姑回来。大姑姑晚上常要加班，大姑父就一遍遍地抱着妹妹挨个房间看一遍，嘴里说着"姑姑班，姑姑班"，告诉她姑姑在上班，让她先睡觉。她还是不死心，姑姑到家后顾不上别的，都是先哄妹妹睡觉，妹妹一抓住姑姑的耳朵，马上就能睡着。

本来我父母只是打算让妹妹在芜湖住上段时间，再接她回曲阜，姑姑一家人舍不得让她走了。妹妹上幼儿园时，需要本地户口，爸妈只好把妹妹的户口从曲阜迁到了芜湖。

妹妹离开曲阜两三年后我才再次见到她。那时老百姓的日子还没真正好起来，生活很拮据。我爸妈一直给我奶奶和妹妹寄生活费，再加上我们三个的日常开销，几乎没有什么余钱。曲阜去芜湖的车票总共七块多，三个人就得二十多块，当时这笔钱得凑很长时间，爸爸有时就借着去南方出差的机会去看下妹妹。妹妹走后我们全家第一次团聚是在妹妹四岁时，爸妈带着我去芜湖过年。

我们到了姑姑家，敲门后，听到一个奶声奶气的女孩声：开门呦，有人来喽，找老胡的。大姑父姓胡，当着个领导，人又热心，常有人来家里找他，妹妹以为又是来找大姑父的。我们进了门，我一眼看见一个小女孩，歪戴着帽子，正站在那儿吃油饼。她好奇地打量着我们，我也好奇地看着她。她停下吃油饼，朝我笑了笑。

妹妹不像小时候那样喜欢哭了，反而很爱笑，还喜欢表演节目，喜欢唱《南泥湾》，还经常哼哼"张老三，我问你，你的家乡在哪里……"。我问她：这都是谁教给你的？妹妹喜滋滋地说：是老爹、老姐。妹妹称呼奶奶姑姑姑父和表姐为

"老奶、老妈、老爹、老姐",他们叫她"老不子",加上那个"老"字,听着很亲切。

表姐说起,妹妹特别好玩,两岁多时,他们给妹妹做了个可以围起来的竹椅子,把妹妹放进去,抓点炒米放在上面,妹妹就一粒一粒地捡着吃,可以吃很长时间。她那时每天下班回来,最喜欢的事就是来看妹妹吃爆米花,萌萌的,自娱自乐着,很是有趣。

我就抓了一大把炒米来逗妹妹。我告诉她,她叫我一声"姐姐",我就奖给她一颗炒米。妹妹甜甜地叫了声"姐姐",我给了她一颗炒米。妹妹喜欢上了这个游戏,咯咯笑个不停,一遍遍地叫我"姐姐"。我手里的那把炒米快被她吃完的时候,我突然意识到,这个世界上只有一个人可以像这样直接叫我"姐姐",而我只有一个亲生的妹妹,就是面前的这个小女孩。

我跟妹妹去照相馆照了合影,那是我们姐妹俩的第一张合影,那年我十一岁,妹妹四岁。

过年时我和妹妹穿上了同一花色同一款式的衣服,这是妈妈亲手为我们缝的新衣。

爸妈再一次带我来芜湖时,表姐的儿子大雨已经可以到处乱跑了。大雨长着一双笑眼,特别可爱。他比我妹妹小六岁,不是一个辈分,但年龄接近,他们成了最好的玩伴。大雨正是最调皮好动的年纪,常去招惹我妹妹,真打起架来他还打不过小姨,只能跑到屋外的男厕所躲着。吃虾时他们俩也是你争我抢,大人们就给他们分好,每人分上几个,放在各自的碗里。大雨一下子就吃完了,妹妹却总是把好东西留着,大雨就来偷吃我妹妹的。虽然他俩天天打,但感情非常好。大雨喜欢跟在小姨身后,吃饭时也黏着她。那时他的个头跟桌子差不多高,他有专座，但他吃饭时喜欢站在小姨旁边，大人们叫他坐下来吃饭，他死活不干，一定要守着小姨。这好像就是兄弟姐妹间的相处方式，吵吵闹闹，又非常的亲近。吵过之后总是可以马上和好，谁也不记恨谁。

可我和妹妹没有这种一起长大的热闹和欢乐，我也不知道妹妹是怎样长大的。我只有一个妹妹，我们同父同母，我们生长在和平的年代，家里也没什么变故，可我们没在一起长大。

妈妈说起这事就后悔和难过，当时的日子是艰难，熬一熬也就熬过去了，不该把妹妹送走。爸妈很想把妹妹接回去，可这事越来越难办，姑姑一家人更舍不得她了，妹妹也不愿意离开这里了。对一个在这里长大的孩子来说，这里是她唯一的家。

妹妹十岁时回到了曲阜，只是回来过个暑假。

爸妈对她自然非常好，妈妈还总是让我让着妹妹。妹妹跟大雨打架时，大人们是不插手的，但我跟妹妹闹起别扭来，妈妈总是向着妹妹。我那时正值青春期，很难体谅父母的苦衷。他们做饭时也总想着妹妹爱吃什么，饭桌上有好吃的，也是摆在离妹妹最近的地方。我就端起那盘好菜，尽可能地往自己碗里拨。

也有很多时候，特别是爸妈不在时，我和妹妹还是能玩到一起的。妹妹还像当年在曲阜时那样，喜欢跟着我，那时她还走不利索，多是用眼神追随着我，现在她可以跟着我到处跑了。我们生活的大学校园变化很大，就是没什么变化，妹妹也不认识这里了，这里的一切对她来说都是新的。在一个陌生的环境里，妹妹最信任的那个人就是我了，她对我的依赖超过了跟父母的亲近。

妹妹的眼睛已经完全变成了双眼皮。她出生时是单眼皮，我们的父母都是双眼皮，妹妹小时候，大人们有时会开玩笑说：会不会抱错了？家里人都是双眼

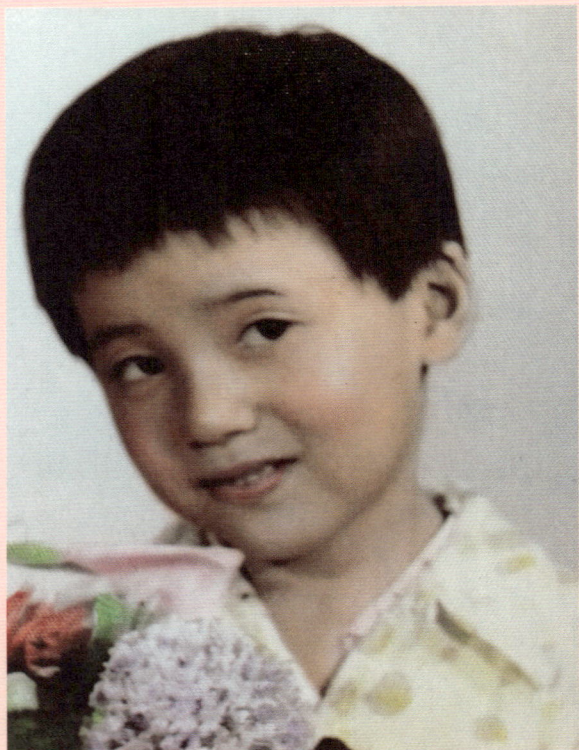

童年时的妹妹。妹妹是跟着奶奶姑姑姑父长大的，我几乎不知道她是如何长大的。对我来说，妹妹的童年只留在那些老照片里。

　　我和妹妹的第一张合影，那年我11岁，妹妹4岁。爸妈带着我去芜湖过年，那是妹妹走后我们全家第一次团聚。我得知妹妹爱吃炒米，就抓了一把炒米来逗她。她叫我一声"姐姐"，我就奖给她一颗炒米。妹妹喜欢上了这个游戏，咯咯笑个不停，一遍遍地叫我"姐姐"。我手里的那把炒米快被她吃完的时候，我突然意识到，这个世界上只有一个人可以这样叫我"姐姐"，而我只有一个亲生的妹妹，就是面前的这个小女孩。

皮，她怎么会是单眼皮呢？

不知道妹妹什么时候变成双眼皮的，还是特别深的双眼皮。

从此妹妹就没完没了地跟火车打起了交道。每年暑假妹妹都会来曲阜，后来寒假也来。大家的日子都好了起来，买张车票已经不是个问题。只是那时曲阜到芜湖没有直达火车，需要在南京中转。有时爸妈和大姑父在南京交接妹妹，我也去芜湖接过妹妹。那个年代坐个火车还是不太方便，经常买不到座位票，火车上常常挤满了人，上车下车都要奋战一番。有次我带着妹妹挤上了火车，挤不到车厢里面去，我们俩就在上下车的门口待了一晚上。这一晚肯定没法打盹，每到一站，我们俩就得缩成纸片人，让上下车的人能从我们那儿挤过去。好在大家都能互相体谅，为了打发时间，来自天南地北的人们常在一起聊天，还常能碰上放假回家或返校的大学生，听他们意气风发地挥斥方遒，我和妹妹都被感染了，听得津津有味。这样的旅行不再难熬，我和妹妹之间也多了默契和感情。

每年至少能有一次这样的团聚，我和妹妹不再陌生。我们还是常一起出去逛街，也喜欢靠在床上谈天说地。我们说悄悄话时，不想让其他人听到，包括我们的父母。我们像姐妹那样亲近起来，我们本来就是亲生姐妹。隔了十多年后，我们找回了做姐妹的感觉，不是我们找回来的，那种亲密的感情不知道是怎么出现的，当我意识到这一点时，这种感情已经在那里了。我也长大了，开始懂事，像姐姐那样照顾着妹妹。

妹妹还是常要坐火车，她说她可以自己坐火车了，爸爸妈妈姑姑姑父都不放心，他们就托来往于曲阜和芜湖或南京的学生带着妹妹。火车票还是不太好买，还是要去挤火车，特别是在放暑假的高峰期。有次一个捎带妹妹的学生想出来一招，他买了两个大西瓜带着妹妹摸到他们要坐的火车那儿，那列火车正在做出发前的准备，工作人员忙得满头大汗。那个学生赶紧捧上西瓜给他们解暑，又说了些好话，他们只好让他带着我妹妹先上了火车。那次是妹妹坐得最舒服的一次火车。后来捎带妹妹的人越来越年轻，最后一次爸妈给妹妹找的人是一位同事的儿子，在南京大学读书，聊起来比妹妹还小一点。从此以后，妹妹便不要别人捎带她了。

我那时已在北京，也离开了家，逢年过节或放假时我们一家四口才能团聚在一起。这倒像很多的家庭，孩子长大后，大部分时间里一家人是不在一起的，能凑到一起时就会很热闹很开心。

铁路的两头都是妹妹的家。

以前我羡慕妹妹，有两个家，有两份爱。姑姑姑父待她如亲生。小时候妹妹老是生病，姑姑姑父常要推着自行车带她去看病。别人家的孩子坐在后座，大人骑车。妹妹坐在后面的话，他们绝对不敢骑车，怕她摔下来，总是姑父推着车走，姑姑跟在后面，用手扶着妹妹。姑姑姑父还一路安慰她，说些有趣的事情，或者讲故事，让她忘了自己在生病。上高中后，学校放学都很晚，姑父每天就带着妹妹爱吃的花生米在路口等她回家。有的时候，姑姑姑父对妹妹比对自己的亲生女儿还要上心贴心，或许是表姐出生时他们还很年轻，不太会照顾孩子。表姐并没有因为这个怨恨自己的父母，她待妹妹也极好，待她如亲妹妹，因为年长妹妹很多，表姐对妹妹就更加包容。

妹妹有了双倍的父母之爱和姐妹情谊，两边都给她很多的爱。在爱和包容中长大的妹妹有些脆弱，特别害怕离别和失去。妹妹拥有了双倍的爱，也在承受着双倍的责任和牵挂，还不得不面对更多的失去亲人的苦痛。

大姑父是2015年的冬至走的，他去世后我也觉得难过，但妹妹的难过要比我多得多。大姑父的离世对妹妹的打击很大，她无法接受大姑父就这样消失在空气中，变成了一张放大的照片。几年过去了，一提起大姑父，妹妹还会落泪，她还是无法跟大姑父告别。在妹妹的想念中，大姑父还穿着那件的确良的灰衬衫，高兴起来会摇头晃脑，有时会把脚搭到茶几上。以前她挺烦他这样，现在她总是想，大姑父还能这样该多好啊，她可以靠在他的肩膀上一起看电视。

　　妹妹小时候，每个周末大姑父会带她去芜湖的老商业街吃康健大馄饨，后来妹妹离开了芜湖，每次回来，她会带大姑父去吃大姑父很喜欢的耿福兴，这是芜湖的一家百年面点老店。大姑父去世后，妹妹再也不去康健和耿福兴了。年少时有一次大姑父带着妹妹出去吃东西，没有单独的桌子了，要跟别人拼桌。大姑父好脾气，自然乐意，妹妹却不乐意，别别扭扭地吃完了那顿饭。现在妹妹每次遇到拼桌，都会想起这件事，都会主动把空着的位子让出来，跟别人一起用餐。妹妹说，以前她做梦，有时会梦到失去了亲人，她哭着醒过来后，庆幸这是一场梦。现在要是能梦到大姑父，她还是会哭，但她醒来后就想着赶紧再回到梦中，在梦里她还能再见到老爹。

　　爸妈和我都很能理解妹妹对姑姑一家人的感情，她在那里幸福地长大，生活了二十七年，她对那里的感情是最深厚的。

　　以前大姑姑家住在杨家巷的大院子里面，里面住着不同单位的职工。妹妹从小跟院子里面的小伙伴一起玩耍，躲猫猫，跳皮筋。以前很多人家的房门常常敞开着，小孩子们可以很随便地串来串去。吃饭的时候也可以乱窜，小孩子都喜欢吃百家饭。夏天的傍晚，家家户户会在门前的地上泼上凉水，去去暑气。晚上大家都会出来乘凉，妹妹喜欢听大人讲故事，听着听着就在凉床上睡着了。大姑姑总是等她睡熟后才把她抱进屋去，那些夜晚总是很安宁。

后来杨家巷拆迁，拆迁后，原来的老住户都可以回迁回来。现在妹妹回芜湖，常能碰到原来的老邻居，他们还是叫她"小惠惠"。"小惠惠回来啦"的招呼声很亲切，她知道她回到了家里。杨家巷曾是妹妹全部的世界，长大后，她的世界越来越大，可有些时候，她又想回到原来那个在杨家巷的很小的世界。

妹妹跟大姑姑的感情很特别，亦母亦友，那份依恋超过了大多数人家的母女间的感情。大姑姑其实并不是一个喜欢小孩的人，她是急脾气，不知道该怎样应付小孩子。但她对妹妹特别的好，特别有耐心。妹妹小时候是个话痨子，大姑姑从不嫌烦，还把妹妹说过的很多话当成了金句。妹妹长大后话少了，把好多事情放在心里，不爱表达。但是妹妹想什么大姑姑都能知道，帮她开解，替她想办法，大姑姑总有办法化解妹妹的心事。她们还常在一起追星，大姑姑和妹妹喜欢不同的明星，各说各的好，她俩从来没有追过同一个明星，追星时的快乐倒是一样的。追星就是讨自己开心，不过妹妹开心时姑姑也会开心，姑姑开心的话妹妹也觉得开心。大姑姑很宠妹妹，姑姑老了后，妹妹又像宠小孩那样宠着姑姑。妹妹小的时候，大姑姑给她买过很多小人书，其中有一本是巴尔扎克的《假面爱情》，妹妹就一直想着姑姑说起的假面，去威尼斯旅游时，专门跑到纪念品店给姑姑买回一个假面当玩具。妹妹看着姑姑像小孩子那样摆弄着那个假面，开心地朝她笑着。曾经腰杆笔直的大姑姑已经直不起腰来，只能拄着拐杖迈着小碎步走路，但她的神情和眼神越来越像孩童，有时妹妹觉得大姑姑看她的眼神，就像小时候她望着大姑姑的一样。那样的时刻，时光仿佛穿越到从前，回到了当年的模样。

我和妹妹做回姐妹后，在很长的时间里，我一直把她当小孩子，姐姐总是要照顾妹妹的。妹妹对我这个姐姐也总是亦步亦趋，什么都听我的。

在某一年的冬天，我的第一次婚姻出了很大的问题，当我跌进人生和感情的低谷，我发现妹妹突然间长大了。也许她早就长大了，只是我没有注意到。我一直把她当成小孩子，虽然我们也常在一起聊些成年人的话题。妹妹和爸妈都来了北京，在我最需要亲人陪伴的时候，他们都在我的身边。

那一年的情人节，我还是收到了玫瑰花，这是妹妹的主意，她和妈妈跑出去给我买来一大捧娇艳欲滴的玫瑰。

我即将离开北京去美国，离别之前，我们一家四口比以前更加亲近了。还是有遗憾，这个遗憾不再是我和妹妹没在一起长大，更让我们感到遗憾和难过的是，以后我们会离得很远，一家人在一起吃团圆饭的机会会少很多。我带着爸妈和妹妹一家家去吃那些我发现的饭馆，吃了各种口味的饭，可在分别的时候，所有的美味都没了味道。

启程前的最后一个晚上，我和妹妹睡在一张床上。寒冷的冬日，妹妹是我的温暖的依靠。在我脆弱的时候，妹妹是坚实强大的。

妹妹还是要常坐火车，我离开了中国，她对家庭的承担就更多了。后来她来到上海，在上海工作，既不在曲阜也不在芜湖，过年或放假时她既要去曲阜又要去芜湖，坐火车的次数也就更多了。有了高铁和电脑售票后，坐火车要比以前舒服和方便得多，曲阜和芜湖之间也有了直通车，但这并没有减轻妹妹的负担。爸妈都老了，更是希望能多一些跟我们的团聚，我离得太远，妹妹就要多回几趟家。姑姑姑父也很想她，姑父去世后，姑姑就更加想念她了。家里有几个老小孩，牵挂之累超过了路上奔波的劳累。妹妹倒没觉得辛苦，她还是喜欢坐火车的，坐着火车可以去见那些她想见到的亲人。她知道他们彼此依恋，他们也是她的靠山。两边的家人都在牵挂着她，她在曲阜和芜湖都是家里的二女儿。妹妹遇到事情，也就多了一份底气和帮衬，她得到的爱还是双份的。

妹妹要照顾家里的老人，她对我的照顾也超过了我对她的照顾。我对妹妹的依靠还不光在生活琐事上，我们在精神上也是相通的。特别是在我回归写作以后，妹妹成了我的第一读者，也是最忠实最上心的读者。她不会等到我全部完稿后才读我的作品，写的过程中我就会把写好的部分发给她看，听下她的意见。有时候我刚有了一个创意就可以跟她聊，她总是那个最有耐心的倾听者。妹妹一路陪伴着我，鼓励我不断走下去。这本正在写的书里也有妹妹很多的心血，她帮我去收集和复制家里的老照片，还要帮我去采访一些家人，录好音后发给我。我们还一起去找寻家人的足迹。我去上海时，妹夫开车带我和妹妹去了爸爸当年读大学的华东师大，爸爸待过的那栋数学楼还在，那里留下了爸爸的青春年华。几十年后，我和妹妹找到了那里，一起站在楼前合影，两代人的欢喜重合到了一起。

以前是我领着妹妹，现在多是妹妹在陪着我。我们还是彼此的依靠。

妹妹小时候我们都叫她"老不子"，她长大后成了"老木子"，"不"字冒出了头，现在我们称她"老主任"。家里的大事小事都得靠"老主任"，"老主任"管着拿主意，还得亲自去落实。

我们曾经以为妹妹没有跟我们长大，那个裂痕会一直在那里，很难弥合。在彼此的牵挂和依靠中，我们又亲密无间了，最后的那点生分也烟消云散。也许很多家庭都是这样走过来的，就是一家人从未分开过，也会有各种磕绊，可是血浓于水，一家人终究还是一家人，兄弟姐妹间的手足情谊也是天长地久难以分割的。

刚生下的妹妹是我的大姨照顾的，大姨在曲阜待了差不多一个月，那是大姨和妈妈最长的一次团聚。妈妈是家里最小的孩子，大姨比她年长很多，妈妈出生时，她的大姐已嫁去青岛，姐妹俩就没在一起生活过。那一个月里，大姨和妈妈说了很多悄悄话，她们非常的亲近，没有任何的生疏，好像她们一直都是在一起的。

　　我和妹妹的感情也是这样的。

　　大姨也很喜欢我妹妹，把刚出生的妹妹照顾得极好。妹妹再回山东时大姨已去世，她没有机会再见到大姨，这是妹妹的一大憾事。妹妹研究生毕业后曾在青岛工作过三年，跟大姨家的表哥表姐，还有表哥表姐的孩子常能见上面，他们在一起度过了许多美好的时光，这多少弥补了妹妹的缺憾。

　　曲阜也还是妹妹的家，她在这里出生，没有在这里长大，走过了一大圈后，她又跟这里重新亲近起来。其实妹妹跟曲阜一直有着很密切的牵系。妹妹是吃南方的米饭长大的，可她特别喜欢吃北方的馒头。我从曲阜去上海时，问她要带什么。她让我带些曲阜的馒头。我说上海什么好吃的都有，怎么要带馒头。就是想吃馒头，上海肯定也有，应该比曲阜的还好吃。妹妹却说，曲阜的馒头是最好吃的。从小在曲阜长大的我极少吃馒头，也没觉出曲阜的馒头有什么特别的。可妹妹每次回曲阜都要带走些曲阜的馒头，她总是说，曲阜的馒头跟其他地方的馒头不一样，这里的馒头是最好吃的。

妹妹还喜欢曲阜的煎饼。煎饼是曲阜的特产，妹妹在曲阜时，照看她的保姆是曲阜本地人，妹妹长出小牙能嚼东西后，她就开始给妹妹做煎饼吃。妹妹离开曲阜要去芜湖时，保姆嘱咐我妈妈给妹妹带上点煎饼。在火车站等火车时，妹妹歪靠在行李上，妈妈拿出东西喂她，都是当时最好的食物，可妹妹一直在摇头。妈妈想起了煎饼，拿了出来，妹妹马上咧嘴笑了，用她那还没长齐的小乳牙津津有味地吃了起来。

那个味道原来一直留在妹妹的心里。

　　我和妹妹。妹妹从十岁开始，每年暑假都会来曲阜，后来寒假也来。每年至少能有一次团聚，我和妹妹不再陌生。我们常一起出去逛街，也喜欢靠在床上说悄悄话。我们像姐妹那样亲近起来，我们本来就是亲生姐妹。隔了十多年后，我们找回了做姐妹的感觉，不是我们找回来的，那种亲密的感情不知道是怎么出现的，当我意识到这一点时，这种感情已经在那里了。

我保存着1998年我过生日时妹妹寄来的
信，有文字有图画，这是她亲手为我画的。
她说这个手握彩笔的小可爱要为我画出一个
最美的世界，那是她对我的祝福。其实妹妹
对我最大的祝福就是她自己，她给了我一个
坚实温暖的依靠。

「外甥毕成」

　　毕成是我的表姐李漪的儿子，也是我的大姨的外孙。我一直叫他成成，这是他的小名。

　　成成是我的表外甥，但那个"表"字对我们来说是多余的。在一个大家庭中，表亲间的关系可近可远，李漪表姐跟我妈妈很亲，我跟李漪表姐也很亲，我们就有了表亲中最亲近的关系，彼此牵挂，互相依靠。

　　小时候我很崇拜李漪表姐，我们家里所有漂亮的东西都是她亲手绣出来或缝出来的。表姐在农村时开始学着做衣服。她高中毕业时赶上了"文革"，没有机会考大学，成了下乡知青，从青岛来到高密，就是《红高粱》里的高密。她和她的同伴们没种过高粱，他们在产棉乡。雪白的棉田，看着很美，可种棉花和收棉花都很辛苦。表姐是在独门独院的大房子里长大的，但她不是一个娇小姐，各种粗重农活都扛了下来，还在劳作之后做起了衣服。回青岛探亲时她买回一本服装剪裁样本，第一次做衣服，她先用粉笔在一个旧床单上画出了样子，再找当地的一个裁缝指点了一下，就像模像样地裁出了衣服。这大大激发了她的热情，几个知青不可能天天做新衣，她就跑到老乡那里招揽顾客，谁要做衣服都可以来找她。来找她做衣服的人越来越多，她有求必应。裁下的布头她舍不得浪费，没准可以给小孩子拼凑出一件小衣服，更小的碎布头，她就拼出各种小动物或其他的花样，绣到衣服上做装饰。表姐为很多人做过衣服，但她从没收过任何人的钱，她喜欢做这件事，用自己的手艺装点了她和老乡们的日子。

后来青岛的几家工厂去高密招工，表姐被青岛纸箱厂招上。老乡们舍不得她走，倒不是因为她会做衣服，每一个知青走时他们都舍不得。他们一起待了五年，已经有了很深的感情。表姐他们也舍不得那些淳朴的老乡，一直怀念着他们。每过十年，他们会结伴回去看望那些老乡。2018年是他们下乡五十周年，他们又一起回到了高密，当年村里的那些老人们都去世了，那些穿过表姐做的衣服的小孩子们，也已进入老年。他们住过的那排房子还在，这是当年老乡们专门为知青盖的房子。已经很破旧了，老乡们还是留着，就空在那里。他们知道，每过十年，那些知青会回来看看。表姐和她的伙伴们在这排老房子前合了影。后来整个村子大拆迁大改造，这排老房子也被铲除了。那个时代已退出了历史的舞台，人们总是要往前走的。

表姐在1973年回了青岛。挣上工资后，她买的第一个大件是一台缝纫机。以前是去老乡或同事家借人家的缝纫机，这下自己有了家当，她的干劲就更足了。她还是不要钱，她喜欢把大家都打扮得漂漂亮亮的。

表姐也给我做过不少衣服，我们家的家具上也都穿上了她做的外套，很普通的家具就有了不一样的光彩。我去青岛时，曾追着表姐教我绣花，但热乎劲很快就过去了。我喜欢那些美丽的图案，却没有表姐的耐心和爱心。我跟着表姐去过她上班的纸箱厂，女工们搬的也是很重的纸板，中午休息时，表姐也没闲着，抽空绣点什么。她还带了几个徒弟，她的几个同事也有了绣花或裁衣的本事。

成成小时候没缺了好看的衣服，表姐把她的母爱细细密密地缝进了给儿子亲手做的一件件小衣服里。她不是那种爱唠叨的妈妈，对孩子的爱多是表现在行动上。家里的氛围也很宽松，除了在做人的教养上严格把关，他们对孩子的学业和才艺并没有什么要求。

我第一次见成成时，他还是一个小男孩，聪明可爱，也很活泼，但没有那种让大人头疼的顽皮。这大概跟家教有关，成成从小就是一个懂事有礼貌的孩子。

表姐一家在青岛，我们在曲阜，见面的机会并不多。我后来去了北京，再后来去了美国，见面的机会就更少了。我在我妈妈发来的照片和录像里，看着成成渐渐长大。有一年我从美国回来探亲，在北京见到了已经长大成人的成成，这是我们在很多年后的团聚。他已完全是个大小伙子了，一米八的个头，举手投足间有了一个成熟男人的魅力。他在国家体育总局工作，穿了身运动服，在稳重之外多了些体育运动员的活力。我还是叫他成成，如果他不是我的外甥，我该叫他毕成了，毕成更符合他现在的样子。

我们家跟体育没有什么渊源，成成进大学选专业时也没往体育上想，他在山东读的大学，专业是电气工程，打算做一个电气工程师。成成的英语一直很好，这是他的一大爱好，上大学时他参加了各种大学生的英语比赛，得过不少奖。

成成大二时赶上2008年奥运会在中国举办。成成兴趣广泛，从小喜欢看体育比赛，正好奥帆赛安排在他的家乡青岛，成成就想着为奥运做些什么。他在网上看到奥帆赛需要一些志愿者，在奥运会期间帮助来自世界各国的运动员。英语是成成的强项，可以派上用场，成成报了名。他在奥运会开始前就投入工作，为奥运会做了一个多月的志愿者。

作为志愿者参加过奥运会后，成成对体育的兴趣更浓了。大四找工作时，成成又是在网上看到国家体育总局的招聘通知，那年正好要招电气工程师，跟成成的专业完全对口，又跟体育有关，这个契机让他萌生了把兴趣变成工作的愿望。人生最大的幸福之一，就是所从事的职业正好是自己喜欢做的事情，成成全力以赴投入到报考中。体育总局有单独的人事司，所有的考试都在北京进行。成成那段时间一趟趟地跑北京，经过一轮轮的专业考试和面试，2009年4月30日，成成如愿以偿收到了录用通知。那年7月大学刚毕业，他就马不停蹄地开始了在国家体育总局的工作。

作为电气工程专业的毕业生，成成开始时被分到场馆管理处，为运动队的比赛和训练做好后勤保障。成成做事向来认真负责，很快适应了这份工作。工作之余，他没有放弃自己的爱好，常看中央台英语频道的节目，还坚持阅读英文书籍。在学校时他的口语更强一些，他就有意在听力和阅读上再多花些功夫，这样他的英语在整体上都有了提升。中国体育在世界体坛上已名列前茅，在体育领域少不了跟其他国家打交道，成成觉得学好英语对工作肯定有帮助，没想到有一天这会成了他的工作重点。以前中国体育在体能训练上比较落后，重点都在专项练习上，游泳队的练习游泳，举重队的练习举重，忽略了其他方面的训练。可人是一个整体，特别是对运动员来说，身体的方方面面都会影响到他们发挥出的状态和在成绩上的提升。运动员的整体体能上去后，会有更多的力量储备，还能减少伤病的困扰。体育总局意识到了这一点，从2011年开始发展这个薄弱领域，一些体能训练发展比较完善的国家的有经验的外教被聘请过来，帮助中国的运动队开展体能训练。外教来到中国后，势必需要外语翻译，这样才能把工作落实下去。体育总局的外事部门没有那么多的翻译，其他部门外语不错的人就被借调过来，成成的英语又有了用武之地。当时成成已在场馆管理处工作了两年，熟悉各种体育器械，也很了解运动员的训练手段和方法，很快就可以把英语和专业知识结合起来。成成是个有心人，他发现有些训练和比赛时用到的英语不同于日常生活中的意思，像at top在这里是整点出发，at bottom则是三十秒后出发，他就把这些专业用法都整理出来，方便了自己，也方便了别人。大家一起努力，中国体育在体能训练方面很快有了起色。成成的工作转到了竞体司，在这里的工作也很快风生水起，有些外教再来中国时，点名要毕成做翻译和助手。体育总局不光引进专家，也让运动员不断走出去，去美国等国家接受训练。

成成就这样成了体育总局的英文翻译。他的语言天赋倒是能找到家族的遗传，他的姥爷我的大姨夫，一九三七年毕业于齐鲁大学英文系，毕业后就开始从事外语翻译工作。我的大姨夫在青岛解放的前一天进了青岛港务局，一直工作到退休。我的表姐记得，成成小时候，他的姥爷教过他几个英语单词，成成对这件事完全没了印象，姥爷在成成5岁时去世了，对成成在外语方面的启蒙教育大概都没顾上开始，长大成人走上工作岗位的成成，在职业上竟然最终跟姥爷殊途同归。

从事跟外语有关的工作，又是成成的妈妈的一个没有实现的愿望。

我的表姐在学校时学的是俄语，她是外语课代表，在外语上她很有天赋，不怎么费劲就能学得很好，成绩优异。她在笔记本上一遍遍地写着"北京外国语学院"几个字，这是她的高考志愿。可她那届高中毕业生没有高考的机会了。成成的爸爸我的表姐夫比表姐高了一级，是1966年高中毕业的，填了高考志愿，还交了报名费，等来的却是废除高考的消息。到了表姐那一届，连志愿都没机会填了。

1977年恢复高考后，我的大姨夫特别想让我的表姐报考，想让她学外语，毕业后去某个中学当外语老师。大姨夫告诉表姐，当年他为表姐和她妹妹连大学学费都准备好了，没想到这一等等了十年。大姨夫不想让表姐错过这次的机会，劝她和她的几个要好的同学都去报考。我妈妈也劝表姐去报名，可以考我爸妈所在的大学。表姐去找了厂长，提出了这个请求，可厂长不同意。表姐不敢继续争取，好不容易招工回来，她不能丢了这份工作。

虽然高考让表姐表姐夫抱憾终身，但他们并没去做推爸推妈，让儿子去实现他们未实现的愿望。高考时，学校是成成自己选的，专业也是他自己定的。只是兜了一大圈后，他的工作落到了外语翻译上，这是他的姥爷的职业，也是他妈妈梦想的职业。

做了翻译后，成成主要随游泳队去美国，2018年就去了三次，每次至少一个月。我和成成在美国没机会见上一面，他在西海岸，我在东海岸，隔得挺远。而且成成是来工作的，没有时间出来游玩，出国在外的运动员们在训练和生活上更需要翻译的帮助，成成的全部心思都在这上面了。成成的工作得到了大家的肯定，他也在游泳队这里发挥出了自己的优势，2018年年底他正式调入国家游泳中心。

成成跟游泳也是有些缘分的。在海边长大的孩子多半会游泳，成成的妈妈就很擅长游泳。我十二岁时第一次去青岛，在那里住了一个多月，每天晚上跟成成的妈妈睡在一张床上。那时表姐一家住在中山路上，离栈桥很近，吃过晚饭后表姐常带我去海边散步，周末时会带我和家里其他几个小孩去游泳。我们几个孩子只敢在边上扑腾，表姐是真的去游泳的，她能游到我们的视力达不到的地方。海水浴场都会用网隔出一条长线，游泳的人不能游过线，过了线有可能遇到鲨鱼等危险，但也没有几个人能游到那条线边。岸边的人总是最多，然后越来越少，接近那条长线的地方就没有几个人了，表姐每次都会游到长线那里才回头。她的游泳姿势还很标准，能游得这么潇洒还能游得这么远，这让我很是羡慕。在海里畅游的她和在岸边望着她的背影的我都不会想到，她的儿子有一天会进了中国游泳中心。成成没成为一个游泳运动员，却跟他们有了这么密切的关系。

　　我跟成成的两次见面之间隔了二十年，二十年里会发生很多的事情，会有很多的变化，但成成的变化还是完全超出了我的想象。

　　我在成成身上感受到的不仅是他自身的变化，还有中国的变化。成成是八〇后，对于他们这一代人，起点高出来许多，机会也多了许多，只要个人努力，把握住机会，发展的天地广阔了许多。跟之前的六〇后、七〇后相比，他们好像更敢于尝试，自身的发展上就有了更多的机会，至少没有错过一些好机会。成成在长大成人的过程中，他的父母没有过多干涉他的成长，一直尊重他的爱好和选择，反倒让他自己摸索出了最适合他的发展方向。幸运的是，他的优势又在中国的发展中遇到了契机，个人的发展和国家的发展很好地结合到了一起。我在生活中最先接触到的一些八〇后是来美国留学的中国留学生，他们大多见多识广，成熟自信，跟他们初次相遇，很快就能感觉到这一代人表现出的分量和优越。成成是在国内读的大学，但他们在整体气质和素养上是一致的。成成在工作中跟世界接轨时，也就呈现出了很自然的状态。相信他在跟不同国家的人打交道时会很得体，真正做到不卑不亢。

我后来再回北京时，还跟成成去过他工作的国家游泳中心。他不出差的话，几乎天天待在那儿，我们就约了在他上班的地方见面。游泳中心和成成的办公室都在国家体育总局里，体育总局坐落在东城区的体育馆路上。北京的变化日新月异，但老城区多半还保持着原有的风貌。总局大院里也是朴素幽静的，散发着二十世纪八十年代的味道，这是我最熟悉的味道，我是在这种味道中长大的。我跟着成成转悠了一大圈，一路上不断有人跟他打招呼，这也是我既熟悉又感到亲切的人际关系。

光看环境和人与人之间的相处方式，我会觉得这里很悠闲。去到那些训练场馆，也没有看到任何激烈的运动和场面。我去了乒乓球队和游泳队训练的地方，扫上几眼的话，会很羡慕那些运动员。打打乒乓球，或者去游个泳，这跟看电影听音乐会一样，属于最惬意的休闲，可是当我意识到他们是在年复一年日复一日地不断重复着这样的训练，我在那重复了千万次的动作上感受到了他们的艰辛付出。一个动作一天里做上几次是休闲运动，天天去做，而且每天练上几个小时的话，这样的枯燥是一般人无法忍受的。可是没有千锤百炼，在技巧上不可能有质的飞跃，比赛时也就没有了百无一失的底气。在强手如云的国际赛场上，丝毫的差错就可能造成无法挽回的遗憾。

乒乓球训练馆的走廊上挂着所有世界冠军的照片，从荣国团开始，站在巅峰上的每一个人的脸上都洋溢着骄傲和喜悦。我从这一张张笑脸前走过，以前我常在电视里看乒乓球比赛，认出其中的很多冠军，这些年很少看比赛了，后面的那些冠军我几乎没见过。我望向馆内正在训练的运动员们，问身边的成成：这些人里有世界冠军吗？成成指了指那位离我最近的，说：那个穿黄衣服的前不久得了男双冠军。我站在那里望着他，看着他一次次地抛起那只小球，一次次地抵挡，一次次地扣杀。成成又加了一句，提及我们刚才在走道里遇到的那个人是多次世界冠军获得者。他迎面走过，我当时只顾看墙上的照片了，好多次在照片中看到了他。那个如雷贯耳的名字我不可能不知道，在电视上也没少看他打比赛。他现在是女队的教练，我走到女队的训练场，看见他站在乒乓桌旁，正在指导两员女将训练，那些小小的银球在我眼前漫天飞舞，看得我眼花缭乱。这只是训练的一部分，还有其他的体能训练，那种高强度的体能训练，也完全没有了我们在健身房里健身的惬意。

我又跟着成成去了游泳运动管理中心。正好赶上游泳赛，很多运动员出去参加比赛，游泳训练馆里没有几个人。花样游泳队倒是在，我进去时，女团和混双正在训练。女团是世界亚军，几个姑娘在水中翩翩起舞，从表情、姿态、编排、队员间的配合，还有跟音乐的配合上看，方方面面都是完美无瑕的。可水池边的教练还是看到了瑕疵，建议做一点细微的改动，姑娘们心领神会，在教练的引导下，重新呈现了一遍。音乐声停下后，教练和运动员们简短地交流了几句，她们好像又找到需要提升的地方，很快音乐又起，姑娘们迅速进入了高昂的状态。

我站在那儿看了一二十分钟，她们就已经重新表演了三四遍，我不知道她们在我来之前练过多少遍，在我离开后又会练上多少遍。我小声问成成，她们每天有多长时间的训练，成成说，差不多七个小时吧，而且一周训练六天。

当时是五月，天气热了起来，走在外面还是凉爽的，可在这训练馆里，我那薄薄的衣衫迅速被汗水打湿了。我感觉这里面很可能开着暖气，因为运动员们是在水中训练，水温比常温低，要保证运动员们别冻着，就要提高室内的温度。可能是太闷热了，陪在一边的领队光着脚，小腿和脚都在水里。我猜想教练的衣服已经可以拧出水来，她肯定顾不上这些了，始终聚精会神地盯着每个姑娘的每一个细小的动作。蹲在水边的她拿着个喇叭，这一天里她要说太多的话，扩音喇叭多少能帮她省点气力。她的声音既柔和又有力，运动员们的表演也是既柔和又有力。

离开游泳馆，我跟着成成去他的办公室。我刚才来这边时，经过的是北京东区最繁华的地段，一路看到的都是华美的高楼大厦，比较而言，体育总局好像过于朴素了。但我很快看到了一条在任何地方都看不到的人行道，上面镌刻着一行行脚印，是中国的世界冠军们留下的脚印，完全按照真实的尺寸打磨下来，每个脚印旁边刻着他们的名字。我没有去细看每一个人的名字，也没有从那些脚印上踏过。我怀着庄重的心情，从那些脚印边默默地走过。那条马路并不宽阔，宁静的树荫下，我似乎听到了坚实的脚步声。

快到办公楼时，我看见草丛中冒出一只白猫，喵喵叫着朝我们奔来。成成迎了过去，蹲下身来，白猫亲热地舔着成成的手。成成告诉我，这是只野猫，他常来喂它，他的双肩背里总是背着猫粮，刚才急着去门口接我，没顾上背背包。那只白猫显然不在意成成空着手，一遍遍地舔着成成的手，表达着它跟成成的亲近。我问成成：你出差时谁来喂猫呢？成成说：不要紧，这里有好多人关心这只猫，会来喂它。

成成办公的地方也很普通，是一栋二层楼，没有特殊的装修，完全是老式的风格。我们进去时，早过了下班的时间，楼里还有一些人在上班。我们在楼道里遇上成成的领导，他客气地跟我打过招呼后，又嘱咐成成：走时别忘了锁门。我猜想成成常在这加班，最后一个离开的，要锁上走道上的那扇大门。

我跟着成成进了他的办公室，第一眼看到的是一个镜框，里面是"业精于勤"四个字。镜框没有挂在墙上，方方正正地摆在长沙发的脊背上。办公室里没有任何起眼的摆设，这四个大字就格外引人注目。成成看我盯着这几个字，不好意思地解释说：这是之前的同事留下的。

　　我没说什么，瞄了眼成成的办公桌，他抬起头时，正好可以看到这四个大字。

　　这个成语我在上小学时就学会了，这一天才真正明白了什么是"业精于勤"。刚刚见到了运动员们的训练，在我的眼里，他们的每一次呈现都是世界最高水准的。只要有一次这样的呈现已堪称完美，可是在每次比赛之前，他们已累积了千万次的完美，每一次他们都在全力以赴，每一次他们都要调动起所有的热情和坚持。刚刚经过的那条刻满了脚印的小路，不知要付出多少艰辛才能在那里留下一个脚印。还有很多人的脚印没有刻在那里，更多的运动员在艰辛的付出后还是与冠军无缘，还有那些默默付出的教练员和工作人员，他们也要求自己"业精于勤"，他们也在全力以赴。

　　那个晚上我跟成成在体育总局旁边的一个饭馆吃的晚饭，往饭馆走时，成成说了句，运动员们是不能去外面的饭馆吃饭的。我很惊讶，问他为什么。成成淡淡地说：怕在药检时出问题，不知道菜里会有哪些佐料，我们吃了没问题，运动员就不能随便吃了。

　　我没有想到，那些运动员在艰苦的训练之后，连普通人的口福和消遣都没有。

　　吃饭时，我拐弯抹角地问到成成的恋爱近况。成成三十多岁了，我知道他的妈妈我的表姐很着急。做父母的，总盼着自己的孩子早点成家。成成的爸妈都在青岛，成成可以很好地照顾自己，做父母的还是不放心，而且大多数中国父母都会固执地认为，孩子成了家才算有了着落。表姐很随和，不喜欢唠叨，唯一的例外，就是锲而不舍地督促儿子抓紧搞定终身大事。

成成当然也想在北京有个自己的家，让父母放下心来，自己也彻底安顿下来。可谈恋爱是需要缘分和时间的，成成说以前谈过，没成，这段时间谈都没顾上谈。他常要出差，有时候一走就是一个多月，一年之中，他在国外或外地出差的天数很可能会超过他在北京的天数，不知道哪个女孩能受得了。

成成谈女朋友的话确实多了些难度，但我还是相信，他一定会遇上那个能理解他的女孩。

北京相见后，我回了美国，毕成很快随队去欧洲参加比赛，之后又去了韩国。首次随队出征世界大赛，毕成现场见证了中国公开水域游泳实现历史性突破，他深感幸运和自豪。这不仅是中国选手首次摘得游泳世锦赛公开水域项目的金牌，也是亚洲选手的零的突破。站在冠军旁边的毕成，也是满脸的兴奋，激动之情溢于言表。颁奖典礼、新闻发布会、兴奋剂检测又是一路赞誉，作为游泳队的工作人员，毕成自然又多了份喜悦。

毕成很少发朋友圈，上一次发朋友圈时，他人在美国加州的圣地亚哥，正在陪运动员们训练。那天是中秋节，他只发了两句诗："今夜月明人尽望，不知秋思落谁家。"那个晚上他大概有些想家了，这一次在朋友圈里报告夺冠的好消息，他的情绪显然很高涨，最后，他意犹未尽，又加上了一句话："愿中国游泳事业一路向前，我们定将上下求索，朝夕不倦。"

外甥毕成的姥爷，我的大姨夫。大姨夫一九三七年毕业于齐鲁大学英文系，毕业后就开始从事外语翻译工作。他在毕成五岁时去世了，对毕成在外语方面的启蒙教育大概都没顾上开始。毕成现在在国家体育总局游泳中心负责外事外联，在职业上竟然最终跟姥爷殊途同归。

毕成的爸妈的结婚留影。那个年代时兴旅行结婚，一对新人一起去某个地方旅行，婚礼和蜜月都兼顾了。毕成的妈妈（我的表姐）在外语上很有天赋，她曾梦想过报考北京外国语学院，可她那届高中毕业生已没有高考的机会了。虽然高考让表姐表姐夫抱憾终身，但他们并没有让儿子去实现他们未实现的愿望。高考时，学校是毕成自己定的，专业也不是外语。只是兜了一大圈后，他的工作落到了外语翻译上，这是他姥爷的职业，也是他妈妈梦想的职业。

　　毕成大二时赶上2008年奥运会在中国举办，奥帆赛安排在他的家乡青岛，喜欢体育又想为奥运做些什么的毕成报名做了志愿者。因为优秀的表现获得奥帆赛服务城市奖章，我的表姐表姐夫也参加了表彰活动。作为八〇后，毕成这代人的起点高出来许多，发展的天地也广阔了许多。 ——

大家庭中的小家庭

对很多人来说，人生会有两个很重要的组成部分，一个是自己的原生家庭，一个是自己亲手建立的家庭。这两个家庭一般不会很大，现在很少有谁家还过着四世同堂的大家庭的生活，大部分人家过的是小日子，只有父母和孩子。在丁克家庭里，只有夫妻两人。我们一生中的大部分时光就是在这两个小家庭中度过的，这两个跟我们都很亲密的小家庭常会有交集，更多的时候，是两个独立的存在。这两个小家庭跟与之相关的两个大家庭也会有很多的交集，这样的交集可深可浅，终究还是很难动摇小家庭的独立。

我也有两个小家庭，一个是我和父母妹妹的四口之家，一个是我和先生女儿的三口之家。这里有我最亲密的亲情和爱情，这里也有我的最重要的成长，在这里的生活影响到我一生的轨道和走向。

我是在山东曲阜的一个大学校园里出生长大的，我的第一个小家庭就在那里，多了书卷气，少了尘世的喧嚣。我是父母的第一个孩子，爸妈没有养孩子的经验，他们认为头等大事就是得让我吃好。而我天生是个吃货，在吃上从不客气，最夸张的时候，我一天能喝掉两磅牛奶。我被养得白白胖胖，也把父母存下的钱全吃光了。爸妈结婚后存下点钱，但那时候大家都在过苦日子，工资很有限，家底肯定厚不到哪儿去，我在吃上就不得不放慢了脚步。

其实在物资匮乏的年代，再有钱也吃不上多少好东西，逢年过节时才能享下口福。好多年货还得凭票供应，小孩子盼过年多是奔着吃去的。一家人准备过年时就多了盼望和热情，爸妈都会拿出看家本事，有时是全家一起上阵。做蛋饺之类的东西时，我们会一起围坐在炉子边，很耐心地摆弄着，做个饭很有仪式感。还没吃到嘴里，那香味就把我们醉倒了。过年时能吃上平时吃不上的美味，小孩子的口袋还能被糖果胀得鼓鼓的。我们到处去拜年，每家都会给我们糖果。自己家里也会摆上糖果花生瓜子，这是为来拜年的人准备的。我们最终从别人家揣回来的吃食跟自家摆在桌子上的数量差不多，可大人小孩都喜欢这么交换折腾一番，邻里同事朋友间的情谊就在这喜庆的气氛中乐开了花。

过年时还可以穿上新衣服，我小时候穿上的新衣多是妈妈亲手做的。

后来我有了个妹妹，但她一岁多时就去了奶奶和姑姑家，我和妹妹的童年只重叠了很短的时间。妹妹的第一个春节是在曲阜过的，她小时候怕生，过年时好多人来拜年，妹妹那天没少哭。第二年过年时没了妹妹的哭声，家里安静了不少，也落寞了很多。很多年后，长大了的妹妹又开始回曲阜过年，一家四口可以一起庆祝。这时候的物质条件好了许多，年夜饭也就非常丰盛。我们还是盼着过年，不再是奔着吃了。过年时，我们一家人可以聚在一起。

吃过年夜饭后，一家人坐在一起看春晚。开始时我们很在乎春晚的表演，后来春晚的节目跟饭桌上的食物都成了陪衬，一家人的团聚是永远的主角。

在我的童年时代没有谁家有电视，吃过年夜饭后就早早地上床睡觉了。那个年代里几乎没什么娱乐项目，最让人激动的就是看电影了，那是我童年时代最亮丽的风景。我小时候看的多是露天电影，就在学校的操场上。我总是很早就扛着三把小椅子去占座位，爸妈在家准备晚饭。妈妈一般会做韭菜盒子，我爱吃，拿起来也方便。人越来越多时，爸妈也带着热乎乎的韭菜盒子来跟我会合了，我边吃边等电影开始。天色暗淡下来后，一束并不耀眼的白光穿透黑暗投向临时拉起来的大白布，照亮了我的瞳孔我的世界。一直忘不了小时候看过的那些电影，我和我的同龄人是被电影感动和影响过的一代人，没有什么比电影更能撞击出我们所有的情感。我忘不了的，还有父母的陪伴和满满一操场的人一起看电影的热闹和喜悦。

小孩子可以玩的玩具也少得可怜，物质上的东西都很有限。一旦能够拥有，就会非常地宝贝，虽然那些东西并不贵重，不值几个钱。我小时候收到的最贵重的礼物是一串项链。那次我爸妈带我去济南，妈妈带我住在旅馆里，爸爸晚上就去澡堂睡觉。大家都是去公共澡堂洗澡，白天当澡堂用，晚上就成了睡觉的地方，比旅馆便宜。旅店里也不是单间，一个房间里住着好几个人，最大的能住上十几个人，还是上下铺。小孩子睡得早，晚上我睡下后，迷迷糊糊地感觉有人进来，在我的枕头边放下一样东西就走了。那是一位从小看着我长大的叔叔，跟我爸妈是关系很近的同事。他是淄博人，刚回了趟家，给我带回来一份礼物。淄博的瓷器很有名，他给我的是一串用小瓷珠串起的项链。我早晨睁开眼，看见了那串项链，红色和粉色相间，散发着温暖的亮光。柔和的光泽在我眼里闪着耀眼的光芒，我从没见过这么漂亮的东西。我一骨碌爬了起来，把那串项链捧在手心里，爱不释手。那几天的全部心思都在这串项链上了，有一天我用力过猛，把那串项链拽开了，几十个珠子落得满屋都是。我号啕大哭，妈妈和一屋子出门在外萍水相逢的阿姨全体出动，爬到床和桌子底下，帮我找回了所有的珠子，又帮我重新穿好。

那串项链穿起的是我童年最美好的记忆。

在清贫的年代，我还是快乐地长大了。

我们从平房搬进了楼房，开始时是两间屋子带一个小厨房，厕所不在家里，在楼道的中间，两三家共用一个。之后我们搬进了一个小三间，有了客厅和厕所。没过几年我们家的房子变成了大三间，几个房间的面积都比原来大了不少。之后又换过两次房子，房子越来越大越来越敞亮，条件也越来越好。

我们家的第一个大件是一台海尔冰箱。爸妈合写了一本书，用全部稿费买来一台大冰箱。冰箱进驻后，我们家不断有人来观赏。我妈的脸色很快转喜为忧，倒不是因为来的人太多，是被这冰箱闹的，这冰箱干起活来就不停了。我这才知道冰箱达到设定的温度后就会停下来，等到温度又上去后再启动。可我们家的冰箱一直在工作，被大家称为"劳模"。爸妈和几个叔叔阿姨坐在冰箱前瞎琢磨，心烦意乱地听着那冰箱唱着小曲。冰箱劳模终于累了，不知怎么搞的就停了下来。爸妈放下心来，对这冰箱的喜爱就更多了。

要是我能做决定，肯定先买电视。电视在当时也是一个稀罕物，没有几家买得起电视。有电视的人家就很好心地拿出来跟邻居们共享，特别是住在一楼的人家，天天晚上把电视抱出来，左邻右舍就搬了凳子聚在那里看电视。那时的频道极少，常放老电影。很多电影解禁了，我们一个星期里能看上几部电影，着实过了把电影瘾。

很快我们家也买上了电视，陆陆续续又有了其他的电器，家里各种设施一应俱全。物质生活的变化太大太快，那是几年前的我们无法想象的。

唯一没变的，是一家人的感情。小时候爸妈喜欢说，金窝银窝不如自己的狗窝。家里一穷二白时，还是觉得自己家里好。家里什么都有了的时候，外面的世界也在日新月异。看过了各种的精彩，依旧觉得自己家里最好。什么都是熟悉的，可以完全放松下来。这个世界上最想回到的地方，还是自己的家里。

可是我们长大后，总要离开自己的父母，这是成长的一部分。

我从曲阜来到北京，离开家后总是很想家。每个周末我会跑到附近的商场去给爸妈打电话。那个时候还没手机，家里倒是有了电话，可学校宿舍楼里的电话打不了长途，外面的电话也很难打进来，总有人守在电话机前，电话永远在占线。我发现商场里有个地方可以打长途，打完后计时收费。这里总是有人排队，好在不是太长。后面的人总是很耐心地等着前面的人把话说完，大多是打给家人的。正在讲电话的人也不怕别人听到，大家要说的话差不多是一样的。

父母会找人给我捎东西，看到以前没见过的东西，我也会买下来，找人给爸妈捎回去。那时没有快递，邮寄也不方便，只能找人捎带。可好不容易等到的人也要去挤火车，也不能给人家加太多的负担。偶尔能碰上父母的学校有人带车来北京公干，可以多捎点东西，爸妈和我都会很欢喜。

放假前的头等大事，就是买上那张回家的车票。

我在北京开始工作后，不再有长长的暑假。父母在学校工作，妹妹还在上学，他们就趁暑假来北京跟我团聚。有时爸妈会来北京出差，或小住段时间。他们来了后，我在北京也就有了一个家。我很喜欢北京，唯一的欠缺，就是缺了家人。我在这座城市有不少的朋友，同事也很好，可是有些依靠只有家人能给了我。我尽可能地带他们多看看多走走，其实去哪里不是那么重要，一家人能在一起就很开心了。我下班后也不再在办公室里磨蹭，急着往家赶。万家灯火，有一盏灯是为我亮的。有时还未到家，就可以看到妈妈或妹妹在路口等我，爸爸在家里做饭，还未进家门，就闻到了饭菜的香味。

爸妈和妹妹离开北京后，我会特别空落，需要好几天才能恢复过来。还常会有让我后悔的事情。有一次妈妈来北京开会，我们只能匆匆见上一面，送她走时，我让她坐小巴。那时我们很少打车，大街上的小车也没那么多，能有小巴是最好的，不用多花太多的钱，还能有座位。妈妈说她坐公交车就可以了，正好有辆公交车进站，妈妈上了车。里面已经站了些人了，妈妈也站着，我就后悔为什么没坚持让她坐小巴。车开走了，我独自在那儿站了很久。

还有一次，我跟妹妹逛街，妹妹说她想吃个雪糕。我那时还把她当小孩子，不是她要什么就给她买什么。我说算了，妹妹也就没再要求。妹妹离开北京后，我一个人走在街上，看到卖雪糕的，我就会想起妹妹，就会后悔没给她买雪糕。如果那个时候她还在我的身边，我会给她买很多很多的雪糕。

父母希望我能有一个自己的家，在一个自己最觉得放松的地方，跟自己最亲近的人一起过日子。这是父母能给我的，也是希望我能拥有的。他们希望我能有一个自己的家，不仅仅是一个可以住的房子。

在我很年轻的时候，妈妈就告诉我：工作是半辈子的事情，生活是一辈子的事情。我和妹妹长大成人后，父母对我们最大的期许就是我们能有一个美满的婚姻，从原来那个我们跟他们共同拥有的小家庭，走进另外一个小家庭，一个我们自己建立起来的小家庭。

我在哪儿落脚和生活，父母没有干涉过我，但是他们有很明确的愿望，就是希望我能有自己的家庭，在这点上他们是很传统的父母。父母越是爱自己的孩子，越是希望他们能有一个自己的小家庭。

可是那个可以相伴一生的人是可遇不可求的，我的父母很开明，在这件事上一直没给我压力。到了一定的年龄，我自己倒是着急起来。而且，父母给了我一个幸福的家庭，我对家庭就充满了向往。我很早就盼着成家，我想做个贤妻良母。

我遇到了那个我以为是对的人，可我们没有白头偕老，这场短暂的婚姻以离婚收场。

父母还是没有给我压力，在我对未来很迷茫，不知道该去哪儿时，妈妈又告诉我：爱情在哪儿你就去哪儿。

我让父母等了很久才等到了属于我的爱情，有了爱情后，我终于有了那个属于我的小家庭。

先生是个美国人，我的父母开始时不太赞成我跟外国人谈恋爱，我遇到先生时，父母这次没说什么，由着我走下去，也许那是做父母的直觉吧。我在年轻时谈过一个男朋友，父母强烈反对。当时一个朋友跟我说：父母的话还是要听的，他们是最爱我们的，也是最了解我们的，知道什么样的人适合我们。那个朋友比我大了十多岁，已是过来人。热恋中的人哪能听进去别人的劝告，不过这段感情没有走进婚姻。我第一次结婚时，父母也是反对的，他们给我写了封长信阻拦我。我没当回事，还是结了婚。出了问题后，才后悔没听父母的话。爸妈没有埋怨我，在我最需要理解和帮助时，父母和妹妹始终陪伴着我。因为他们，我在这个世界上不会无路可退。

我带着先生回中国拜见岳父岳母，他们说着不同的语言，很难直接交流，更难有深层的交流。但他们还未开口说话时，他们就有了默契。他们坐在一起时，气氛融洽欢愉，不需要表达就能感觉到亲近。他们刚刚见面，就已经是一家人了。

妹妹几乎跟我同时结的婚，比我晚了不到一个月，我们姐妹俩都有了自己的小家庭，我们的父母终于放下心来。

跟先生在一起时，我有种相依为命的感觉。不是因为物质上的欠缺很难活下去，或者居无定所前途渺茫，两个人需要相依为命，抱团取暖，在物质上我们想有的都有了，该有的也都有了，可是跟他在一起时，我还是会有那种相依为命的感觉。那就是家人的感觉吧，两个在完全不同的地方出生长大的人，远隔万里，没有任何的血缘关系，不知道怎么就遇上了，还可以相依为命。我们相依为命时，我们就成了一家人。

新婚不久，有次先生在读一部长篇，看到一段话，马上拿给我看，他说这就是他对婚姻和家庭的理解。那上面说：婚姻里很难分出谁对谁错，不要想着去改变对方，要学会互相妥协和包容。两口子吵架多是为无足轻重的小事，吵不出什么结果。如果总想着说服对方，小吵小闹就会不断扩大，最后问题没解决，两个人还走到了离婚那一步。先生说：我不会做这种傻事，我们吵不起来，因为我会让着你。

大家庭中的小家庭。对很多人来说，人生会有两个很重要的组成部分，一个是自己的原生家庭，一个是自己亲手建立的家庭。我也有两个小家庭，一个是我和父母妹妹的四口之家，一个是我和先生女儿的三口之家。这里有我最亲密的亲情和爱情，这里也有我的最重要的成长，在这里的生活影响到我一生的轨道和走向。

先生说到做到，结婚十多年了，他还在信守当初的诺言。他想守好这个家，他愿我们永远是家人。

结婚的第二年我们有了一个可爱的女儿，小家庭里就更多了欢喜。

我努力做好妻子和母亲，琐碎的日常生活没有让我感到枯燥，我心甘情愿地享受平凡的日子，这就是我盼望了许久的家庭生活。

女儿的语言丰富起来后，父女俩倒没少拌嘴，那不是真吵，是一家人才会玩的斗嘴游戏。

家的味道先是从厨房里出来的。一家人能在一起做做饭就是幸福，这是普通百姓的平常日子里的最真实的幸福，也是最有可能做到的幸福。

我小时候常能见到爸妈一起在厨房做饭，边做饭边亲热地聊着天，我在离他们很近的地方做作业，很祥和的气氛，这是我对幸福的最初的理解和感受。热腾腾的饭菜端上桌后，一家人坐在一起吃饭，吃到嘴里的，也是幸福的味道。

一家人的口味不一定非要一样，虽然有人认为吃不到一起就难成为一家人。

我爸爸是南方口味，很少吃面食，喜欢吃米饭，我妈妈完全是个北方人，多是吃面食。几十年下来，我们家的饭桌上，馒头和米饭一直和平共处，做菜时爸妈也是互相迁就。在我的小家里，换成了中餐和西餐的共处。我喜欢吃中国饭，先生和女儿是美国胃口，我们就互相搭配着吃，有时做中国饭有时做美国饭，有时两样都有，坐在一起吃，但各吃各的，也没有影响了感情。彼此的妥协和包容，也是爱的表现。先生让我尝到了很多以前没吃过的西餐，我也带着先生扩展了他的中国美食，我们都有了更多的口福。

厨房和餐厅里肯定不会永远风平浪静，总会有一方高兴另外一方头疼的时候。我爸特别不喜欢我妈包水饺，他对水饺没什么兴趣，妈妈包饺子的话，得留点饺子馅给我爸,他就用这饺子馅跟剩米饭混在一起煮泡饭。我们吃着香喷喷热气腾腾的饺子时,我爸孤零零地吃着他的咸泡饭。包饺子一般比平时做饭麻烦,我妈累着后,就会发脾气,出气筒一般是我爸,他又不好那一口,还得受气,所以他最怕我妈在家张罗着包饺子。我先生和我女儿会为火锅打架。先生特别喜欢中国的火锅,去中国时常去光顾火锅店,在这边也找到了吃火锅的地方。我们家还买了个鸳鸯火锅,他涮辣的那边我涮不辣的,我们俩搭配得挺好。我女儿对火锅没什么兴趣,还特别不喜欢我们把家里搞得热气冲天。我准备各种涮料时往往认真过头,就跟我妈包饺子时一样,要发些脾气,不一定全发到女儿头上,肯定会分些给她,她就跟我爸一样,没吃上好饭还得受气,但她不像我爸那么好脾气,少不了抱怨。这样的吵吵闹闹也炒热了家庭的气氛。

不光在吃上各有所好,我们在个性和喜好上也是不同的。我爸爸很宅,喜欢阅读,我妈妈热爱新鲜事物,喜欢出门,不过身体一直不好,她的愿望就很难实现。我随了我爸,我妹妹随了我妈。妹妹的身体比妈妈好,又赶上了好的时代,不光可以在国内旅游,还可以去不同的国家走走看看。我和妹妹在动手能力上也复制了父母的基因。电脑还没普及时我们家就有了台电脑,是为我爸配置的,但我爸到现在还不会开电脑,要在电脑上看个什么东西,全指望我妈帮忙。他也不会用智能手机,用着一个老头机,里面只有我妈妈一个人的手机号码,不用拨号,他只会按一下那个设置好的号码,只能给我妈妈一个人打了电话。我比我爸爸的本事还是多了些,但在同龄人中绝对是垫底的。我还是没学会用手机找路,总要跟路人打听,人家掏出手机给我指路,有的人帮我在我自己的手机上设好路线,我看着手机,走着走着又迷糊了。先生曾经下定决心教会我,这样出门想找个饭馆什么的,他开车我指路,我们可以多出很多选择。不过他很快就放弃了,他说还是教女儿吧,更靠谱。我妈我妹和我先生在这些方面都很灵光,我妈很快学会了用电脑，把电脑的各项功能都发掘出来了，想放松一下时，还会坐在电脑前挖地雷。手机的方便之处她自然也不会放过，她八十多岁了还在尝试新的东西，出门时非得用滴滴叫车。我和我爸永远是那个搭顺风车的，懒人有懒福。

家里有笨的，也有灵的，这倒也是不错的搭配，多了过日子的嬉闹和乐趣，家人间也多了和谐，两个人中最好能有个糊涂的。

两口子能不能过到一起，跟能不能吃到一起和性格喜好有关，最重要的还是两个人的生活态度，三观一致的话，家里最多是小打小闹，不会出太大的乱子。父母对待生活的认知和态度，又会很大程度地影响到下一代人的生活方式。

我的父母都是热爱生活的人，也很乐观。在我小的时候，大家过着清苦的日子，爸妈总有办法找到乐子，让生活多些生气。没有多少书看，我爸爸就给我们讲故事。他以前读过不少文学名著，记忆力又很好，可以整本整本地讲给我们听，我很早就有机会听书了。那时大家的穿着都很朴素，色彩很单调，用的东西也没有多少色彩。有一天早上我还在被窝里，我妈妈出去取奶瓶，我们家订了半磅奶。妈妈激动万分地跑回来，让我看那奶瓶的盖子。以前都是用清一色的木头盖子，那天早上换成了塑料瓶盖，是鲜艳的红色。妈妈兴奋地告诉我：以后还会有绿色的、蓝色的、黄色的、粉色的，各种各样的颜色。我也激动起来，满怀向往，也许我对生活的热情就是从那个时候开始的。

爸妈对他人的态度也是一致的。他们善气迎人，而且对不同社会地位的人一视同仁。对那些卖菜的老农、打扫卫生的人也很客气，在他们那里，人是平等的，没有贵贱之分。对那些穷困的底层人，爸妈反而多出一些关心，他们知道这些人更需要爱心和帮助。我和妹妹随了他们，对任何人的态度都是一样的。

爸妈的工作单位常会请一些专家来学校讲学或参加学术活动，有时爸妈去见那些专家时会带上我。他们都是搞数学的，中国的数学在世界上处于领先地位，这些专家也享誉世界。我见到的每一个人都很谦逊和善，没有哪个给人高高在上的感觉。所以很小的时候我就知道了，那些真正有水平有学问的人，往往深藏若虚满而不溢。爸妈在学术上各有所长，不过他们在有所建树时都很低调，对他们的学生也非常随和。

我的父母都是做老师的，并不好为人师，他们会尊重别人的选择，包括对自己的女儿。中学时要分文理科，我选了文科。那个年代很崇尚数理化，"学好数理化，走遍天下都不怕"。爸妈都是数学教授，却没有逼我去学数学，别人觉得不可理解时，他们总是说：兴趣是最好的老师。他们由着我看了很多课外书，都是文学作品。也会带我去看电影，遇上文学作品改编的电影，我们一定会去看。城里有了不错的电影院，我们常走着去看电影，一路都在聊电影。他们那个时候大概不会想到，有一天我也会写小说，跟电影创作也会结缘。他们只是想让我做自己感兴趣的事情，做自己喜欢做的事就会多了热情和恒心，就更有可能把事情做好，也更能从中享受到生活的乐趣。

我对工作的热忱和认真也是受了父母的影响。他们对我并没有这样的要求，他们在这方面做到的还是"身教"。我常能看到父母在那里很认真地备课，教过多少遍的课，每次上课前还要认真准备。妈妈说她读大学时，她的几何老师可以在黑板上一笔画圆，这就是一个老师的功力，这样的功力是倾注了很多心血才能练就出来的。有一天下雨，我去给妈妈送伞，她那天在上大堂课。讲台上的她生气勃勃神采奕奕，这跟她平时在家里的样子完全不同。她的身体不好，我常看到她病恹恹的样子。我以为我走错了教室，趴在教室门上仔细看看，确实是她。我还能看到那些学生也都精神抖擞，聚精会神地望着讲台上的老师，两眼熠熠生光。那就是教和学的最佳状态吧，出来的效果也会是最好的。成年后我做事情时也会尽力而为，我可能做不到最好，最终的结果也可能差强人意，但我决定去做这件事时，就应该尽我最大的努力。

我跟先生和女儿组成的小家庭里，在对生活的态度上，包括对他人的态度、对工作的态度、对金钱的态度、对孩子的态度等等，基本上复制了我的原生家庭的理念。不是刻意为之，也没有做太多的努力，就自然而然地重合到了一起。先生是在美国文化里长大的，我是在中国文化里长大的，在这些最基本的观念上，我们并没有文化上的冲突。我们两个在这些方面是一致的，我们的女儿耳濡目染之下，将来很有可能会有相似的生活态度。

父母没有拦阻我对文学的喜爱，给了我最初的开始。我喜欢写作，但一直没敢把这当成职业。在我犹豫不决时，先生鼓励我去做我最喜欢做的事情。他总共认识二百多个汉字，用这些汉字读不了我的任何作品。他不知道我写得怎样，但他知道这是我最想做的事情。没有他的鼓励和支持，我很难心无旁骛地开始。在我决定开始后，爸爸妈妈和妹妹也在支持我，有了家人的陪伴，我才能不断走下去。对我来说，写作的过程中已经有了很大的收获，写作的时候我能感觉到创作的热情和家人的爱，我感受到了真情实感，写出来的东西也就有了真挚的情感，这也是我希望能够出来的结果。每一个作品都应该是有感情的，我希望我的作品能送出去祝福，能带给别人温暖和希望。

我没有想到的是，女儿也爱上了写作。我写她也写，写的东西比我还多。不知道有一天她会不会也想当作家。她才十二岁，我无法预测她的未来，她的未来也不是我可以预测和主宰的，我只愿她能去做她喜欢做又有意义的事情。有一点我可以确定，我会陪伴她支持她，就像家人陪伴我支持我一样。

我妹妹学了计算机科学与技术，跟父母的专业有很大的关联。这是妹妹自己选的专业，妹妹当年想学什么，父母会给建议，帮她斟酌权衡，但最后做决定的，还是妹妹自己。

我的父母基本上没有干涉我的成长，让我自由自在地长大。我对自己也没有多少规划，年轻时我不知道我会有什么样的人生。几十年后，我发现我做了我自己，遇到那个最适合我的人，做着我最喜欢做的事情，过着我最希望能够拥有的生活。还是普通人的平常的日子，因为是我想要的生活，这对我来说就是最好的生活。而这样的生活是两个小家庭给我的，在生活的舞台上，我扮演着女儿、妻子和母亲的角色，这三个角色让我成了今天的自己。父母孕育了我的品性和天资，先生鼓励我就做我自己，天资中的那些品性慢慢绽放出来，在女儿面前，我希望能做好我自己，我开始完善自己，家庭中的三个阶段成就了我个人的成长。如果我的家人对我的爱里有功利之心，如果他们只关心我想做的事情有没有用，有多大的收益和回报，我大概成不了今天的样子，做不了我最想做的事情。爱是纯粹的，不会掺进功利的东西。回望来时的路程我才知道，那些不在一个时空相隔遥远的事情和决定间有着怎样的关联，蕴含着多少家人的爱和丰盛的祝福。

家庭给我们最大的馈赠就是这些精神上的东西，不是物质上的财富。在物质匮乏的时候，如果一家人相亲相爱，我们还是可以拥有丰厚的生活。

小时候遇上唐山大地震，曲阜只是有震感，但这之后的很长一段时间里大家都在防震，好像地震一定会发生，就是不知道是哪一天。家家户户都盖了防震棚，绝大多数人家还是住在家里，比防震棚舒服很多。爸爸的枕头边放了一个很小的包，里面装着家里所有值钱的东西，躲地震时就带上这个小包。那时候家里所有值钱的东西，用一个小包就够了。

现在再让我们打包带上值钱的东西，我们大概会无从下手。东西太多了，多到一个大车也装不下。

有次我和先生带女儿出去游玩，车刚开出来，先生突然想起，好像没有锁家门。我说开回去看看，他说算了，反正最重要的都在这里了。

先生说的是我们一家三口都在这里，这是最重要的。

一小包的东西跟一大车的东西是一样的，都是身外之物，或多或少，都不是最重要的东西。最重要的是家里的人和家人间的情感。因为这些人和这些情感，我们才这么想回到家里。

离开曲阜去北京前，父母跟我说：你长大了，总要离开父母的。不用担心我们，你对父母最大的孝顺，就是过好你的日子。

我在努力过好我的日子，可不在父母身边，总是一个很大的缺憾。后来我来了美国，离父母更远了。妹妹在上海，也不在父母的身边。我和妹妹都尽可能多回家看看，陪陪父母。爸妈一天天老去，出趟门越来越困难。曾经憧憬过带父母去周游世界，但这已是这辈子无法实现的愿望。我已经离开得太久了。

可是回到家里时，我有时会恍惚觉得，我从未离开过这里。之前的十年、二十年，甚至更长的时间，都突然消失了。我躺在自己的房间自己的床上，睡得很踏实，睁开眼时，一切都还是原来的样子。那一刻我忘了我在很远的地方还有一个家。

我和妹妹都有了自己的小家庭，有的时候只有我和妹妹回去看父母，回到只有我们四个人的日子里。很短的团聚，也是天伦之乐。爸妈颤颤巍巍地忙活着，我们的面前总是摆满了各种美食。外面也有很多好吃的东西，可家里的饭菜还是最合口的，我和妹妹回家时总是会吃胖。

　　也有的时候我带着先生和女儿回到父母身边，祖孙三代的团聚很是忙乱，却很热闹和欢喜。我带着先生和女儿去找我小时候喜欢去的地方。校园的变化很大，我们最早住过的房子已没了踪影。学校里多出来好几个漂亮的花园，我和妹妹小时候常去的那个花园还在，那时这个花园是这里唯一的一个花园，我们一家四口拍照时最喜欢来这里。

　　在几个花园中，我女儿最喜欢的也是这个花园，她在山石和花草树木间跑上跑下，快乐地嬉戏着。我看见她跑到了那座小桥上，扭过头来，朝我笑着，童年的我也是这样站在那座小桥上，也是这样开心地笑着。

　　女儿的笑脸跟我的笑脸重叠到了一起，两个小家庭的日子也重叠到了一起。

我在翠花园，脚上穿着大姑
姑给我买的那双红皮鞋

回曲阜过暑假的妹妹常来翠花园

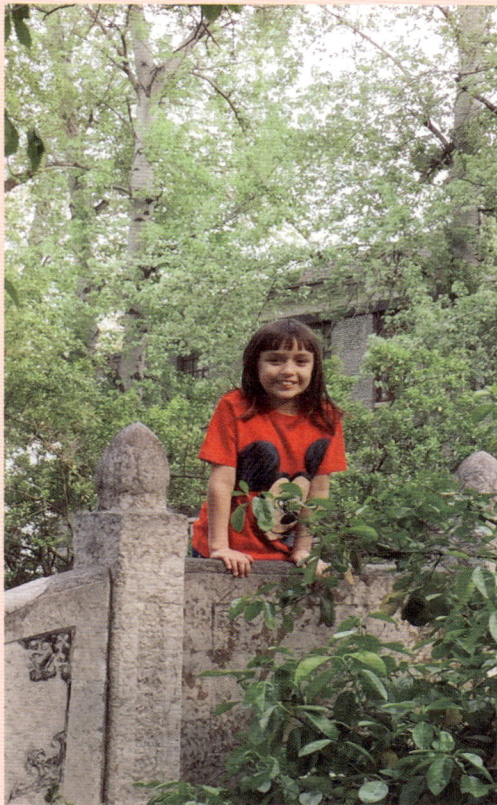

女儿在翠花园

　　校园的变化很大，我们最早住过的房子已没了踪影。学校里多出来好几个漂亮的花园，我和妹妹小时候常去的翠花园还在，那时这个花园是这里唯一的一个花园，我们一家四口拍照时最喜欢来这里。在几个花园中，我女儿最喜欢的也是这个花园，她在山石和花草树木间跑上跑下，快乐地嬉戏着。我看见她跑到了那座小桥上，扭过头来，朝我笑着，童年的我也是这样站在那座小桥上，也是这样开心地笑着。女儿的笑脸和我的笑脸重叠到了一起。

「漫长人生中的匆匆一面」

浩繁的世界芸芸众生，就是一个家庭中有血缘关系的人也不是一个小的数目，大家散居在不同的地方，很难期望跟自己的亲人偶然相遇，有时做过许多刻意的计划和安排后，还是没能如愿见上一面，可在我们家里有过那么几次让人惊喜的不期而遇。不在期待中的团聚，还是很匆忙的一面，却永远留在了我们的记忆和回想中。

我妈妈1960年大学毕业后留校当了老师。在那个年代没有多少人能上了大学，每所大学都会办些函授班，帮助那些无法进校园学习的人接受大学教育。出去函授的教学任务一般由青年教师承担，妈妈那些年里上了不少函授课。

毕业后的第二年，妈妈去山东临沂教函授，住在招待所里，一间房里住了三个人。妈妈房间里的另外两个人是同事，一起出来出差。第二天早上，有位男士来通知她们开会，人没进来，站在门口把事情交代了几句。妈妈觉得这个声音好熟悉，太像她的二哥的声音了。她就跟那两位同房室友打听她们是从哪儿来的，她们说她们是青岛丝绸公司的，来临沂采购桑蚕。妈妈的心跳加快了，我二舅就在青岛丝绸公司工作呀，她急急地问道：刚才在门口说话的那位同志是姓张吗？他叫什么名字？有位同屋报出了名字，跟她们一起来临沂出差的正是我妈妈的二哥。兄妹两人差不多十年没见上面了，也没机会通电话，可我妈妈还是听出了哥哥的声音。

从曲阜过来的妈妈和从青岛来的二舅就这样在临沂见上了面。二舅去青岛前妈妈还没长大成人，兄妹俩很亲，却没有任何深入的交流。二舅和妈妈又分开了这么多年，偶尔通封家书，也就是报下平安。二舅跟他的小妹意外重逢，两个人自然很激动。面对已经大学毕业成了大学老师的小妹，二舅敞开心扉，妈妈这才知道二舅这些年里都经历过什么。

二舅告诉妈妈，他有过三次选择，或者说三次机会，面前都是有两条路，两条路通向不同的前方，可他在做选择的时候看不到更远的地方，而且一个人在做选择的时候常常身不由己。二舅的第一次选择出现在他在平度西海中学读书时。抗日战争爆发，校长召集师生，站在台上慷慨激昂地说：现在日本侵略中国，不愿当亡国奴的，跟我上山打游击，不想跟我走的我不勉强。二舅也是热血青年，马上决定跟着校长去打游击，还回家宣布了自己的这个决定。他的爷爷我的太姥爷也恨日本侵略者，可他也怕失去自己最亲的孙子。我的大舅在他二十岁时因病去世，太姥爷很封建，二舅是家里唯一的男孩，他还指望二舅传宗接代呢。二舅睡觉时，太姥爷支使我姥爷煮了一大锅地瓜，炉火烧得很旺，烧掉了二舅的所有的课本，还有他的校服和其他衣物。二舅被看守在家里，等他被放出来，已经不知道去哪里找打游击的校长了。

二舅留了下来，教过小学，后来他还是跑掉了，瞒着家人去了青岛的警察学校，毕业后去了南京。抗战已胜利，国民党政府搬回南京，二舅进了蒋介石的警卫部队。他在这里遇到的李大哥是个地下党，李大哥看出我二舅对国民党政府并不是那么坚定，是一个可以争取过来的人。他常约二舅去中山陵一带散步，也问到二舅对时局的看法。二舅没有隐瞒他真实的想法，李大哥也向二舅袒露了他的身份，并且决定带二舅弃暗投明。他们约好过几天在江边见面，带二舅去解放区。要走的那一天，李大哥给二舅打电话，不巧的是二舅的上司正在那里，他接了电话。李大哥不得不挂了电话，二舅紧张起来，那个上司看出二舅的神色不对，对他起了疑心，那段时间一直盯着二舅。二舅不敢轻举妄动，而且李大哥也消失了，这条线就断了。

国民党军队溃败时，二舅随着残兵败将往南逃，跑到最南边时被解放军军队俘虏。他那时什么都没有了，只剩下身上穿的那件军大衣。解放军给了这些俘虏两个选择：加入解放军或者回家。二舅特别想家，他跟《活着》里的福贵一样，选择了回家。

解放军很优待他，给了他回家的路费，安排他回到青岛，跟家人团聚。当地政府觉得二舅有文化，人也不错，安排他去青岛丝绸公司工作，还给他分了房子。

说到这些事情时，二舅有些唏嘘。他两次想去参加革命，两次都没走成。最后一次他可以参加解放军时，他又因为想念家人跑回家来。虽然现在的工作和生活都不错，他心里还是有些阴影。妈妈没有想到，那个很高大什么都可以做得很好的二哥，也会有苦闷和遗憾。

妈妈后来记不清她当时有没有安慰过二舅，只记得她很意外地见到了二哥，兄妹多了一次团聚，在那个年代，很亲近的血亲，也不是那么容易见上一面的。她见到了自己的哥哥，光顾上高兴了。每次回忆起这次意外的相逢，妈妈也都是欢喜的。

　　爸爸跟他的妹妹和表弟在北京有过一次团聚，那一次的团聚也是欢喜的。

　　爷爷去世后，我奶奶带着五个孩子投奔自己的父亲和弟弟，也就是爸爸的外公和舅舅，我的曾祖父和舅爷爷。表叔是我的舅爷爷的儿子，所以爸爸、小姑和表叔是一起长大的。长大后他们各奔东西，爸爸去上海上大学后，毕业分配到山东曲阜，学校又送他去中国科学院进修，他在那里待了两年。爸爸在中科院数学所学习时，我的表叔正好在北京大学读书，表兄弟都在北京。奶奶感恩于舅爷爷的帮助，她嘱咐我爸爸要多去看看表弟。表叔在上大学，还是一个学生，爸爸开始工作了，钱不多，总还是有了收入，他有时就会带表弟出去吃顿饭。中科院和北大离得又不远，走都能走到，那两年里，爸爸和表叔就有了不少团聚的机会。我的小姑在上海读完书后被分配到天津，她专门从天津去了趟北京，跟她的哥哥和表哥在北京见了一面。时间虽短，他们三个都很开心，还去合影留念。这一次见面后，他们还有过其他的团聚，但他们三个再也没有同时凑到一起。

　　我们也因为一次见面遇到了失散的家人。有一年我在家里请爸爸的老同学管伯伯吃饭，跟他一起来的，竟然是爸爸的舅公的儿子。

　　爸爸跟他的舅爷爷在血缘关系上已算不上很近的亲戚，但在我们家里，他们的关系很近很特殊。爷爷的老家在江苏苏州，苏州也是我的祖籍。章家曾经是个富裕的大家族，可殷实的家道都被我爷爷的父亲败掉了。爷爷的舅舅把爷爷带离苏州，供他上学，把他培养成人，爸爸跟舅爷爷自然很亲近，当年没有舅爷爷的帮助，他的父亲还不知道怎样生存下去。舅爷爷在上海，爸爸正好在上海上的大学，可以见到他的舅爷爷。爸爸就读的华东师大还在建校初期，学生宿舍很紧张，八个人的宿舍里住着十个人，家在上海的同学尽可能把东西存在家里，为大家节省些空间。爸爸的家不在上海，但他的舅爷爷在那里，换季时，他就把换下来的衣服被褥抱到舅爷爷那儿，存在他们家里。舅爷爷也会叫爸爸来家里吃东西，关心下他的学业。两人聊天时发现，爸爸的同班同学管伯伯的中学同学是舅爷爷的儿子，他跟我爸爸是两代人，爸爸该叫他"表叔"，但他们年龄相当。他和管伯伯不仅是同学，还是最要好的朋友，他去北京上大学后，回上海时都要来找管伯伯。有次他来华东师大找到管伯伯，走在学校的马路上，正巧遇上了我爸爸。爸爸的舅爷爷已经跟自己的儿子提起过爸爸是管伯伯的大学同学，两人碰上面后就聊到了这事，互相认了亲戚。管伯伯一听这俩人还有这层关系，就开玩笑说：他是你的表叔，你以后也要叫我叔叔。三个人嘻嘻哈哈一番就道别了，那时候他们都是二十岁的年轻人，不太在乎这些事情，又不像现在可以加个微信保持联系，见过那一面后就把这事给放下了。

管伯伯和我爸爸大学毕业后都分到了山东，联系反倒密切很多。在大学同学中爸爸最佩服才思过人的管伯伯，晚上做习题时，他和其他同学挠头抓耳绞尽脑汁时，管伯伯却很悠然地坐在那儿，那些难题对他来说易如反掌。管伯伯分到了山东师院，后来改名为山东师大，他曾任这所大学的校长。他在工作中也是出类拔萃的，他把一笔划问题和数学规划问题完美地结合到一起，给出了"奇偶点图上作业法"，被数学泰斗华罗庚先生称为"山东第一好汉"。管伯伯的爱人周阿姨也是爸爸的大学同学，我长大后，去济南时就住在管伯伯和周阿姨的家里。他们有两个儿子，都在国外留学和定居。漂亮的周阿姨并不冷傲，人很随和，我来他们家时可以直接去敲门，周阿姨一见到我，就会去给我铺好床，准备好起居用品。我也不见外，很喜欢住在他们家里。

有一次管伯伯和周阿姨带一位美国朋友来曲阜旅游，我好不容易有个机会招待他们，说好晚上请他们来我们家吃晚饭。随他们一起来的还有管伯伯的另外一位朋友，他在北京的一所大学工作，那位美国女士到中国时先到的北京，他接待的她，又陪她来了济南和曲阜。

当时我爸妈都出差在外，就我一个人在家。我正挥动锅铲在家大动干戈时，我爸爸出差回来了。他一看家里这么热闹，赶紧过来帮我做饭。我做饭时不喜欢让别人插手，就让我爸去跟客人聊天。我在厨房里热火朝天地炒菜，还是听到了我爸爸很惊讶的声音，他跟那位从北京来的客人说：我们好像是亲戚啊。

这位客人正是爸爸的舅爷爷的儿子，爸爸的表叔，我的叔公。爸爸和他的表叔在华东师大匆匆见过一面，相隔三十年后，他们又碰到了一起。我没想到在家里请客，客人中会有我未曾谋面的叔公。

我们走散了许多年，又这么奇巧地碰上了，也许是一家人终有见面的机会。这次见面后我们一直都有联系，我后来去了北京，还去拜访过我的叔公。

当然这样的机缘巧合不会那么多，更多的时候是等了很多年后，家人才能团聚到一起。

2005年的春天，我的二姑从台北来到芜湖，这是她1949年离开上海后，第一次回到大陆。

二姑来到她的妈妈生活了四十年的芜湖时，我的奶奶已经去世多年。我们找到二姑时，奶奶刚去世不久。奶奶一直到离开这个世界，都没等回自己的二女儿。

我的大姑姑一家人都在芜湖，我妹妹陪着我爸爸也来到芜湖，跟我的二姑团聚。

大姑姑偏偏那段时间身体不好，出现便血，还未查出原因，不知道是否严

　　二姑和同一年龄段的我。二姑1949年去了台湾，我小时候不知道我还有个二姑，等我知道我还有一个姑姑时，爸爸告诉我，我跟我的二姑长得很像。二姑在爸爸的印象中，还是十来岁时的模样。等我们在八十年代中期终于联系上二姑时，我也到了二姑离开大陆时的年纪。照片上的我们一起走到了我们的三十岁。

重。大姑姑一向开朗乐观，可她的身体还是影响到了她的心情。她没跟别人说，藏起自己的心事，不想影响到大家的心情。我的大姑姑大姑父表姐表姐夫外甥加上我爸我妹妹，全家出动，跑前跑后，让二姑和她的女儿享受着温暖丰厚的亲情。一家人在一起的那些日子里，二姑是很开心的，脸上总是笑意盈盈。离开芜湖时，二姑的面色有些变了。她悲戚起来，不知道这次见面后，此生是否还能再次相见。二姑的伤感也在其他人那里起了波澜。大姑姑心里也难过，但她马上制止了大家的感伤，她希望一家人能笑着道别。

二姑来芜湖时，我在天津的小姑正在医院照顾病重的小姑父，无法离开。小姑父去世后，小姑姑自己去了趟台湾，姐妹俩得以在台北团聚。

我也没能赶回来跟二姑他们团聚。我那时在美国读书，正是毕业前夕，不好请假。那时候的我想着以后还会有机会，可是又过去了很多年，我还是没见上二姑。现在没有通航的问题，我想去台湾的话，已经畅通无阻。可我的时间总是不够用，每次越过大洋回趟家，总想着多陪下父母。其实我陪父母的时间也是很有限的，在各种事务中一天一天地挤出些时间，甚至半天的时间也是要想些办法辦出来的。我当然很想在中国多待些时间，可我在大洋的另一端也有一个家，女儿也需要我的陪伴，也在等着我回家。

计划了好几次去趟台北，还是没有成行。

我小时候不知道我还有个二姑，那时"文革"还没结束，爸妈不敢把这样的海外关系告诉我。等我知道我还有一个姑姑时，爸爸告诉我，我跟我的二姑长得很像。二姑在爸爸的印象中，还是十来岁时的模样。等我们在八十年代中期终于联系上二姑时，我也到了二姑离开大陆时的年纪。

我还在计划着哪天去趟台北，去见我的二姑。

还有一些家人，我们见过一面，只见过一面。

我读高中时，有一天放学回家，走到我们住的那栋楼房边，我看见有个人在看着我，我也望向他，我们的目光碰到一起时，我们朝对方走去。

那是我的表哥，我的二舅的大儿子。我去青岛时，去过几次舅舅家，但没见过这个表哥。他那时已工作，没住在家里。我们以前并未见过面，可我们见到时，我们的心里都有种很特别的感觉。

我不知道表哥会来曲阜，那次我的父母正好也不在家，我跟表哥两个人一起吃了顿午饭。吃饭时我们聊了些家常，因为是第一次见面，两个人都有些拘谨。

那也是我跟表哥的唯一的一次见面，表哥还未年老就离开了这个世界。我忘了我跟表哥都聊了些什么，却很清晰地记得我第一眼见到他时的情景。他站在那里望着我，我在他的眼里看到了不一样的东西。表哥大概也是这样吧，在熙熙攘攘的人群中，他第一眼见到我时，就能确定我是他的表妹。

那是家人间的直觉吧，来无影去无踪，轻飘飘地飘过，就是那么一瞬间的感觉，我们却能感觉到，还能牢牢地抓住。

有次我和先生带着未满三岁的女儿去看我的三姨三姨夫。汽车停下后，女儿急着下了车，笑着朝站在马路对面的他们走去。女儿那个时候挺认生，不会靠近不认识的人，更不会笑脸相迎。我还没顾上告诉女儿那是她的姨姥姥姨姥爷，但她好像是认识他们的，乐颠颠地朝他们走去。

女儿当时还很小，却也有了那种直觉。

家人间的那种直觉和吸引似乎是与生俱来的。

家人间的相遇和团聚，也好像在冥冥之中早就有了安排。花开有时，这一生中总有见面的时候。

不光是家人，我们遇到的每一个朋友，无论是忘年交还是同龄人，也是冥冥中的安排，是上天的祝福。我们遇到他们，跟他们交心，成为知己。朋友是我们今生自己选择的家人。

我跟刘阿姨相识，也是因为我爸爸。说起来刘阿姨还算是我爸爸的老师，1958年爸爸去中科院学习时，刘阿姨在那里工作，她1956年从南京大学毕业后分到了中科院数学所，她给爸爸的第一印象是直爽热情。刘阿姨在北京待了没几年就离开了，她的丈夫朱伯伯在外地工作，她不想分居两地。最后他们调回南京，回到了故乡，南京也是他们遇到和开始相爱的地方。

我是在刘阿姨来我父母工作的学校讲学时见到她的。我们是两代人，却很能聊到一起，没聊多长时间就感觉很亲近了。有些人，你跟他们一次次地见面，还是走不到一起。有些人，见到的第一眼就有了缘分，也许缘分在两个人第一次见面前就在那儿了。刘阿姨告诉我她只有一个儿子，见到我之后她后悔没多生一个，多生一个的话没准儿是个女儿，一个像我这样的女儿。

我们常通信，那时还没有伊妹儿和微信，都是手写的信。我们也互相寄些各自的照片。我去芜湖接我妹妹回曲阜时，要在南京停一下，刘阿姨让我一定住在她家里。朱伯伯也是一个特别好的人，他们把我当成了女儿，我的到来让他们很兴奋。

南京是我奶奶的故乡，我们家不少的人都在南京生活过，爸爸家和妈妈家的人都有，我们好像跟南京很有缘，我对南京也特别有感觉有感情。当时芜湖和曲阜之间没有直达火车，我们要在南京中转一下，还要坐摆渡去浦口。本来这对我们来说多了麻烦，因为我对南京有着特殊的感情，我就把这些中转当成天赐美意，我喜欢在南京停一停。我去过很多次南京，每次要去住旅店，或者把转车的时间算好，都不在南京过夜。我始终是一个过客，唯有那一次，我住在刘阿姨和朱伯伯的家里，我好像回到了自己的家里。

我躺在床上休息，听见刘阿姨和朱伯伯在厨房炒菜，他们在准备丰盛的晚餐。他们用的是南方的菜籽油，我奶奶也喜欢用菜籽油，我一直认为菜籽油炒出来的菜是最香最好吃的。晚上我们一起出去散步，路边有人在卖栀子花，整条街上都有了栀子花的芳香。

每个城市都有着自己独特的味道，我想起南京时，菜籽油的香味和栀子花的芬芳就会扑鼻而来。过去了几十年，那味道还在。

我从曲阜去了北京后，我和刘阿姨继续通信，在信上说着我们的悄悄话，约好我去南京时还住在她那儿。可我再也没有机会见到她了，刘阿姨得了癌症，没有等到我去南京就去世了。

最后一封信上，刘阿姨告诉我，她的身体出了状况，正在医院里，每天陪伴她的是我的小说。那是我出版不久的第一部长篇，一拿到书就寄给了刘阿姨，那时我还不知道她病了。刘阿姨说她很喜欢，她在病床上读了好多遍。她还跟我说，手术很成功，她会慢慢好起来，叫我不要担心。

刘阿姨走了后，我伤心了很长时间。我跟刘阿姨在南京只聚过一次，我们总共也就见过两次面，这一生中就那么匆匆的一两面。

每一次的团聚都有可能是最后一次，也有可能是唯一的一次，每一次的团聚都这么的弥足珍贵。

聚散两依依，相聚的时间总是少于分离的日子。

时间如流水，人生好像很漫长，我们原来以为我们跟家人朋友，会有很多相聚的机会。现在见次面也不是那么难，飞机和高铁的速度都比以前快了许多，各种现代化的设施都在缩减着路上的时间，可我们每年能见上的面，还是少得可怜。放在一生中，也是凑不够数的。

亲人朋友间的团聚还常常是匆忙的，刚刚见面，就要道别。

我跟父母和妹妹还算是没少见面，可上一次我们四个人凑到一起，也就一起过了一个晚上。我从美国回来，然后从北京来曲阜，妹妹从上海来曲阜，我们一起为我们的妈妈庆祝母亲节。妹妹比我早一天到，母亲节当天就要赶回去，她第二天要去给学生上课。我陪父母多住了几天，就那么几天，屈指可数。攒了很多的话，还没顾上说完。

每一次相见，都是万水千山的团聚，每一次团聚都得之不易。

还有一些家人，我从未见过他们。虽是远房亲戚，毕竟是有血缘关系的。有些已经去世，这辈子也就无缘相见。我们几乎生活在同一个年代，就是年龄不同，总还是有可能见上一面的。

相聚很匆忙，相聚后会有更多的思念，可我们还是会做着各种努力，尽可能地见到那些我们想见到的人。就像家人朋友间会有一种奇妙的牵引，那种渴望见到他们的愿望也是根深蒂固死心塌地的。每一次相聚，都能留下些美好的回忆，我们为彼此保留的记忆，也能拼凑出我们的一生。

我三岁时，我的大姑姑的女儿胡敏陪着我奶奶从芜湖来到曲阜，在曲阜跟我们团聚过。那年她十七岁，常带我出去玩，还记得我小时候的很多趣事。她说我爸爸很宠我，出门时常带着我，我也很黏爸爸。有次我们三个去食堂打饭，刚出家门，我就跟爸爸说：我走累了，抱抱，爸爸抱。爸爸把我抱了起来，胡敏表姐跟在我们后面。有个叫玲玲的女孩看到了，就在后面笑我，嚷嚷道：丢丢丢，这么大了还让人抱。玲玲比我年长几岁，平时我们常在一起玩，我还保存着小时候我们俩的合影。玲玲是逗我玩，我却当真了，不好意思起来，把小脸埋在爸爸的肩膀里，偷偷看着玲玲。玲玲来劲了，一遍遍地说着：丢丢丢，这么大了还让人抱。我扭动起小身子，准备下来。爸爸就一遍遍地跟我说"别理她"，边说边抱得更紧了。我架不住玲玲的取笑，最终还是从爸爸的怀抱中出溜下来。胡敏表姐忍俊不禁，她说那时候的我像个洋娃娃，小脸白白的，她眼睁着我的小脸慢慢涨得通红。三个人的表现也都很可爱，让她忍不住笑出声来。

表姐跟我说：你可能不记得了。我确实不记得了，三岁的我还没有多少记忆，可表姐为我保留了这段记忆。常有家里的长辈，或者表哥表姐，还有那些相识的叔叔阿姨跟我说起我小时候的故事，有的人会在末了加一句"你可能不记得了"，或者问一句"你还记得吗"，我大多不记得了，可他们还记得。当他们跟我说起那些事时，我好像回到了从前。我在胡敏表姐的讲述中看到了那幅画面，爸爸对我的怜爱、我的憨萌稚嫩、童年玩伴的调皮，都在那幅温馨的画面里。

很多温馨美好的画面，就这样留在了一次次的团聚中，也留在了漫长人生的一次次回忆中。这样的画面，有的是家人朋友叔叔阿姨为我保存的，有的是我为他们保存的。

这些美好的记忆，也留在了一张张老照片里。

我把家里的老照片都翻了出来，静静地坐在那儿，一张张地翻看。我在这里见到了那些我思念着的人，还有我怀念着的人，我在这里跟他们团聚。匆忙的人生中，就有了一次长情的停留。

我在这里见到了那些亲人，陪我长大的亲人，和从未谋面的亲人，还有那些今生遇到的朋友，他们也是我的亲人。我们在那些老照片里重逢。封存在心底的记忆慢慢打开，我们一起回到了我们的故乡，曾经以为再也回不去的故乡。故乡犹如一条细长的河流，涓涓真情还在那里流淌。细水才可以这样长流，浩瀚的流年无法把它们带走。岸边的风景依旧葱翠，点亮了我的记忆，还将温暖我今生余下的路途。

这是一场没有告别的团聚，那些至爱亲朋，始终陪伴在我的心里。

三岁的我和十七岁的表姐胡敏。表姐从芜湖来
曲阜，短暂的团聚，却为我保留下许多童年趣事。

人生好像很漫长，我们原来以为我们跟家人朋友会有很多相聚的机会。现在见次面也不是那么难，可我们每年能见上的面，还是少得可怜，亲人朋友间的团聚还常常是匆忙的。每一次相见，都是万水千山的团聚，每一次团聚都得之不易。